愛情咒語

董升 著

甚麼是『愛情咒語』？
盲目的自以為是的設想和判斷，
錯置在感情上作取捨，
就成『愛情咒語』。

人物介紹：

周醒華：個性耿直爽朗的富家女，敢愛敢恨，柔韌堅強。她敢和相愛的人私奔離家，敢在艱難困頓的環境下扶養孩子，敢勇毅的和敵人周旋拼搏，卻敵不過愛情驟失的絕望衝擊。

鄭南捷：憨厚耿直的台灣青年，在新加坡和橡膠富商之女周醒華結識熱戀，因不相容於富商家庭，逼得攜同周醒華私奔，他一心想讓周醒華過得幸福，寧願犧牲作踐自己，結果卻讓所愛的人痛苦，願望適得其反。

吳延昌：日本華僑，黑龍會的恐怖份子，外貌溫文、內心卻殘暴兇險。他為日本軍閥搜括物資無所不用其極。他雖傾心周醒華，卻步步進逼迫害周家，最終惡貫滿盈，被醒華所殺。

黃夢玫：醒華的表姐，任性驕縱的新潮女性，走在時代尖端，不受舊禮教拘束，她雖活得多采多姿，卻內心空虛寂寞，沉溺在錯誤的毒酒裡，浮沉到死。

廖宛芬：錫礦富商的獨生女，醒華的同學摯友，和醒華雖情逾姐妹，但又相互妒嫉競爭。在攀比中尋找快樂。她的愛情路上坎坷多變，愛一個愛國不愛家的人。

周溥齋：新加坡橡膠富商，醒華之父，刻苦創業的典型。他暴燥固執，剛愎自信，受吳延昌的蠱惑，造成無法彌補的憾恨。

劉國興：豪俠型的人物，鄭南捷的台灣同鄉好友，國府軍事統計局的幹才，爲抗日戰爭出生入死的拼鬥。

朱　玲：神秘冶艷的摩登女孩，中日混血兒，她因國籍歸屬而矛盾掙扎，最後作繭自縛，用性命換得心頭的安慰和平衡。

1

一九三六年四月，新加坡紅燈碼頭，深夜。

碼頭靜寂濕冷，細雨淅瀝，路燈昏黃暗淡，海浪舒卷著拍擊石岸，浪花濺飛，撲激出幽沉嗚咽的聲音。

碼頭貨倉前停靠著一艘輪船，船殼上斑剝銹蝕的漆著「協和丸」幾個漢字，船舷有刺眼的燈光射下，燈光中飛舞著蚊蚋和雨絲，一幅血紅的太陽旗插在船頭上，濕淋淋的滴著水。

海關鐘樓的自鳴鐘敲了十一響，海港裏斷續有輪機馬達和船笛傳來，空氣裏隱藏著一股燥動和不安。

自鳴鐘的滴答聲機械的響，寂靜的雨絲中突地有急促雜亂的腳步聲奔跑，腳步踢濺著積水，轉眼間幾個人奔進路燈光暈，狂奔在前的林添壽衝到海關大樓門前，想翻越鐵欄跳進樓內，他滿身鮮血，腳步跌撞踉蹌，衝到鐵欄前被追趕的日本浪人抓住，拖倒按壓在地上，他們抓扭著林添壽的頭髮搗緊他的嘴，把他拖拽到燈影暗處，等候隨後追到的渡邊一宏。

林添壽從被搗緊的嘴角嘶叫，渡邊一宏點頭，浪人拔出短刀，抹過林漆壽的脖子。林添壽負疼挺跳，混身抖顫，鮮血從他的傷口泉湧流出。這時突地一聲驚惶的叫喊，劃破暗夜的寂靜：

「快到協同組，找林添壽教練…」

渡邊一宏望向喊聲，向浪人揮手，悄然藉著路燈暗影，逃向碼頭暗處。

鄭南捷矯捷的翻進鐵欄，臃腫肥胖的印度巡警翻不過欄杆，在欄杆外伸頭向碼頭探望。鄭南捷焦急的張望著碼頭建物尋找，聽到林添壽微弱的彈跳聲，循聲找到他，林添壽抓著他用自己的血手在他胸前寫出：

「渡邊…一宏…」

「誰？誰是渡邊一宏？」

林添壽暴瞪著雙眼氣絕，南捷驚痛的搖撼他，喊著：「教練…」

林添壽是「臺北工業學校」的籃球教練，他帶領球隊到新加坡參加華僑學校的聯誼競賽，到新加坡的第二天他就滿臉驚悸的密囑球隊隊長鄭南捷，說他遇到危險，若有不測，要南捷帶領球隊儘快返回臺灣。

南捷追問原因，林添壽不肯講，只說晚上會赴日僑商會懇切解釋，希望能獲得諒解釋疑。當晚離隊時，他又憂心驚悸的向南捷囑咐，午夜前沒回來就報警，帶警察到碼頭搬運組合協同組去詢問。

南捷晚到一步，林添壽被殺死在碼頭，他把林添壽的遺言都轉告警方，警方詢問碼頭搬運組合協同組，卻遭到日本領事的蠻橫的阻攔和拒絕，因爲人死在碼頭跟協同組無關。

案情懸宕，球隊返回臺灣，南捷卻未被警方放行，他是凶案證人，警方以搜證所需將他留置在新加坡，這時南捷的遠房族叔鄭超凡，在新加坡拍攝默片電影，見南捷挺拔英俊，魁梧壯碩就邀他飾演一個英挺的中國空軍，南捷正心情苦悶彷徨，對電影也迷戀傾慕，得此機會，極爲喜悅興奮。

拍攝電影的地點，在離紅燈碼頭不遠的一間專演潮州戲的戲院，叫星島軒。拍攝時戲院大門敞開，桌凳零亂的堆放在牆邊，一些民眾鬧哄哄的推擠著看熱鬧，間中還穿梭著賣吃食的小販，舞臺上燈光閃亮，一隊歌舞女穿著紗裙，搖著摺扇，跟隨著留聲機裏播放的音樂搖擺著腰肢練舞，她們舞姿曼妙輕盈，音樂是當前最新流行的歌曲「花好月圓」。

舞臺下用繩索圍出一塊空地，架設體積龐大笨重的電影攝製設備，導演鄭超凡比手劃腳的站立在攝影機旁和攝影師說話，妝扮妖嬈的女主角黃夢玫，坐在攝影機邊對著鏡子搔首弄姿的化妝。

在她身旁圍著背著書包的周醒華、鄭小麗和廖宛芬，她們悄聲說話，搗嘴竊笑著向舞臺上指指點點。

鄭超凡和攝影師說話結束，攝影師轉身操作機器，鄭超凡以手裏劇本拍著手掌喊：

「歌舞繼續練，鄭南捷呢？叫南捷準備換裝！」

劇務韓培根跟著高喊：

「鄭南捷準備換裝！」

圍觀的民眾一陣騷動，鄭南捷臉色脹紅的從民眾背後擠進，聳身跳過圍繞的繩圈，落地時被圍繩絆住腳，踉蹌衝跳，撞到剛彎腰想和黃夢玫說話的周醒華，醒華被撞前衝再撞到夢玫的手，夢玫塗唇的口紅滑到臉上。

「哎呀！」醒華失聲叫。

「對不起…」南捷窘迫的愣住。

夢玫嬌嗔地跺腳：

「你看你啦，我化半天妝，都糟蹋了。」

圍觀民眾哄起笑聲，站在醒華身邊的小麗和宛芬也都撫嘴笑出，醒華羞惱的回頭怒瞪南捷：

「表姐，他是誰呀？這麼莽撞？」

夢玫沒理她，轉向鄭超凡喊：

「導演，我的妝壞了，得重畫。」

鄭超凡揮著劇本說：

「別重畫了，時間寶貴，口紅擦掉就行了，反正是黑白默片，塗沒塗根本看不見。」他說著指南捷：「你的服裝呢？」

「噢，服裝，我馬上換。」南捷慌亂的答應著喊。

「快快、把握時間！」

鄭超凡疊聲向南捷催促，劇務韓培根把服裝塞在南捷手裏，南捷惶急的問他：

「在哪兒換？」

醒華挑釁的斜眼望著南捷，問夢玫：

「表姐，瞧他愣頭愣腦的，幹什麼的呀？」

「戲裏的主角。」夢玫說著扭身撒嬌：「鄭南捷，你看你呀！」

「對不起，我不是故意…」

「哼，還是主角哦！」醒華撇嘴斜眼的望他。

南捷轉頭看，她傲慢的仰頭望天，鄭超凡怒聲喊：

「南捷愣什麼？快換服裝啊！」

南捷聞聲跳起，矯捷的竄上舞臺，奔進帷幕，醒華瞟眼追望，微顯神馳，小麗、宛芬拉她：

「走啦！」

「好。」醒華漫應著：「去哪？」

「回家呀！」宛芬說。

「還早嘛！」

「你看，」宛芬指給她看錶：「快五點了！」

「噢，」醒華挪動一下身子：「再等一會！」

「哎呀，」宛芬跳腳嬌聲喊。

「要不你先送小麗回家。」

宛芬噘嘴轉臉望小麗，小麗聳聳肩，宛芬妥協說：

「好嘛，再看一會。」她說著眼光陡亮，輕推醒華：「哇，好帥喲。」

醒華循著她的眼光看，見南捷穿著空軍飛行制服走出帷幕，跳落台前，宛芬興奮的在醒華耳邊說：

「好英挺、好帥氣噢！」

醒華故意提高聲音：

「當然英挺帥氣，空軍制服好看嘛！」

南捷聽著刺耳，不由得縐眉瞪她，這時鄭超凡喊叫，南捷奔過去，鄭超凡解釋劇情說：

「你是空軍戰鬥員，要駕飛機和日軍飛機作戰。放自然點，別緊張，看你脖子挺得跟鹹魚似的，多不自然。」

宛芬、小麗聞聲噗嗤偷笑，醒華勉強忍俊，故意說：

「哼，我看不像鹹魚，倒像風乾鴨子。」

南捷聽著氣惱，脹紅著臉轉頭望她，突地看到有隻手搭在醒華肩膀。醒華驚愕的轉頭看，見是父親的業務秘書吳延昌，醒華沒來由的羞惱，猛地撥開他的手，吳延昌仍然笑容滿臉：

「來接妳，車在外邊等著。」

「你走你的，我自己回去。」

「天晚了，妳騎腳踏車不好走。」吳延昌說著想再伸手拉她，醒華跳開怒聲斥責：

「你煩吶！」

眾人都轉臉望他們，吳延昌羞窘尷尬，愣得瞬間抽身擠出人群離去，宛芬在醒華耳邊輕聲說：

「吳延昌生氣了。」

「管他！」

宛芬斜眼瞄她：

「奇怪，你今天擰著筋，吃錯藥了。」

「對，我擰著這根筋。」醒華抓搔宛芬，宛芬笑著躲開。醒華招呼夢玫：「表姐，我們走了。」

醒華、宛芬、小麗擠出圍觀人牆，南捷瞥望醒華背影，耳旁起鄭超凡的話聲：

「別分心，注意聽我說劇情。黃夢玫是你的情人，送你出征，臨別的夜晚你們纏綿共舞難捨難分。記住，眼神對望，一定要表現出難捨難分的感情。」鄭超凡解說著向舞臺揮手：「背景音樂，歌舞！」

韓培根跟著喊：

「歌舞音樂準備，跟著節拍。」他喊著邊問鄭超凡：「導演，正式拍？」

「嗯。」超凡應著以劇本輕敲攝影機，攝影師搖鏡對準焦距，南捷和夢玫攜手登上舞臺。「花好月圓」的歌曲重新撥放，歌舞女隨著音樂節拍配舞，南捷和夢玫相擁著舞起來。

第二天，在新加坡樟宜海灘。

海浪舒卷，濺濕沙灘，醒華、宛芬、小麗和幾個同學正赤足撩裙，笑鬧著在白沙耀眼的海灘上奔跑戲耍，水花濺濕她們的衣裙，她們盡情的嬉鬧，一片純真爛漫。

海岸邊椰林下，鄭南捷支著腳架調整相機，想要拍攝海岸景色，他聽到女孩的笑鬧，好奇心起，收起相機走下海灘，想把少女嬉戲的畫面融合海天和諧，攝進鏡頭。他興致勃勃的對鏡取景，想抓住瞬間動態。醒華和同學玩得高興，沒有察覺到南捷在海岸照相，她們撩高裙子，露出粉白豐腴的小腿相互踢水，奔跑跳躍，鏡頭的閃光被宛芬發現，她驚呼著掩腿，急怒慌亂的扯下裙子喊：

「哎呀，你們看吶！」

醒華、小麗等驚愕羞窘的愣著不知所措，醒華看清是南捷，陡地激怒跳起，衝過去搶過相機轉身丟進海中。

南捷被她的舉動嚇住，驚愕的僵著忘記抗拒，醒華跑進淺灘踢起水花若無其事的喊：

「走啦，到別處玩兒！」

宛芬、小麗等驚醒，和醒華一起奔跑著離去，她們跑得飛快，轉眼隱進海岸樹叢。南捷回過神，急怒的跳起追喊：「喂，呃─」

海灘寂寂，只剩長串零亂的腳印延伸到岸邊。

經營橡園的富商周溥齋，年輕時創業艱辛，性情極爲剛愎固執，他在裝飾豪奢的客廳裏聽過吳延昌的報告，激怒的向老妻麥青蓮指斥說：

「你聽聽，大庭廣眾，跟人摟抱跳舞，眞不知廉恥！」

「你別跟我發脾氣，耽會夢玫回來，等我問明白。」

溥齋見麥氏頂撞，更惱怒戟指：

「妳聽好，以後讓她少進我周家的門，免得把醒華帶壞。」

溥齋怒氣衝衝的拂袖上樓，麥氏嘔氣，埋怨的瞪望吳延昌，她十六歲的兒子周醒漢滿臉汗水的挾著籃球從外邊回來，麥氏問他：「醒漢，你姐姐呢？」

「我沒看到。」

「她去海邊玩水。」吳延昌謙恭的說。

「玩水？」

「海灘水淺不會有危險，乾媽放心，不會有事。」

醒漢坐到麥氏身邊，麥氏疼愛的替他擦拭汗水，吳延昌跟隨周溥齋上樓。這時夢玫高興的走進周家客廳，向麥氏喊：「姨媽！」

麥氏輕拍身旁沙發，勉強露出笑容說：

「來，坐到姨媽身邊來！」

夢玫在麥氏身旁坐下，麥氏抓著她的手拉到膝上，她眉尖緊綴著向夢玫凝視：

「你很久沒回家了吧？」

「誰說的？我前個禮拜才回吉隆坡。」

「你爸媽好嗎？」

「好啊，我媽一直念著您，說您快兩年沒到吉隆坡來了。」

麥氏歎氣，抓著她的手掌輕撫說：

「年紀大，路遠，實在懶得動，再說你姨丈事業忙，我沒法走得開。」她覺得難以開口：

「你媽…知道你拍電影？」

夢玫搖頭，顯出猶豫：

「我想，這次回去告訴她。」

麥氏輕拍她的手，說：

「夢玫，我們都是清白世家，你要顧忌到女人名節呀。」

夢玫愣著望麥氏，顯得困惑錯愕，麥氏再說：

「你媽也不好，太寵你，女孩總得知道分寸進退……」

夢玫再也忍不住，衝口問說：

「姨媽，你想說什麼？」

麥氏寒下臉，決然說：

「拍電影，演戲都是不名譽的事，咱們中國人講禮教義，歷來戲子、吹鼓手、妓女都是不准進祠堂受供的！」

夢玫憤怒的脹紅著臉，奪手猛然跳起：

「姨媽！」

醒華在夢玫的呼叫聲中進門，她聽著聲音不對，再看夢玫神情，不禁錯愕驚疑：「表姐，妳幹嘛？」

夢玫急怒，淚水奪眶湧出，醒華向麥氏抗聲喊：

「媽！」

麥氏站起身輕拍夢玫的肩膀說：

「姨媽是疼你才說，你自己多想想，醒華，帶你表姐到你房間去。」

醒華愣著望她們，夢玫哽咽著奔沖上樓，在樓梯上和周溥齋、吳延昌擦身而過，溥齋瞪她，醒華在後追著上樓，她匆促招呼溥齋一聲，沒理睬吳延昌，延昌回頭追望她成熟的背影，難掩熾熱的眼光。

微風拂掠，紗簾飄展，醒華的閨房精致、明麗、溫馨。鋪著蘇格蘭毛毯的洋床上，夢玫委屈的俯躺著的飲泣，醒華在旁攀摟著她的肩膀：

「我媽太過份了，這樣說妳，這可能是我爸的意思。咦，我爸怎麼會知道這些事？他整天忙得團團轉，連吃飯都得我媽提醒跟著催，對，一定是那個馬屁精搬弄是非！」

「你說誰？」

「還有誰？哼！」醒華激憤的抓過床頭布娃娃擲牆，夢玫抹乾眼淚撐身坐起，靠在床頭，紗帘拂著她的臉，清楚的看到她眼眶下的淚痣，她擤擤鼻涕問醒華：

「姨丈不是要你嫁給他，招他入贅嗎？」

「見他的鬼！」

夢玫詫訝驚愕，眨著紅濕的眼睛向她凝視，醒華抬頭挺胸，神情凝肅的抗聲：

「看我幹嘛？」

「奇怪，今天變口氣了。」

「我那有變？」醒華臉肤湧紅，怒聲拍床。

夢玫噗嗤笑出：「臉紅心虛了？」

醒華窘急，握拳擊打枕頭，又撲到她身上撒嬌揉擠，夢玫推開她認眞的詢問：

「呃，有新目標了？」

醒華不吭聲，把臉躲到她背後藏起，夢玫扭過頭把話聲壓到最低，悄聲問：

「誰呀？我認不認得？」她見醒華埋頭不出聲，推她叫：「喂！」

「什麼嘛？」醒華撒嬌耍賴，夢玫逼迫：

「你不說我猜。」她衝口說出：「聽說你把他相機摔了？」

醒華身軀猛震，扭纏的動作驀地僵住，夢玫扳過她的臉，向她逼視，醒華霍地坐起，理順頭髮，故意綳臉生氣掩飾：「他活該！摔他相機是懲罰他。」

夢玫望著她再噗嗤笑出聲，醒華驀地臉色脹紅握拳打她，夢玫推拒的笑著躲開躺下。

黃昏的海灘，西天滿佈彩霞，微風輕拂，海浪舒卷，幾隻海鷗翱翔飛舞，白色沙灘映著夕陽閃爍出眩目的光華，讓人湧起沉醉遐想，能在這無垠的海灘慵懶的躺倒，張臂把藍天碧海都擁進懷裡。

海岸椰林裏醒華背著相機凝目遙望大海，海峽對岸的柔佛清晰明朗，她神情卻有難掩的焦灼和不安。

夕陽逐漸西沈，彩霞益形燦爛，海灘寂寥渺無人跡，她忐忑焦灼的眼中漸漸積聚出惱怒氣憤，神色開始轉變，幾次拿下相機想摔，都忍住，氣惱得狠踢腳下泥沙，把一雙嶄新的皮鞋也弄得沾滿泥痕。

她望著腳下沾泥的皮鞋，心頭更加發火，拿下相機要摔，猛地聽見有狂奔的腳步聲響起耳邊。

南捷滿頭熱汗的狂奔衝到她面前，醒華停手怒瞪他，南捷喘得上氣不接下氣，滿臉堆笑。

醒華怒哼：

「哼，你好大架子！」

南捷搖手急辯：

「冤枉，你表姐剛告訴我，我就拼命跑來的。」

「喏，賠你。」醒華鼓著氣把相機丟給他，南捷險險接住，手忙腳亂的形狀狼狽，醒華眼裏閃過笑容，但仍綳著臉轉身要走，南捷慌忙跳前張臂攔住她。

「幹嘛？」醒華凶巴巴的把眼瞪大。

南捷嚇得退後一步，滿臉窘急的言語結巴：

「我、我是要…謝謝、謝謝你！」

醒華冷著臉瞪他，南捷窘急尷尬，急得面紅耳赤的說話：

「我、我想解釋…那天只…只想取景照相，絕…絕對不是妳們想的那樣。」

醒華緊繃的嘴被他逗笑，南捷也裂嘴笑了，半晌都凝住笑容相互凝視，又一起羞窘的把頭低下，海風揚起醒華的頭髮，拂起她的裙裾，她低頭輕踢地上沙粒漫步走向沙灘，南捷在後痴愣著追望，醒華嬌羞的回頭瞥視，南捷驚醒跳起追趕上她。

蒼茫的黃昏，醒華、南捷坐在海岸岩石上，南捷撿拾小石投擲入海，看水波被海浪吞噬，醒華眼光晶瀅水靈的望他，聽他述說他的家鄉：

「我家住在臺灣新竹，就讀臺北工業學校，兩個月前跟隨球隊到南洋來競賽聯誼，剛到新加坡，教練林添壽就不明緣故的被暗殺，後來球隊解散，同學有的回臺灣有的去大陸唐山，我堂叔鄭超凡在新加坡拍電影，他想暫時安置我，說將來帶我去上海…」

「你不想回臺灣？」

南捷搖頭，鬱抑的說：

「台灣現在被日本人統治，我受不了那種種族岐視！」

「你父母呢？」

「母親去世了，只有父親，在小學當教師。」

南捷說著站起，和醒華沿著海岸走，海岸岩石崎嶇，南捷牽拉醒華的手，醒華低頭讓他把手握住，南捷撮唇吹哨吹出「花好月圓」的旋律。

醒華跟著哨音輕聲低唱，兩人攜手走進海岸邊的橡樹林中，橡林正在割膠，樹身乳汁從割裂的斜溝中滴進懸吊的鐵筒，醒華輕聲溫柔的向南捷解說橡樹采膠的種種，南捷伸手攬她，她順勢靠在他肩上，起著陣陣顫慄的悸動。

往後幾天，他們到尙霍肯寺院拜神，醒華撚香拉著南捷跪倒在天壇女神面前，他們虔誠默禱，祈求。撚香拜神以後，他們在寺院觀賞遊覽，醒華指點院中高聳的椰子樹，椰影婆娑，調和著寺院的香煙繚繞。在椰樹下醒華難掩羞怯的詢問南捷：

「你信神嗎？」

「信。」

「你是否跟祂說過，你心裏的話？」

「說過！想說的都說了。」南捷深情的望著醒華的眼睛說。

在海岸的岩石上，南捷用鐵釘刻劃字跡，醒華扳著他的肩膀默念：

「愛妳到永遠，此心永不變！」

驀地她神情凝住，混身戰慄癱軟，南捷充血的嘴唇親在她嘴唇上，她像被雷殛般的昏眩，火熱的嘴唇彼此灼炙，情不自禁的把對方緊緊擁抱，感受著天旋地轉⋯⋯

南洋中學的校鐘敲響，學生歡鬧著從課堂裡湧出，醒華和宛芬也隨著學生離開課堂，走進操場，宛芬拉著醒華到僻靜處，滿臉驚慌的告訴她：

「訓導處昨天找我去問話，問你最近曠課逃學爲什麼？」

「你怎麼說？」

「我當然不敢說，可是學校在查…」

醒華倔強的扭開頭：

「管他查！」

宛芬氣急的跺腳：

「鄭南捷是神吶，妳爲他，名譽跟學業都不要，你難道瘋了？」

醒華輕咬嘴唇，堅定的說：

「我沒瘋，也不想解釋，等你眞的戀愛，你就能體會了。」她說著輕捏宛芬的手：「我走了！」

「你又要蹺課？」宛芬想抓她沒抓住，醒華已經跑遠了。

醒華、南捷搭乘舢舨遊新加坡河，河道上帆船舢舨交錯擁擠，有的靠岸裝卸貨物，有的載運貨品叫賣吆喝，喧嘩吵雜講得都是唐山話，南捷想到家鄉新竹的南寮漁港，不覺一股熱流湧進心窩。

他們在新加坡河口下船，河邊有座小公園，園裏豎立著一座獅首魚身的雕像，極爲壯觀耀眼，兩人相擁坐在公園長椅上眺望港灣的船舶進出，海風迎面吹拂，一切塵慮煩惱都已遠離消散。

然而他們知道，梗在面前的是一條艱困難走的路，很難逾越，他們不敢去想，不願觸及，怕驚顫彼此的心，他們冀望能緊抓住現在，那甜蜜戰慄的激情能得到暫時的掌握。

爲求得心靈的滿足，醒華帶領南捷拜遍新加坡的廟宇，到霜林寺院上香，千燈寺院求佛，更到尙霍肯寺院跪拜天壇女神，他們祈求神佛降福庇佑，幫助他們衝破難關，能相廝守。他們在神前銘誓，願接受磨難試煉，驗証此心堅貞。

而這祈求竟變成咒語，磨難對他們終生糾纏。

他們相攜在街道行走時，被開車經過的吳延昌撞見，因在鬧市，吳延昌隱忍著不敢發作，但胸腔騰燒的妒火，讓他憤恨得把手指骨節捏得嗶啪響。

他回到周家，把憤恨的妒火深埋心底，不動聲色，看到在客廳等候他的周溥齋，顯出一臉的勤懇恭順模樣：

「乾爹！」他親熱的在溥齋身旁坐下。

「貨款收到沒有？」

「收到了，分毫不差，而且又接到一張五千擔的訂單。」

周溥齋滿臉驚喜：

「噢？日本三井會社吃貨量這麼大？」

「三井會社只是進出口貿易機構，貨，聽說是日本軍方買的。」延昌說著向溥齋察言觀色。溥齋果然驚愕色變：「日本軍方？橡膠也是軍用物資？」

「是，很多軍品都是橡膠做的。」

「好，你辛苦了。」溥齋雖露隱憂，但仍顯得歡欣愉快：「今年你跟日本做成這幾筆生意，給廠裏賺進不少錢，我準備——」

溥齋突地住口，延昌登時眼睛閃亮，耳朵豎起來聽，溥齋斟酌沉吟，彈彈雪茄煙灰露出笑容：「我準備送你一些股權。」

延昌眼中光彩頓時暗淡，但仍欣喜興奮的道謝：

「謝謝乾爹！」

溥齋嘴角露笑，有含意的拍拍他：

「好好幹，我自有打算。」

「喀嚓」一聲槍膛推上，醒漢興奮的跪在客廳沙發上擦拭獵槍，端槍作勢瞄準，把扳機摳出清脆撞擊的響聲。

庭院的鐵門打開，周家轎車駛進院內，司機阿猛跳下車拉開後座車門，延昌、溥齋陸續下車，醒漢急忙把獵槍收起，藏在沙發背後，溥齋、延昌說著話走進客廳。

麥青蓮聞聲從樓梯走下，看到醒漢，問他：

「醒漢，你姊姊呢？」

「不知道。」

溥齋臉上湧現怒氣：

「醒華還跟夢玫在一起？」

麥氏接過溥齋的帽子掛好，回頭幫他脫下西裝外套，頂撞他：

「看你說話這口氣，夢玫幾天前就回吉隆坡了。」

溥齋鼻中冷哼，在沙發坐下，女傭阿招把茶杯遞在他手裏。醒漢局促不安，進退維谷，想離開又對獵槍不捨，阿猛從院中走進，延昌看到他機警的攔在門口，低聲詢問，阿猛回頭指點門外，悄聲回答，溥齋詫疑的問：

「延昌，什麼事？」

延昌揮手趕阿猛走，支吾的向溥齋解釋：

「學校派人來，可能是募捐，我看看去。」

延昌和阿猛走出客廳，溥齋放下茶杯向麥氏說：

「我覺得，延昌不錯！」

麥氏明白他的話意，回說：

「得問清楚醒華的意思。」

延昌隨著阿猛來到門房，阿猛向等候的楊訓導員說：

「這是吳秘書。」

楊訓導客氣的伸出手：

「我是南洋中學的楊訓導，來拜訪周醒華的家長，也是本校校董的周溥老。」

延昌陰冷的面對他，並不跟他握手：

「溥老歇息了，有事跟我說，我明早轉告。」

楊訓導尷尬的縮回手，顯得為難說：

「好吧，那就請轉告，明天校董會議，務必請溥老參加，非常重要。」

「好，我轉達。」

「打擾了。」

翌日清晨，醒漢在院子裏握著獵槍對樹上痲雀瞄準，口中發出槍響，手指樞著扳機空膛叫：

「砰！」

延昌走到他背後糾正他的姿勢，教導他射擊訣竅：

「托槍手腕要穩，槍托後收頂住肩膀，右腮貼緊槍柄，閉左眼瞄準，吸一口氣，然後閉氣靜止樞扳機：『砰』擊發射出。

「延昌哥，這支獵槍很貴吧？」醒漢感激的問說。

「你喜歡就好，這是德國製造殺傷力很強的散彈獵槍，改天我們到馬來去獵野豬。」

「好！」醒漢興奮的叫。

醒華提著書包走出院中喊：

「醒漢，上學了。」

她說著掃望吳延昌：

「阿猛呢？叫阿猛開車送我去學校。」

「我閑著，我送你吧。」

延昌說著離開醒漢走向轎車，醒華猶豫一下再叫醒漢：「醒漢，你還不走？」

醒漢仍舉槍瞄準，不耐煩的說：

「我騎腳踏車，你們先走了。」

醒華竄進汽車，延昌發動引擎，汽車駛出大門。

四野寂靜，汽車在清晨的郊野疾馳，醒華坐在後座，情思慨慨的默望窗外，玻璃窗上，飛馳的景物中總隱現著鄭南捷憨厚誠懇的面容，隨著他的笑貌變換，她痴呆的情思陷溺其中。

吳延昌從照後鏡裏望她，觀察她的神情變化，妒火在心中焚燒，不覺橫心咬牙，他猛踩煞車停住，熄滅引擎下車，打開後車門坐進車內，醒華被他的舉動驚醒，錯愕的問他說：「你幹什麼？」

「時間還早，我有話想跟妳說。」

醒華驀的警惕，移開距離：

「說什麼？」

「說你最近蹺課，說那個姓鄭的痞子。」

醒華愣得瞬間，怒聲說：

「不用你管！」

延昌眼光森冷的盯著她：

「昨天晚上，學校的訓導員到家裏來…」

「怎麼樣？」醒華強硬的把他的話截斷了。

「讓我擋住了，沒讓他見到乾爹，拆穿妳逃學曠課。」

醒華冷靜怯懼的望他，延昌盯著她的眼睛逐漸赤紅充血，他突地張臂猛撲，抱住醒華親吻，把她壓在身體底下，醒華瞬間被他嚇住，繼之暴怒，拳打腳踢激烈反抗，兩人在車內扭打翻滾，車門被踢開了。

延昌心虛，驚懼的抬頭張看，看到遠處醒漢騎著腳踏車馳來，他驚慌疏神，被醒華奮力猛踢，一腳踹到車外摔倒，醒漢馳到看見，驚愣的煞車跳下，醒華乘機跳出汽車，奔向醒漢，醒漢愣著問她：

「你們幹嘛？」

延昌臉色脹紫的從地上爬起，醒華猛推醒漢，跳上他的腳踏車說：

「走啦，快走！」

醒漢仍在發愣，醒華急怒，叫：

「走啊！」

醒漢跳上腳踏車騎走，他邊騎邊回頭張望延昌，延昌追望他們，猛咬牙根，顎邊肌肉跳動著抖顫。

南洋中學的長廊深邃幽靜，一片綠色的葛藤爬滿磚牆、操場上飄揚著青天白日滿地紅的國旗，旗杆前豎立著孫逸仙博士的銅像。

長廊盡頭校長室裏正在開會，馬校董沙啞的聲音傳出屋外，憤慨激昂：

「周醒華行為放蕩，恬不知恥，嚴重破壞校規、踐踏校譽，兄弟主張割臂斷腕，把她趕出校門，讓放蕩不檢的學生知所警惕，奮勉向上！」

校長嚴倬英神情尷尬，滿臉焦急，其餘校董俱都正襟危坐，臉色嚴峻沉寒，嚴校長乘著馬校董講話略歇，趕緊站起發言：

「各位校董冷靜，周醒華是周溥老的女兒！」

馬校董憤慨擊桌：

「正因爲她是周溥齋的女兒，才更要嚴厲處置，周溥齋家教無方把女兒縱容成這個樣子，給他機會，請他到學校解釋，他竟充耳不聞，置之不理，明顯是對校董會蔑視，兄弟堅決主張，不能姑息，應該開除。」

嚴校長急得擦汗：

「可是，本校經費，一直得力周溥齋先生的捐助…」

另一位校董趙萬年說：

「他捐錢跟他女兒違規是兩碼事。」

馬校董見有奧援，更氣壯激憤的說：

「這話對極了，捐錢跟縱容子女敗壞校風是兩碼事，再說周溥齋的錢是贓錢，是資敵賣國的贓錢。」

舉座校董盡皆錯愕，嚴校長趕緊搖手阻止：「馬老這話嚴重，說不得……」

「我一點都不冤枉他，現在全國上下，海內海外莫不同仇敵愾，一致團結抗日，他卻把軍用物資的橡膠，整船整船的運銷到日本，他這不是資敵賣國是什麼！父親寡廉鮮恥，見利忘義，何況女兒？」

趙萬年也臉露激憤說：

「這種行爲簡直喪心病狂！」

嚴校長無奈屈服，他搖手阻斷馬校董講話，說：

「好好，既然諸位都堅持，我就叫訓導處查辦。」

下午，佈告貼出，學生你推我擠的圍在佈告欄前爭看，宛芬從佈告欄邊擠出來，臉色發白，眼光驚恐的搜尋在籃球場上奔跑玩球的醒漢。

她看到醒漢，狂奔跑過去，一把抓住他：

「醒漢，你姊呢？」

醒漢搖頭抹汗，宛芬急得跺腳：

「唉！鄭南捷，要把醒華害死了……」

一聲霹靂暴雨傾盆落下，醒華、南捷相擁衝進岩洞避雨，四目凝望，羞喜甜蜜，醒華把頭臉深埋在南捷胸前，南捷緊摟著她，嗅吻她的髮絲，理順她被陣風吹亂的鬢髮，輕撫她柔軟的身體。洞外雷聲連連，雨水像灌流的瀑布般從岩壁傾泄流下，他們緊緊相擁，和天地的震撼融在一起。

霹靂和暴雨也籠罩周家。

周溥齋臉色鐵青，夾著雪茄的手筋絡浮突，麥氏神情焦惶，眼含滿眶痛淚，醒漢低著頭，坐在樓梯階梯上，吳延昌站在窗前望著窗外雨絲，木無表情，嘴角卻微露快意，麥氏難以置信的詢問醒漢：

「醒漢，你姊姊眞的被學校開除了？」

周溥齋厲聲怒吼：

「延昌，出去找，把這個不知羞恥的東西給我抓回來。」

「是！」

延昌開門，風雨鼓進，他冒雨衝出屋外，醒漢跳起把門關上，溥齋怒指麥氏：

「妳平時縱容她，看她幹的好事…」

雨停，滴水淅瀝，岩洞外雨氣蒼茫，遠處海岸濤聲澎湃嘩響。醒華把依偎在南捷胸前的身軀挪動一下，舒服的輕聲歎氣，聲音慵懶甜膩：

「雨停了？」

南捷點頭輕聲在她耳邊問：

「明天還在這裏見面？」

「你等我。」醒華點頭說：

南捷緊抱她：

「我眞捨不得讓你走！」

「我也不想走。」

南捷親吻後勉強推開她，兩人攜手竄出洞外，南捷說：

「你的書包忘了，我去拿。」

南捷重新竄進洞內拾起書包，「愛妳到永遠，此心永不變！」的刻字又映進他眼裏，他拿出書包給醒華，兩人互擁，黏膩著不願離開。

院中響起腳踏車煞車聲響，醒漢跳起要衝出去：

「姐回來了。」

周溥齋怒聲喝斥：

「你給我坐下。」

醒漢煞住腳，見醒華推門走進廳內，他慌忙擠眉弄眼向她警告，醒華覺察到森肅冷峻氣氛，疑遲的停下腳步，溥齋站起向她招手，

「妳過來。」

醒華望望麥氏，再看看醒漢，膽怯的移步過去，溥齋等她走近跳起猛摑她的臉，醒華被打得踉蹌摔退到櫃櫥邊。

麥氏撲過去攔住溥齋，溥齋怒極抓起桌上臺燈擲砸醒華，醒漢和身衝前擋住，臺燈砸在醒

漢身上。

「噢！」醒漢痛呼。

麥氏哭喊著抱住溥齋：

「你瘋了？她是妳女兒！」

「我沒有這種不知羞恥的女兒。」

醒華抱頭，不哭也不動，麥氏緊抱著溥齋：

「醒漢，快扶你姐姐上樓，快！」

醒漢跳起拖著醒華上樓，溥齋指著醒華背影，氣得聲音沙啞，語意斷續：

「妳居然跟一個戲子鬼混…逃學曠課，讓學校開除，你、你丟盡我周家的臉…我要打死…打死你這不要臉的東西…」

翌日清晨，醒華蜷臥在床上，眼角淚痕濡濕，鬧鐘驟響，驚得她悚動醒轉，睜開眼看鬧鐘，時針指著七點，她撩起窗帘看窗外，窗外天空陰鬱灰暗，向鉛塊一樣壓著樹蔭。

她臉色蒼白的對鏡攬照，想出房盥洗，門卻拉不開被鎖住，她陡地心悸，驚恐的靠在門上深深吸氣。

南捷正在海岸礁岩上焦急的等候她，他看手錶，時針已超過八點。

天氣陰霾沉鬱，海岸波翻浪湧，海風勁厲逼體，南捷寒懍連連，遍體森冷，心裏悸動著不祥的驚恐。

他跳下礁岩強持鎮定的在沙灘行走，被海水沖刷平整的海灘上，留下他沉甸深陷的腳印。

驟雨敲窗，把醒華從昏睡中驚醒。

她從床上跳起，抹乾腮邊淚痕，奔到窗前開窗外望，風雨鼓進窗內，飛灑得她滿身滿臉水滴，她抓起窗臺花瓶砸門，在花瓶碎裂聲中嘶喊：

「開門，把門打開⋯」

樓上醒華的喊聲傳到樓下，溥齋餘怒未消的指責麥氏：

「都是你那個侄女把她帶壞的。」

麥氏氣結，含淚無語。樓上醒華砸門再喊：

「醒漢，給我開門！」

醒漢竄起奔上樓梯，溥齋喝叫：

「站住！」

醒漢煞住腳，抗拒的轉身衝出客廳，溥齋怒指醒漢向麥氏說：

「你看！這種態度，這都是你教養的孩子。」

麥氏激憤，起身上樓，周溥齋怒瞪她的背影轉向侍立身旁的吳延昌問：

「你什麼時候走？」

延昌不明白他的意思，謹慎的回答：

「隨時都可以。」

「儘快，有船就走吧，把醒華帶去。」

麥氏在樓梯上聽到溥齋的話霍地站住，她回頭急怒得脹紅著臉：

「你瘋了！醒華從小沒離開過家，你讓她孤伶伶一個人到日本去。」

「延昌的父母在日本，他們會照顧她。」

麥氏激動得眼淚奪眶湧出，堅決的說：

「不行，我不讓她去。」

溥齋惱怒的衝身站起，也態度堅決：

「我讓她嫁給延昌！跟那個戲子斷絕！」

麥氏瞪大眼睛，激憤得難以置信，吳延昌扭過臉，有難掩的狂喜神情。

海岸邊，驟雨停歇，浪濤拍岸，岩洞邊沿淅瀝的流淌著水滴，南捷蜷縮在洞內靠壁昏睡，冷風吹進，他顫慄一下驚醒，看手錶，已過午後二點，他驚駭跳起，跳起過猛撞到頭頂岩石，他忍痛抱頭出洞，在洞外張望尋找，不管髮際鮮血流淌，他狂奔呼喊：

「醒華，我在等妳！」

醒華蜷臥在床裏，麥氏坐在床沿，眼紅鼻酸的頻頻以手帕拭淚，窗外雨停，有麻雀在簷邊飛躍，醒華愣著望牆，她手指蠕動，不著痕跡的輕劃著南捷的名字，耳邊響著麥氏悲酸無奈的聲音：

「其實，延昌這孩子很不錯。他能幹活躍，幫你爸爸賺不少錢，很忠實可靠…」

醒華聲音積憤，滿含輕蔑：

「要我嫁給他，當成他幫爸爸賺錢的酬勞。」

麥氏啞然半晌說：

「你爸爸也是爲你好，延昌他們在日本有基業。」

「鄭南捷在臺灣也有基業。」

「可是，他演戲，這行業讓人看不起…」

醒華霍的坐起，憤怒的以拳擊床：

「職業沒貴賤。媽，現在不是前清，是中華民國廿五年、是廿世紀了！」

麥氏抹著紅濕的眼眶歎氣：

「唉，我也不會說；反正，你爸己經拿定主意。」

醒華霍地跳下床，跪在麥氏腳旁抱住她的腿，決絕的從牙縫迸出聲音說：

「媽，你跟爸爸說，他逼我，我會拼死抗拒，絕不屈服！」

當晚黃昏，延昌嘴角掛著笑容跟隨阿猛到大門口，南捷站在門外，他混身濕透正焦急企盼的墊腳探頭向客廳探視，看到延昌，他熱切的趨前說：

「我姓鄭，我找…」

延昌攔住他說話，點點頭：

「嗯，姓鄭，我認得你！」延昌擺頭：「來，到那邊說。」

南捷滿臉欣喜的跟隨他到門旁暗處，正想說話，突地延昌一拳擊向他的下肋，南捷驟被擊疼，張口說不出話，延昌連擊數拳，南捷痛得彎下腰，滿嘴口涎流滴，阿猛和門房老夏被眼前景象嚇住，延昌抓著南捷的頭髮壓下，用膝頭頂撞，撞得南捷慘哼棒頭彎腰，延昌追上再狠踢南捷小腹，南捷痛極跪下，口鼻鮮血噴流，延昌兇狠的曲指敲他的頭：

「憑你在海邊拍幾張照片，就敢來敲詐勒索，哼，瞎了你的眼，再敢來就打斷你的腿送警所。」

南捷忍痛欲辯，延昌再踢他一腳：

「滾！」

阿猛、老夏聽得延昌話意，都怒視南捷，南捷欲辯難說出口，阿猛過去推他走：

「滾，滾了。」

南捷痛苦的扶牆走，一腳踩進牆邊陰溝，陷進爛泥拔不出，延昌、阿猛轉身進門不理他，老夏把鐵門關住，樓窗裏的織錦窗簾被溥齋撩起，他詫疑的向院門看，見庭院寂靜，大門緊閉，沒見吵雜騷動，始放下窗簾回到書桌。

麥氏坐在桌旁沙發上發愣，溥齋望她一眼，攤開桌上文件，麥氏說：「醒華的事我看再緩一緩……」

「緩什麼？這種事就得快刀斬亂麻解決。」

「可是，你這樣逼她，我怕會逼上絕路！」

溥齋戴起眼鏡看文件，厭煩的揮手：

「哎呀，你囉唆。」

夜深後，溥齋、麥氏已就寢，隔鄰醒漢和醒華的房間燈光仍亮著。周家是一幢占地廣闊的洋式兩層樓房，四周庭院寬闊樹木蔥鬱的圍著粉白高牆，樓下是寬敞華麗的客廳，和兩間精致的客室，客廳後進是廚房。

客廳裏沙發桌椅，櫥櫃飾物皆是典雅的歐式家俱，惟牆壁的書畫，仍維繫著中國傳統，中西混雜的陳設讓人眼花撩亂，也滿溢著豪富的驕奢。

客廳一側是紫檀雕花的樓梯，梯階上鋪著厚絨地毯，溥齋夫婦的臥房、書房、和醒華姐弟的房間都在樓上。

樓後沿著圍牆是一排磚造的平房由傭人居住，後門在傭人住房後的圍牆上。

夜靜，庭樹蕭蕭，草叢裏蟲鳴交織，樓下邊間吳延昌居住的客房燈光亮著，他在燈下擦拭日本短刀，短刀的光華森森，刺目耀眼，刀柄鐫刻「渡邊」兩個漢字，他細心的用白粉撲敷刀身，再拿絨布細緻的逐寸擦亮，他擦刀有種迷醉的快感沉溺，刀刃寒光映得他白淨的臉頰隱泛著幾絲青慘。

突地院裏一聲輕響，他機警的停住動作迅速熄滅電燈閃身窗後，輕撩窗簾向外窺視，看到一個人影翻牆躍進，閃閃縮縮的潛行到樓旁。

南捷潛進到樓牆邊的暗影藏身，他仰頭向樓上亮燈的樓窗張望，神情驚恐焦惶的壓低聲音喊：

「醒華！」

夜沉寂寂，風在樹梢搖撼出蕭瑟的聲響，他沿牆轉到樓後，仰望樓上窗戶再輕聲叫：

「醒華，我是南捷呀！。」

樓窗沒動靜，他焦灼等待，再轉過牆角到樓左醒華的窗下：「醒華，你聽到嗎？我是南捷！」

陡地樓上窗帘拉開，推開玻璃窗，南捷狂喜，剛要張口再喊，一把鋒利的短刀閃電般抵在他喉嚨上，他驚恐的轉頭看，見是傍晚毆打自己的吳延昌，這時醒華從窗內探出頭，延昌伸手把南捷的嘴摀住，醒華驚疑的搜尋院中喊：「南捷，是南捷嗎？」

南捷掙動想回答，延昌刀光微挺，拖著南捷蹲進牆腳矮樹叢中，醒華不捨的往院裏搜尋，但見樹聲蕭蕭，黑影幢幢，她哽咽著哭出聲：

「南捷，南捷，是你嗎？」

刀光抵進南捷的肉內，他感覺到流出的溫濕血液，不覺滿眼痛淚奪眶湧出，他不怕死，卻怕和醒華天人永隔。

醒華叫喊數聲不見回應，她仍不甘放棄，再探頭窗外向牆下庭院逐寸找尋，院裏昏黑冷寂，沒有人影，也杳無聲息，她傷痛失望的攀窗痛哭，哭聲瘖啞，片刻即被人拉進窗中，把窗戶關起。

延昌迅捷拖著南捷離開樹叢，沿牆轉到樓後，南捷在他刀鋒下屏息吞聲，挺著脖子，延昌兇狠的凝聲說：

「你不死心，嗯？」

南捷把頭後仰，懇聲說：

「你們誤會，我不是來敲詐勒索…」

「哼，你想見醒華？」

南捷情急，忘記喉嚨刀鋒猛然點頭，鋒利刀鋒再戳進肉內，他始警覺再把頭仰高：

「是，我們眞心相愛，發過誓了…」

吳延昌抽刀指向他的臉，牙根挫出格響，刀光在南捷臉頰輕劃，順刀劃出一道血槽，血流到脖子上：

「眞心相愛，嗯？」

南捷見他神情，驚怖的問：「你是誰？」

延昌露著森森白牙，滿眼迸射著恨焰妒火：

「我是醒華的未婚夫。」

南捷駭異的瞠目望他，驀地湧起暴怒，大吼：

「你胡說！」

南捷憤聲吼叫，延昌不及攔阻，他憤恨，抬腿用膝頭猛撞南捷小腹，南捷痛得蹲下，醒華再「砰」地推開窗高喊：「南捷，我聽到你的聲音，你在哪？」

南捷欲挺身站起，延昌橫刀想要殺他，猛覺不妥，倒轉刀柄敲他的後腦，南捷應聲暈眩，栽倒地上。

周溥齋也驚醒，開窗喝問：

「什麼事？誰在院子裏？」他怒聲喝喊：「阿猛！」

延昌藏起短刀，走到光亮處說：

「乾爹，是我。」

「噢！延昌。」溥齋語氣轉趨和緩：「你不睡覺，在院子裡幹嘛？」

延昌態度恭謹的指樹叢：
「我聽到聲音，怕有賊，想搜查一下。」

2

清晨，滿院歡鬧的雀聒，醒華的窗戶洞開著，晨風鼓吹，細紗窗帘飄浮擺蕩。

醒華眼眶紅腫的蜷縮在床頭，陡地「砰」然槍響，把她震得跳起，她滿臉驚惶，接著又一聲槍響，驚得她衝到窗前張望。

槍聲起自周家院後橡林，隨著槍聲，林中飛鳥驚撲飛撞，醒漢在橡林內打獵，他瞄準樹頂驚飛的鳥群，再扣扳機射擊，槍口噴射火花，散彈射得橡樹枝斷葉濺，林深樹密回聲嫋嫋，在林蔭晨霧中激蕩。

槍聲驚醒暈倒在周家後門外的鄭南捷，他身體蠕動著掙扎想爬起，滿身血污混淆著泥濘，他搖幌著艱難的站穩，臉部腫脹，雙眼烏青得只剩兩條細縫，他咬牙忍著疼痛挪動身體，從眼縫中探望四周，混身刺痛痲痹讓他禁不住呻吟出聲。

他伸手摸頭，摸到一手汙血和爛泥，頭後傷口痲疼讓他覺得暈眩和眼光蒙矓，他沿牆蹣跚移步，意識有點混沌，口中乾涸喉嚨燥焦得像被火焰炙烤。

他扶牆走，腦中模糊記得昨夜的遭遇，他仰望圍牆，牆高望不進院內，他腦中閃過吹口哨的意念，因為他和醒華意濃時會吹口哨傳情，也會用口哨合吹他們都熟息的歌謠，他撮唇想吹，喉嚨乾澀刺疼吹不出聲音，他吞涎潤喉，不停試吹，終於吹出斷續哨聲。
哨聲吹得是花好月圓的旋律，在清晨寂靜裏斷續飄送。
蒙矓昏睡的醒華被哨聲猛地驚醒，她瞠目凝神傾聽哨音，聽著霍地跳起，衝到窗前探頭窗外循聲尋找，確定哨聲在圍牆外，只隱約看到醒漢在橡林中。
在橡林獵鳥的醒漢聽到哨聲疑惑的回頭看，看到後門外圍牆邊有個蹣跚扶牆，滿身爛泥的人，他驚愕疑懼的凝目細看，認出是鄭南捷，一股激怒憤恨沖起，舉槍對他瞄準：
「鄭南捷，你害慘我姐姐…」
南捷停住腳步，揚起紅腫的臉，從眼瞼縫隙裏看到樹林內的模糊人影，他問：
「你是誰？醒漢嗎？」
「還裝蒜，你害得我姐被學校開除了。」
南捷如被重擊，身軀震慄得僵住，醒漢衝過去，用槍托打他，南捷被他打得撞牆摔倒，醒漢見狀錯愕，怒聲問他：
「你幹嘛不躲？找挨揍啊？」
南捷抱肩忍痛顫聲說：
「我讓你們打，讓你們殺，只求你們讓我見見她…」
醒漢憤懣的叫：

「誰要打你殺你？你別誣賴⋯」

突地醒華失聲嘶喊：

「醒漢不要打他！」

醒漢聞聲轉頭看，頓時驚駭變色，不覺失聲喊：

「姐，你幹嘛？」

院內樓窗上醒華正用床單吊著爬出窗外，她驚惶抖顫著雙腳胡亂蹬牆，膝頭在白牆上擦出血痕，她咬牙堅決，在驚恐中擺蕩。

床單短，離地還有數尺，她鬆手墜地，摔進牆根樹叢，發出沉實響聲。醒華摔得岔氣，半晌無法移動，這時樓內有喧嘩騷亂傳出，醒華強撐爬起，跌撞著跑向後門，邊跑邊叫：

「醒漢，別打，別打⋯」

南捷聽得醒華喊叫，跳起狂奔猛撞後門，後門被撞開，醒華適時奔到撲進南捷懷中。

兩人緊擁瞬間，醒華把南捷推開，拉著他奔出後門，奔進橡樹林中，醒漢愣望著他們在面前奔過，猛地驚醒，跳起追喊：

「姐！」

醒華霍地停步回頭，滿臉堅冷，雙眼怒瞪，醒漢被她堅冷神情嚇住，訥訥說不出話。醒華拖著南捷回頭再跑，醒漢情急脫下外套擲給她們：

「姐，你沒穿衣服，怕會冷⋯」

醒華奔跑的腳步再停住，她咬牙忍淚回頭深望醒漢，彎腰撿起衣服，繼續衝奔。

醒漢追望著她們跑遠，院內衝出吳延昌，他邊伸手抓搶醒漢手裏獵槍邊怒叫：

「醒漢，槍給我！」

不想他一把抓空，醒漢擰身退開說：

「散彈獵槍，你會打到我姐姐！」

延昌兇橫的衝向他：

「槍給我！」

醒漢抽槍急退，舉槍對他瞄準，延昌驚怒喝斥：

「醒漢⋯」

醒漢再倒退，憤聲說：

「我討厭你的態度，你少跟我張牙舞爪！」

延昌怒恨氣結，轉臉眺望橡林，晨霧迷離，南捷、醒華已在橡林深處消失，他盛怒，露出猙獰兇狠的面孔，醒漢槍口上抬「轟」地擊發，延昌驚駭得抱頭，槍擊處，枝葉飛濺繽紛滿空。

周溥齋暴怒的掄杖就打，醒漢抱頭躲避，手杖掃過青花瓷瓶，一陣爆響瓷瓶碎裂濺飛，溥齋氣得混身抖顫，戟指著醒漢：

「眼睜睜看著你姐被他帶走，還擋著延昌不讓他追趕？」

醒漢挺身爭辯：

「姐姐眞的喜歡他…」

溥齋怒極吼叫：

「住嘴！」他叫著轉臉指責老妻麥氏：「你看，看看你養的一對畜生！」

麥氏含著滿眼痛淚，抖著嘴唇說不出話，溥齋丟掉手杖向延昌指飭：

「去追，去抓回來！」他暴吼：「去！」

醒華、南捷相攙相扶著在橡林中奔跑，醒華邊跑邊回頭張望，眼眶痛淚湧流，不停抽噎哽咽。

橡林幽深，薄霧迷蒙，周家樓宇已經望斷不見，她難舍的悲痛，幾次從緊閉的嘴唇迸出痛哭聲。

南捷顛仆踉蹌，腳步不穩，醒華緊抱住他的膀臂，撐持著他身體的平衡，南捷頭後的傷口仍在流血，血污濡濕他肩臂衣服，醒華被血濕沾染手臂，她驚痛的停下腳，放聲哭：

「南捷，你的頭在流血！」

「是吳秘書打的，他誣賴我到你們家勒索，他好兇，拿著日本刀，像眞會殺人。他說，你他做夢！」醒華滿懷激憤：

「他到底是誰？」

「是我爸爸朋友的兒子。日本華僑，幫我爸爸做貿易。」醒華厭惡的把話岔開，心痛的問他：「你疼嗎？流好多血。」

「頭有點暈。」

醒華向前指點：

「前邊有間工寮，我們到那邊暫時歇歇，給你包紮傷口。」

南捷沒說話，點頭答應。

跨進工寮，南捷氣頽力竭的萎坐在地上，醒華撕下裙裾摟過他幫他擦拭頭後汙血，南捷虛弱癱軟，呼吸粗濁，頭臉搖晃低垂著，醒華扶起他的頭，探摸他的前額，驚心說：

「南捷，你發燒…」

「噢！」南捷意識模糊的應著。

「傷口也腫了，得趕快看醫生敷藥。」

南捷陡地扭身抱住醒華說：「醒華，我們結婚吧！」

「結婚？」醒華錯愕的震動著。

「我們結婚，」南捷摟得她更緊：「我們結婚，造成事實，誰都不能再阻攔我們了。」

醒華憂心的搖頭：

「你不瞭解我爸爸，他剛愎固執，倔強蠻橫，越逼他越不會屈服。」

南捷振奮的神情漸變絕望萎頓，醒華卻神情露出堅定：

「我們儘快結婚也好，這樣可以斷絕吳延昌的邪念，」她說著臉上掠過驚怖：「這個人很狡詐陰險…」

驀地工寮外腳步狂奔衝到，醒華、南捷驚懼的跳起，醒漢跑得滿頭熱汗衝到門口，醒華張臂擋在南捷面前，醒漢急喘著說：

「姐，快走吧，延昌哥帶人追來了。」他說著衝前拖拉醒華：「快！快走！」

醒華腦中混亂，愣著：

「去哪？」

「隨便去哪！先離開這裏，延昌哥帶了獵槍，爸叫他不論死活都要抓你們回去，他眞的會殺他，」醒漢說著指南捷：「子彈都上膛了。」

醒華緊抓著南捷，驚恐得臉色慘白，醒漢拖她：

「走啊！」

「我、我們去哪？」

醒漢心頭靈光一閃，脫口說：

「去找廖宛芬！」

「對對，去找宛芬，她一定會幫我！」

醒華拖拽著南捷衝出工寮，醒漢追著他們，塞一卷鈔票給醒華。

一幢豪華宅邸，大理石的門牆上掛著「星州帝瑪錫礦公司」的銅牌，厚重的鐵門緊閉著，醒華牽著南捷站在門外遲疑著不敢拉鈴，醒華猶豫瞬間還是把鈴拉響了。門房老蔡探出頭察看，說：

「阿蔡，我找宛芬。」

老蔡慌忙走出開門：

「周小姐，你來得不巧，今格週六，我們小姐跟著太太到瑞佛斯酒店參觀歐洲商品義賣，要住一晚，明天才能回來。」

醒華驚愕愣住，老蔡殷勤的打開鐵門：

「進來吧，我們老爺在。」

醒華強笑著退縮：

「不了。宛芬回來跟她說，我來找她。」

老蔡點頭答應，醒華拖著南捷離去，老蔡困惑的追望他們，對兩人滿身泥濘的狼狽模樣，充滿疑惑。

當夜，陰雨淅瀝，勁風搖撼著院樹，搖下枝葉間陣陣飛灑的滴水，周溥齋鐵青著臉鬱怒陰沉的坐在客廳沙發上吸煙，他雪茄的煙火不住明滅，麥氏坐在一旁揉著紅腫的眼眶拭淚，醒漢傍著她，吳延昌站在落地窗前，麥氏邊拭淚邊埋怨：

「我早說過，醒華脾氣倔，你這樣逼她會逼出事！」

溥齋怒恨無處發泄，拍椅怒斥：

「你給我閉嘴！」

「我怎麼能閉嘴？」麥氏哽咽指窗外說：「你看看，都快半夜了，天還下著雨，她從嬌生慣養，你叫她到哪避雨去？」

默坐一旁的醒漢說：

「媽，她不會淋雨。」

他話說出口驀地警覺，站在窗前的吳延昌霍地轉過頭來，溥齋拿下嘴裏的雪茄喝問：

「你怎麼知道？」

醒漢顯出驚惶失措，溥齋再厲聲喝問：

「你知道她在哪裡，是不是？」

「我，我怎麼知道？」醒漢抵賴，難掩恐懼，溥齋怒瞪他，站起衝到他面前，醒漢驚恐的跳起躲到沙發背後：「她沒地方躲嘛，平時跟廖姐姐很好，說不定會去廖家，我猜的⋯⋯」

麥氏興奮的搶著說：

「對，她可能去廖家。」

「哪個廖家？做錫礦的廖本源，還是做出口的廖宏發？」溥齋怒目嚴厲的問醒漢，醒漢勉強說：

「做錫礦的廖家。」

麥氏急著揮手：

「延昌，快去找。」

延昌轉身要走，麥氏又把他喊住：

「呃，等一了」

延昌站住腳，麥氏追過去懇切的囑咐他：

「把醒華帶回來就好，見到姓鄭的，別爲難他！」

阿猛把轎車開到廖家門外，車燈照耀著廖家大門，延昌脫口贊說：

「好大氣派！」

阿猛解釋，神情顯出驕傲：

「帝瑪廖家跟我們律巴周家都是新加坡一霸，我們擁有馬來亞最大的橡膠園，他們有馬來亞最大的錫礦。」

黑暗中延昌的眼光迸出光彩，他眼珠急轉，下車到鐵門前拉鈴，鈴聲驚得老蔡走出，延昌說：

「我是律巴橡園的吳秘書，來拜訪貴府廖小姐。」

「小姐不在。」老蔡機警的打量延昌，看到他身後阿猛站在車旁，向阿猛揮手，延昌再問他：

「請問，周家小姐來過沒有？」

「剛來過，走了。」

「走了多久？往哪個方向走？」

老蔡眼中閃過詫疑，他掃望阿猛：

「往哪裡走沒注意，走很久了。」他說著向阿猛喊：「阿猛，改天喝兩杯？」

「好啊。」阿猛順口答應，延昌眼光急閃，突地說：

「麻煩通報一聲，我想拜見廖老闆。」

老蔡微愣，爲難的指門房裏掛鐘說：

「吳秘書，十一點，太晚了。」

「噢，對不起，打擾。」

延昌轉身回坐車內，阿猛倒車調頭，急駛離開。

汽車在黑暗的道路急駛，路旁林蔭茂密，急遽的在車旁倒退，延昌眼珠眨閃著向阿猛攀談，他說：

「阿猛來新加坡多久了？」

「我十三歲離開家鄉廣東，今年卅，十七年了。」

「沒回去過？」

「沒賺到錢，回去幹嘛？」

「家裏還有親人？」

「有母親，」阿猛從後視鏡裡看延昌：「吳秘書也是廣東？」

「不，我祖籍浙江。」

車行顛簸，短暫沈默後延昌突地說：

「我到新加坡不久，環境不熟，阿猛要能在天亮前幫我找到小姐，我謝你十兩金條。」

阿猛震驚，猛踩煞車，汽車在手忙腳亂中煞住，阿猛愣著從後視鏡望吳延昌，延昌堅定的點頭說：

「我說的話絕對算數。我的心情你應該知道。」

阿猛愣望著他一會露出苦笑。

「路我很熟，不過路熟可不一定就能找到小姐，我可以開車載你找遍帝瑪、律巴，金子我不敢要。」

汽車重新開動，車內陷進冷僵的沉默了。

黎明，天邊朝霞初透，橡園裏晨霧迷蒙，飛鳥在樹頭跳躍歡叫，樹林間工人忙著割樹接膠，在樹幹割裂的斜溝下掛牢鐵筒，鐵筒內涓滴流進乳白樹膠。

林內空曠處有座簡陋敞棚，棚下堆積著一些待運的容器，一輛卡車在敞棚旁引擎隆隆響著。

容器堆積的空隙中擠著一組桌椅，鄺叔叼著煙翹著腿坐在桌邊椅上，點收登記集膠的桶數。

突地樹林裡喧嘩的人聲一靜，都驚愣的轉頭望走進樹林的醒華和南捷，他們相攙相扶著，混身髒汙泥濘的走到鄺叔桌前，鄺叔看到他們霍地站起，醒華鎮定的說：

「鄺叔，我要借用卡車。」

鄺叔愣著望她，頭搖得像博浪鼓：

「醒華，你要把你爸爸氣死⋯」

醒華堅定的寒下臉：

「我要卡車。」

「醒華，你講點道理，昨晚你爸媽一夜沒睡，你、你太任性了⋯⋯」他說著眼光停在南捷臉上：「就是他？」

「他叫鄭南捷。」

鄺叔伸手想抓醒華：

「你不能不顧父母家庭⋯⋯」

醒華揮臂擋開他的手，放聲哭出：

「我要卡車，你給不給？他傷得很重，發燒得厲害，我得儘快送他去醫院，你給我卡車⋯⋯」

「不行，卡車要運樹膠進工廠，樹膠不能耽誤。」

醒華猛吸口氣，忍住哭聲挺胸說：

「好，我不要卡車，給我幾顆飯團。」

「好，飯團我給妳，妳得回家。」

醒華決然扭頭：

「算了，我不要了。」

鄺叔衝前想再拉她，醒華跳起抓過桌上一把割樹刀，怒目回身指著鄺叔，鄺叔嚇得站住，雙手亂搖著斥責：

「醒華你瘋了？放下刀！」

醒華一把抹掉腮邊淚痕，憤聲叫：

「你敢再攔我？」

「我、我是想勸你回家。」

醒華舉刀拉著南捷後退，恨聲說：

「誰敢再攔我我就刺自己，我發現誰跟著我，我就先刺自己一刀。」

酈叔急得跳腳，醒華拉著南捷退出樹林，南捷臉色青灰，搖搖欲倒，醒華拉過他的手臂攀搭在自己肩上，她撐持著他艱窘的移步，走著南捷突地腳軟跪下，壓得醒華也傾身跪倒。

晌午，橡林外駛過一輛汽車，廖宛芬和她母親廖張鸞坐在車內，母女正歡喜的檢視著購買的衣物，廖張鸞抖開一件新衣審視，宛芬戴著一隻金錶反復的瞧：

「這只錶比醒華那只漂亮。」

「還說，買這樣的錶太招搖了。」

「就是要招搖，醒華有，我也要！」她說著目光一凝，失聲叫：「咦…」

廖母隨著她駭異的目光看，見車前樹林邊醒華正艱困的拖拽著倒在地下的南捷，向樹林外拖，宛芬驚駭的喊：

「她幹嘛？」

廖母急拍司機福寶椅背：
「福寶，停車！」
福寶把汽車停在路邊，宛芬開門衝奔下車，醒華看到她激動的哭出，說：
「宛芬，你幫幫我！」
宛芬驚恐的探頭望南捷：
「他怎麼了？」
「他受重傷，被吳延昌打的。」
「趕快送醫院吶，你們在這裏幹嘛？」
「我從家裏跑出來，沒地方去，他傷重暈倒了，我找不到車。」
「用我們家的車，可是…」宛芬說著望汽車：「我媽在車上。」
「以後再解釋，眼前顧不得了。」
「好吧，我去跟我媽說。」
宛芬跑回車旁，廖張鸞搖下車窗，母女促聲說了一會，宛芬向司機福寶說：
「福寶，你來幫忙。」
福寶和宛芬奔到樹林邊，幫忙醒華扶起南捷，攙架著他塞進汽車前座，宛芬拉著醒華坐到廖張鸞身旁，醒華困窘焦惶的向廖張鸞招呼，廖張鸞溫藹的笑著點頭，宛芬催促福寶開車，問醒華：

「去哪間醫院？」

「去小麗家，珠倫聖心診所。」

汽車疾馳到小麗家的聖心診所門外，福寶、宛芬幫著醒華把南捷攙架進診所內，小麗看到他們駭異得瞠目結舌，醒華焦燥惶急的喊：

「小麗，妳爸爸呢？」

小麗愣著答：

「我爸出診了。」

醒華聽得一陣暈眩，搖晃欲倒，宛芬急忙抽手扶住她，問小麗：

「多久能回來？」

「我不知道，出診時間難說啊。」

醒華緊抱著南捷急出滿臉痛淚，宛芬焦急得跺腳：

「哎呀，那怎麼辦？」

樓梯上響起鄭可銘的話聲：

「她爸不在，她哥哥在，怕什麼？」可銘懶散的走下樓梯：「我在倫敦學醫三年，難道白學了？」

小麗興奮的跳起：
「對，我哥哥能醫，快、快把他扶進去呀！」
小麗幫忙抓住南捷，宛芬鬆手輕蔑的白眼瞪著可銘退開：
「哼，能醫香港腳、頭皮癬吧。」
可銘看她，嘴角含著笑意，經過她身邊時輕聲說：
「好久不見了。」
宛芬寒臉不理，可銘跟隨醒華等人湧進診療室，指揮著把南捷放躺在診察臺上，他熟練的佩戴聽診器，驗著南捷身上的傷，宛芬隨後跟進，可銘說：
「小姐們請回避，執意參觀也請便，我要脫衣服了。」
小麗、宛芬窘迫，慌急退出門外，醒華沒動，宛芬羞窘氣急難忍，借著進門拉出醒華故意踢可銘一腳泄憤。小麗白眼瞪宛芬說：
「你們倆還是這樣，分開一年多，見面還跟鬥雞一樣。」
宛芬翻臉怒叫：
「哎，別護著你哥哥，是他說話不謙虛，誰跟他鬥？」
醒華不理小麗和宛芬鬥嘴，眼光焦灼恐懼的盯望著診療室，傾聽動靜，細微的響聲都讓她驚跳，福寶進來叫宛芬說：

「小姐，太太在車上等著呢。」
宛芬略顯猶豫，說：
「你們先走吧，我就會自己回去。」
福寶退出，可銘走出診療室，醒華跳起迎住他，顫聲問：
「鄭大哥，他怎麼樣？」
可銘側望宛芬，微笑說。
「我聽小麗說，你交個臺灣來的男朋友，拍電影的，就是他吧？」
醒華點頭，可銘斂去笑容凝色說：
「他斷了兩根肋骨，胸腔出血，頭後裂傷浸水感染發炎，我初步診斷就是這樣。」他說著再瞟望宛芬：「至於怎麼治療，有沒有併發症，在下火候不足，不敢妄斷，得等我老頭回來，再詳細檢驗才能確定。」
醒華不等他說完就想衝進診療室，可銘抓住她，安慰的再露笑容：
「別急，我剛給他打一針，讓他睡了，他死不了，你放心。」
醒華粗暴的推開他，衝進診療室，可銘被她推得踉蹌，錯愕的露出驚駭。
聖心診所樓上小客廳裏，留聲機的唱盤轉著，播放著流行音樂，宛芬和小麗脫了鞋盤腿坐在沙發上輕聲說話，小麗說：

「像醒華這樣率性大膽，我可不敢。」
「我也不敢。」宛芬說著搖頭：「她不顧一切，好像什麼都不要了。」
「妳呢？」小麗突地問說：「他這次回來，你們還繼續鬥嗎？」
宛芬明白小麗的所指，哼聲說：
「哼，你瞧他踐得那個樣子。」
小麗斜眼望她，嘴角噙笑：
「以前，你不是最欣賞他那副德性嗎？」
宛芬臉頰湧起紅暈，窘急地叫：
「你少栽贓，我什麼時候欣賞過他？」
「還賴，妳說最欣賞…」
宛芬羞窘的跳起伸手插進她腋下…
「你繞舌頭，看你討饒！」
小麗縮躲跳下沙發，突地留聲機樂聲嘎然靜止，小麗、宛芬轉身看，見可銘站在留聲機旁，宛芬冷聲說：
「你在英國留學，還沒學會敲門嗎？」
可銘翻弄唱片，態度懶散的說：

「這個房間沒門可敲，抱歉！」

宛芬轉眼望門，果見只有拱形門框，沒裝房門，她像輸了似的不甘心，推小麗說：

「我們走，我覺得這個房間沒門不安全。」

宛芬推著小麗跑走，可銘聳聳肩翻看唱片，宛芬和小麗跑到樓下推開診療室的門探頭看，見室內昏暗靜寂，南捷在診察臺上沈睡，醒華坐在椅上枕肘伏睡在南捷身邊，小麗想進門被宛芬拉住，她們輕悄退出門外，把門關上。

「讓醒華睡一會，別吵她。」宛芬說。

小麗滿臉不忍：

「她那樣睡多難過。」

宛芬轉臉望診所門外，見天色昏黑，她說：

「耽會怕要下雨，我回家了，你腳踏車借我。」

宛芬說著向外走，小麗掏車鑰匙給她，暗示的望樓上，宛芬搶過車鑰匙點她鼻頭：

「我看妳是白費心機，跟他說一聲，讓他別自鳴得意，我把他剔除了！」

新加坡河岸糧市上有間茶館，低層的勞動商販都聚集在此喝茶歇腿，茶館喧騰吵雜儘是潮汕鄉音，果皮、瓜子、花生殼狼藉滿地，一股黴濕的汗鹹味混雜著茶香裡。

阿猛、老蔡和福寶坐在一桌喝茶，剝食花生乾果，老蔡蹲在凳上，他雙眼直勾的望著阿猛，滿臉貪婪：

「十兩黃金一句話就賺到手，你不賺？」

「這個錢不能賺。」阿猛說。

「不能賺？不偷不搶，家鄉又缺錢…」老蔡白眼翻著：「幹嘛不能賺？」

「家鄉缺錢是家鄉缺錢，這種錢賺了良心不安。」

老蔡見阿猛頭腦頑固，「呸」地在地上吐口痰：

「呸，良心能當飯吃，你不賺我賺。」

福寶開口，神態堅決：

「不行，只我知道他們在珠倫，你不能讓我坐蠟燭。」

老蔡不甘的望福寶一會，罵他：

「死腦筋。」

阿猛撥開面前花生向老蔡說：

「拋開良心，這個錢也不能賺，吳秘書這個人不好惹，想賺他十兩黃金，哼，難！」

老蔡仍不死心：

「難？」他翻著白眼喝茶，自語罵：「癡相，財神爺上門向外趕。」

沾血的手術刀擲進瓷盤，鄭醫師拉下口罩脫掉橡膠手套舒口氣，護士月桂熟練的包紮傷口，清理汙穢，鄭醫師凝望手術臺上的鄭南捷，滿臉憐憫痛惜的向月桂說：
「這個少年仔，生命力眞強！」
在診療室外焦惶等候的醒華，眼眶紅腫的緊握著小麗的手，她雙手冰冷間歇的抖慄著，小麗柔聲安慰她：
「別急，我爸會盡全力救他。」
醒華抖慄著顫聲：
「裏邊好靜，我好怕！」
「在手術嘛，他麻醉了。」
醒華張張嘴沒說出聲音，診療室傳出鄭醫師的喊聲：
「小麗，你們進來吧。」
醒華跳起衝進診療室，撲向南捷，鄭醫師伸手抓住她，慈藹的說：
「他身體壯得很，你放心了。」
醒華眼淚奪眶湧出：
「謝謝鄭伯伯！」
「現在不要吵他，讓他恢復，你跟小麗到樓上去睡，這裏月桂阿姨會照顧。嗯？」
醒華微掙，探頭向南捷看，鄭醫師向小麗示意，小麗拖拽著醒華走，醒華掙扎著被拖出門外，她邊走邊回頭，鄭醫師聽著腳步上樓，歎說：
「治傷容易，處置這個人就棘手了。」
當晚周家客廳亮著燈，周溥齋憤怒的拍著桌子吼叫：
「這絕對是廖本源的陰謀，他故意讓我難堪，擴大事件打擊我。」
溥齋激怒得滿臉脹紫，坐在一旁的麥氏抗拒的把頭扭開，臉色鐵青著：
「你沒證據，別冤枉人。」
溥齋憤恨的握緊拳頭說：
「我冤枉他？南洋中學校董會，有一半跟他有交情，不是他幕後唆使，誰敢給我周溥齋這種難堪，開除我的女兒，事前事後都不通知？他老婆帶女兒到瑞佛斯酒店擺闊，路上遇到醒華不送她回家，反把她載走，這居心還不明白？」
「我們也沒親眼看到他們把醒華載走。」
麥氏扭著臉駁斥，溥齋更增惱怒：
「還用親眼看到？難道延昌會造謠？」
溥齋指點站在椅旁的延昌，延昌乾咳插嘴說：
「廖家門房老蔡這麼說。」
「他說載去哪？」

麥氏情急的問他，延昌說：

「說廖家司機不肯講，我正想法子找。」

溥齋向麥氏斥責著指她的頭：

「聽清楚了，用用頭腦。」

麥氏也激怒衝身站起：

「你對我吼幹嘛？是你自己把女兒逼走的！」

麥氏說著轉身上樓，溥齋怒恨擊桌，麥氏在樓梯停步向延昌說：

「延昌，明早你再去廖家，確實問清楚醒華的下落。」

「是！」

翌晨一早，阿猛開車把吳延昌送到廖家門口，延昌下車拉鈴，老蔡睡眼惺忪的從門房探出頭，他見到延昌微顯愣神，眼珠急轉堆出笑容：

「噢，吳秘書，早。」

「早，麻煩通報，我想拜訪貴府小姐。」

「噢，」老蔡眼光飛快的掃望車上阿猛：「好，我開門。」

他說著披衣奔出把鐵門拉開，延昌跨進門內，兩人眼光接觸俱都含笑，老蔡帶領他沿著花徑向客廳走，路旁花叢、假山、叢樹，修剪得極盡氣派規模，老蔡眼珠急轉，趨近延昌，低聲說：

「吳秘書，找到周家小姐了？」

延昌側眼望他，搖頭，老蔡再趨近他，說：

「你十兩黃金的賞格，還算不算數？」

延昌堅定的點頭：

「算數，消息確實找到她，馬上給一根十兩足條。」

老蔡興奮的臉上湧起紅暈，剛要說話，突地假山背後穿著晨褸的廖本源探出頭，老蔡驟驚變色，恭謹的站住：

「老爺。」

廖本源眼望著延昌問老蔡：

「什麼事？」

老蔡心虛慌亂的說：

「是律巴周家的吳秘書，要見小姐。」

「小姐一早去學校，你糊塗了？」

老蔡語塞，慌忙搪塞說：

「吳秘書說小姐不在，要拜候老爺。」

廖本源詫異的再望延昌：

「找我？周溥齋叫你來找我？」

延昌轉望老蔡取得默契：

「是，我乾爹說，若廖伯伯有便就讓我代他請教。」

本源放下花剪，拍拍身上泥土說：

「進來說吧。」

本源轉身走進客廳，延昌再望老蔡，老蔡鼓勵的點頭，手暗揮著。

聖心診所的樓梯一陣急響，醒華、小麗從樓上奔下，護士月桂迎著她們興奮的笑說：

「醒了。」

醒華沒理月桂，急衝闖進診療室，南捷虛弱的躺在手術臺上，醒華撲過去抱住他，哭著笑：

「南捷，你嚇死我了。」

小麗和月桂跟進，看到他們忘情的擁抱，輕咳著說：

「喂，有人看著。」

醒華趕緊掙離南捷懷抱退開，小麗笑著走到手術臺前扳過醒華的肩膀，藏著半邊臉龐問著：

「鄭大哥，這一覺睡得好。」

南捷感激的瘖聲說：

「謝謝了！」

「別謝我，該謝她。」小麗指著醒華：「你昏睡一夜，她一直在旁邊陪著乾坐，喂，醒華，看清楚了吧？」

醒華愣著：

「看清楚什麼？」

「妳坐在他旁邊呆看他一夜，他臉上有機顆面皰青春痘，都該數出來了。」

醒華窘急，揚手打她，小麗躲著跑，不期撞到進門來的可銘，可銘抓著小麗推開，向醒華呶嘴指南捷說：

「喂，我也算個救命恩人呢，不介紹？」

醒華臉紅的說：

「他叫鄭南捷。」

可銘向南捷伸手：

「鄭可銘。」

南捷和他緊握，滿懷感激的輕搖：

「謝謝救我！」

廖宏發把轎車開進帝瑪廖家院內，他下車走進客廳，本源、延昌站起來迎接，宏發笑說：

「不速之客沒打擾吧？」

本源讓座，態度溫和：

「我正要找你，你來得好。」

宏發世故的轉臉望延昌，笑臉上的目光警戒冷峭，延昌向他鞠躬，本源介紹：

「他叫吳延昌，是溥齋的晚輩，祖籍浙江，在日本出生，溥齋兄的橡膠銷售日本，都是得力這位老弟促成，剛才我們正在談對日貿易…」

宏發冷淡的和延昌握手，本源指著宏發說：

「宏發老弟經營錫業出口，他也是中華商會的理事，馬來亞的錫，我採礦，他銷售，我們配合得很好。」

延昌神態恭謹，再鞠躬：

「廖叔叔多栽培，多指教。」

宏發笑笑，冷漠的扯動嘴角：

「不敢，太客氣了。」

氣氛有點窘困，眾人都僵冷的站著，宏發說：

「你們談吶，我也聽聽吳老弟的高論。」

他率先在沙發坐下，本源也對延昌讓坐：

「坐，別拘束，我們隨便聊。」

本源和延昌分別坐下，轉向宏發說：

「你還是喝茶？」

「喝茶，習慣了。」

延昌賣弄的討好說：

「英國習慣喝奶茶，廖叔叔是不是也⋯⋯」

宏發搖手打斷他的話：

「不不，不敢當你這種稱呼，我喝龍井，杭州龍井。」說著輕拍沙發扶手說：

「哈，今年雨季總算熬過了。」

女傭阿番端茶放在宏發身邊茶几，躬身退走，氣氛仍困窘僵持，宏發喝茶笑說：

「你們繼續呀。」他乾咳著問延昌：「溥齋兄好嗎？有半年多沒見著他了。」

「托您的福，我乾爹很好。」

「哈哈，托我的福？這話裏有話吧？他不恨我，我就要拜菩薩了？」

本源憂色沉重的說：

「我剛還跟吳老弟談這件事，溥齋兄對我們有很深的誤會。」

宏發乾笑兩聲：

「嘿嘿，那倒是能想象的。」

延昌端茶掩飾尷尬困窘，本源也藉喝茶緩和氣氛說：

「其實在商言商，貨物運銷首要就在貨暢其流，至於賣給誰流向何處，非局外人能干預，不過此時此地把橡膠銷往日本，時機不對。」

宏發也斂去笑容凝色說：

「本老說時機不對是含蓄，說明白點日本是敵國，日本狼子野心，處心積慮侵略我們中國，前幾年九一八事變強佔了東北三省，這兩年又節節進逼，屯兵東北伺機尋釁，橡膠是軍需物資，把軍需物資賣給敵人，就是資敵⋯⋯」

本源笑著疏解：

「宏發這話說得嚴重，溥齋兄決不會存這個意思。」

「假若他沒這個心，那就是他眼光短淺，貪圖私利，危害大局。」

宏發說得嚴厲，延昌聽得面紅耳赤，他期艾的想解釋：「我感覺，我乾爹的意思是⋯⋯」

宏發截斷他的話：

「像吳老弟這種青年才俊，在日本生長，當然更能洞悉日本的擴張野心，現在國內上海、北平、南京各大都會都在發起抵制日貨，我們華僑人雖在國外，根卻在國內，老弟難道國內沒親人？

「有是有，我不太記得……」

「噢，那就難怪，不過令尊應該記得。」

宏發臉現譏諷的說：

延昌由面紅耳赤逐漸變得臉色青白，本源見狀打圓場，笑出聲音：

「宏發說話直爽，其實實情確也如此，吳老弟多想想，也勸勸溥齋。」

宏發也露出圓融笑容：

「我對溥齋沒成見，是對事不對人，溥齋和我跟本老都是同鄉，對他刻苦經營的態度，我們敬佩有加，只是反對此時把橡膠賣到日本。」

延昌勉強說：

「是，我會轉達……」他站起望宏發，眼中閃過瞬間陰狠：「我先告辭。」

本源站起送他到門口：

「老弟慢走，宛芬回來我會詳細問她，周家小姐的事，我確實不曉得。」

「是，多謝廖伯伯。」

延昌鞠躬離去，本源站在門口望他背影，宏發揚聲問：「他找你幹嘛？周溥齋叫他來？」

本源搖頭，轉身回到廳中：

「他名義上來找宛芬，打聽周家小姐行蹤，眞正目的想是找我搭線，希望我也能把錫賣到日本。」

周溥齋氣得臉色紫脹，竄身跳起：

「混蛋，他敢說我通敵賣國？」

延昌故意顯出吞吐囁嚅：

「話沒明說，只說是資敵……」

溥齋怒極以拳擊桌，震得茶杯摔地粉碎。

「放屁！他廖宏發只不過是個靠英國人吃飯的買辦，有什麼資格對我批評指責？」

麥氏聽得溥齋怒叫，驚心動魄的從樓上跑下：

「怎麼了？什麼事？」

溥齋遷怒的瞪她，憤恨咬牙：「欺人太甚！」

麥氏茫然問：

「誰欺侮你？」

溥齋沒理她，指著延昌說：

「你馬上回日本，跟三井會社談，價錢壓低增加出貨，他們越妒嫉擠迫，我就越賣得多！」

「這⋯」延昌故做猶豫，但難掩眼中欣喜，溥齋憤恨難平，激動的發泄怒氣：

「馬來亞是英國屬地，新加坡是自由港口，橡膠園是我私有財產，橡膠我願意賣給誰就賣給誰。誰能管我？照我說的做，增加輸出讓他們氣死！」

「是，那醒華⋯」

溥齋微愣，旋即揮手：

「你別管她了，我會處置她。」他說著嚴厲的逼望延昌：「你剛說有確實消息，她在哪？」

醒漢走進客廳，望見溥齋盛怒腳步遲疑的站住，延昌掃望他顯出猶豫：

「在珠倫一家醫院，她同學鄭小麗家。」

「那個男的也在？」

「嗯，他們在一起。」

溥齋要吩咐什麼，還沒開口，醒漢喊：

「爸。」

溥齋勃然怒目。

「幹什麼？」

「兩個英國人，說是農業諮詢所來的，要見您。」

溥齋詫愕，略微沈思，問他：

「人呢？」

「在門口車上。」

溥齋揮手：

「延昌，你去迎接他們。」

延昌走出客廳，醒漢也想跟隨溜出，被溥齋喝住：

「醒漢回來，」醒漢抗拒的站住腳，溥齋指斥他：「你給我耽在家裏，不准出去。」

暗房，一盞紅色燈泡微微搖晃，燈泡暗影中一雙手在瓷盤藥水裏撥弄浸泡幾張逐漸顯影的照片。

照片上是醒華各種風姿燦然的笑臉，青春煥發，眼睛澄澈明亮，撥弄的手夾出一張照片在晾繩上掛起，唇上留著一撮黑髭的阪田哲一貪饞的望著照片用日語讚歎著：

「好漂亮，這是誰呀？」

他定睛望著照片馳想，擦手走出暗房，走進照相館裏櫃檯，打開櫥櫃抽屜翻找登記卡片。

找到卡片抽出看，輕聲念：

「鄭南捷？」晃然想起：「啊，是他！臺灣泥思！」

照像館外玻璃櫥前站著鄭可銘，他懶散的隔著玻璃看一張穿和服的女人放大照片，那張濃妝厚粉，兩隻金牙在嘴角閃光，玻璃櫥窗外剪紙貼著「四國寫眞所」的漢字，他厭惡的縐眉，突聽身後有小麗的叫聲：

「哥！」

可銘轉頭看她，見小麗和宛芬正挽著手走到他身邊，他衝宛芬微笑，小麗問：

「你在這裏幹嘛？」

「接你呀。」

小麗嗤之以鼻：

「哼，接我？你有這好心？」說著斜眼望宛芬：「怕是接別人吧？」

宛芬憤然推開她：

「看我幹嘛？哼，你們兄妹倆都一臉奸相。」

她說著扭肩要走，可銘橫身攔住她，宛芬翻臉：

「這是我們學校門口，你想幹嘛？」

可銘聳肩，讓開身：

「哪有幹嘛？講句話都不行嗎？」

「不想聽！」宛芬拉著小麗轉身走，眼角卻瞟他：

「走，小麗，我們去看醒華。」

小麗被她拖得踉蹌跟著走，她邊走邊回頭向可銘伸舌頭，可銘嘔氣，扭臉不看她。

周溥齋禮讓著請查理士·華肯和約翰，道爾走出客廳，他吩咐延昌說：

「叫阿猛開車，我們去柔佛橡園。」

延昌答應著搶步超前走進院中，溥齋和華肯、道爾邊走邊談，溥齋說：

「巴西移植的新橡樹品種，已經適應了這裏的氣候跟土質，不過蟲害比較嚴重，現在請兩位到柔佛那邊看看，相信看過橡樹實際現狀，一定會對我目前的處境產生同情。」

「好，我們去看過再說。」華肯說。

約翰·道爾臉色沉寒，他指責：

「政府不滿律巴橡膠輸入英國的配額，不能達到計畫標準是不能原諒的事。」

「關於這點，我要委託律師申訴。」

道爾木無表情，冷然說：

「這是你的權利，政府會對你的權利尊重。」

阿猛把轎車開出車房，發動引擎等候，溥齋、延昌上車，華肯和道爾也回到自己車上，轎車開出，絕塵而去，庭院恢復寂靜。

醒漢輕悄下樓，抓起電話欲搖，麥氏在樓梯沉聲叫：

「醒漢。」

醒漢嚇一跳，鬆手摔下電話，麥氏走下樓梯，神情堅決：「走，帶我去找你姐姐。」

醒漢瞠目，愣住。

宛芬、小麗在聖心診所門前跳下腳踏車，小麗停車要進門，宛芬拉住她的手臂說：

「等一下，你想醒華現在在幹嘛？」

小麗轉著眼珠想，醒華突地從門後閃出：

「她等妳們等得急死了。」

小麗嬌嗔，白眼瞪她：

「嚇我一跳！」

宛芬撇嘴說：

「哼，你捨得丟下他等我們，我才不信。」

「他睡覺了。」

「難怪，他醒著你還會到門口⋯」

醒華輕推她，故意張望她身後：

「咦，還有個人呢？」

宛芬摸不著頭腦，跟著她向後看：

「誰呀？」

「那個留學英國的。」

小麗、宛芬恍然，小麗誇張的做個哭臉說：

「他碰個大釘子，怕一時想不開去跳海了。」

「他肯爲我跳海才怪。」

小麗不平的抗聲叫：

「哎，什麼叫才怪？」

「才怪就是他自戀、自大、自以爲是，不可能爲我跳海。」

醒華笑出聲，她們說笑著走進診所，小麗纏著問宛芬：

「這麼說，你們不通電了？」

「何止不通電，簡直絕緣了。」

「這麼絕情？」

「絕情的是他，」宛芬氣憤的說：「他去倫敦以前給我寫的信你看過，哼，他喜歡就招手，不喜歡就調頭走，他以爲他是誰？唐璜？還是範倫鐵諾？」

醒華含笑聆聽她們鬥嘴，心裏時刻記掛著南捷，不時抬眼望樓上，突地樓梯傳下聲音，醒華衝到樓梯口探視，見是鄭醫生下樓，醒華赧然，鄭醫生說：

「他睡得很好。再過半個小時給他換藥。」

「謝謝鄭伯伯。」醒華由衷的感激說。

鄭醫師想拍她的肩膀撫慰，手抬起卻在半空停住，醒漢在診所門外喊：

「姐…」

醒華震驚的回轉身，見母親麥氏和醒漢站在門口，麥氏臉色蒼白搖搖欲倒，眼眶含著兩泡痛淚，醒華怯聲喊：

「媽…」

麥氏顫抖著說：

「你跟我回去。」

宛芬、小麗瞠目互望，醒華僵直的站著，臉色陣青陣紅，眼眶也溢滿淚水，麥氏哽咽著斥責：

「你太任性了，竟敢做出這種事…」

鄭醫生輕拍醒華肩膀，提醒她：

「請妳母親坐啊，到樓上小客廳坐吧？」

麥氏不理鄭醫生，態度嚴厲的喝叫：

「馬上跟我回去。」

「媽！」醒華氣竭虛脫，聲音微弱的叫。

麥氏衝進門一把抓住她：

「妳跟我回去。」麥氏拖著她走，醒華臉色劇烈變動，內心激烈掙扎，將到門口她猛地掙開麥氏的手，退後，退到牆邊，淚水如泉湧出，麥氏氣結，混身抖顫著伸指指她，醒華壓抑的情緒爆發，哭著喊叫：

「媽，你不要逼我⋯⋯」

「妳爸爸已經知道你在這裏，馬上就會來抓妳，妳做出這種醜事讓我們顏面丟盡，妳、妳鬧得還不夠？」她怒極厲聲：「妳跟我回去。」

醒華氣息急促，劇烈喘息：

「不，我不⋯⋯」

麥氏揮掌摑過去，醒華被打得摀臉癡呆，麥氏怒極再抓她，邊抓邊數落，言疾色厲：

「我從小縱容，慣得妳任性偏執，延昌妳不要，我答應，可我絕不能讓妳跟一個⋯⋯」

她突地住口仰望樓梯，樓梯上南捷一步一步走下梯階，醒華看到他精神陡振，掙開麥氏奔過去，扶住他，麥氏臉色蒼白灰敗的指南捷：

「你、你就是那個鄭、鄭⋯⋯」

麥氏嘴唇抖著說不出話：

「你、你怎麼能…把我女兒…」

「伯母，我眞心愛醒華，醒華也眞心愛我，我們相愛是眞誠的。我們賭過咒，發過誓再也不離開彼此。」

麥氏雙眼赤紅的喃然說：

「我不管，我要我女兒，你還我女兒…」她驀地衝上樓梯搶抓醒華，厲聲叫著：「你還我女兒…」

醒華躲向南捷身後，麥氏猛推南捷，南捷被推倒，醒華抓扶南捷緊抱住他，麥氏惱怒抓打醒華，打醒華的頭，醒華抱頭尖叫，麥氏驚醒縮手，空氣凝住。

樓梯下眾人瞠目驚駭觀望，醒華突地崩潰呼喊，跳起奔向門外。眾人驚醒，欲追又止，進退爲難，麥氏追出門外，一路嘶喊：

「醒漢，追呀，追你姐姐…」

醒漢跳起追出門外，鄭醫生搶上樓梯攙扶南捷，南捷撫肋嗆咳，一口鮮血噴出。

3

四國寫眞所的玻璃櫥窗內，阪田哲一貪饞的捧著醒華的放大照片找尋擺放位置，他相度牆壁捧著相框比對，滿臉珍愛贊許。窗外吳延昌敲擊玻璃：

「把照片收起來。」

「那泥？」阪田衝口說出日語，勃怒的回頭瞪望，待看到吳延昌，露出驚駭：

「吳樣！」

延昌衝進照相館，跳進玻璃窗櫥搶過照片：

「這照片哪來的？」

阪田慌急鞠躬：

「一個姓鄭的臺灣人拿來沖洗的。」

「還有，底片。」

阪田急忙到櫃檯裏拉開抽屜翻找出紙袋，雙手捧遞過去：

「都在這裏。」

延昌抓過紙袋裝了，阪田對他舉動顯出吃驚駭異，延昌眼光凶厲的瞪他：

「通知鈴木，說我明天回日本，要他準備資料，我要帶給陸軍部供應課。」
「嗨！」
延昌凝思，再掏出紙袋，抽出一張照片給他：
「叫鈴木派人到珠倫聖心診所找她，找到馬上送到律巴周家。」
他說著把照片丟在櫃檯，轉身離去，阪田望著照片困惑，搔抓光頭猜疑。
小麗疲累的回到診所，宛芬焦急的迎住她：
「怎麼樣？找到沒？」
小麗搖頭，反問：
「你呢？」
「我對附近不熟，不敢走太遠，」宛芬彷徨的說：「我想，鄭南捷在這裏，醒華一定會回來。」
「可是，等會她爸爸找來，我們怎麼辦？」
宛芬恐懼的搖頭，月桂端著消毒換藥的瓷盤走出診療室上樓，經過她們時向小麗說：
「妳爸叫妳們。」
小麗、宛芬對望，宛芬顯出畏縮，小麗抓住她的手，宛芬微掙沒掙開，被小麗拉著走進診療室。

「爸，」小麗怯聲喊。

「醒華到底怎麼回事？」

「嗯…」小麗支吾著望宛芬，宛芬下意識的向小麗身後躲。鄭醫生望小麗：

「小麗妳說。」

「嗯—醒華跟鄭南捷要好，她們家反對…」

「鄭南捷怎麼受的傷？真是出車禍，被車撞的？」

「被人打的。」小麗垂頭低聲說。

鄭醫生輕哼，月桂慌張的奔下樓，她沖進診療室說：

「鄭南捷不在病房，他不見了。」

黃昏，街燈昏黃。

阪田推出腳踏車，關好四國寫眞所的店門，打開手電筒照路跨車欲騎，手電筒的光亮掃過街邊，照到虛弱失神的醒華，她滿臉淚痕，眼光悲慟空茫的依靠在街牆上。

阪田跳下車，手電筒照定她，醒華躲避著扭開臉，阪田脫口驚嚷：

「咦，照片上的花姑娘。」

阪田興奮的掏出照片比對著衝向醒華，醒華驚恐跳著退開，阪田操著生硬華語說：

「不要怕，我送妳回家。」

醒華轉身想跑，阪田伸手抓住她手臂，醒華驚怖的踢打掙拒，阪田嘿嘿笑著，昏黃路燈下閃著黑牙，突地他後腦被人重擊，翻眼撲地栽倒，他倒下時沒鬆手，仍把醒華緊緊拉著，鄭可銘丟掉手裏磚頭，踢開阪田，扶起醒華，醒華看到他驚急恐懼的倒在他懷裏。

「快走，跟我回去。」可銘扶著醒華走進診所，診療室內小麗聞聲奔出，她看到醒華忘情的驚喜叫：

「醒華，你急死人了。」

醒華羞愧的把頭垂下，旋又抬頭關注的望上樓，小麗的驚喜驀然消失，她驚愕的問：

「鄭南捷沒跟妳在一起？」

醒華瞪大眼，臉色大變，小麗訥訥說：

「他不見了，我們以爲他去找你……」

醒華駭懼的望她，猛地把她推開，返身要衝出門，可銘橫身攔阻，醒華粗暴的推他，可銘抓著醒華的臂膀斥責：「醒華，你冷靜點。」

「你讓開，我要去找南捷。」醒華掙拒著衝撞，可銘沉聲解釋：

「剛才的事你忘了？夜黑僻靜妳去外邊很危險，鄭南捷找不到妳會回來。」

醒華哽咽著掙扎：

「他傷沒好，找不到路，你放開我……」

鄭醫生從樓梯下來，威嚴的叫：

「放開她！」

可銘、醒華聞聲都放開手，鄭醫生慈藹的走到醒華面前勸撫說：

「可銘說得不錯，鄭南捷離開醫院應該是去找妳，找不到妳他就會回來，妳要擔心他認不得路，叫可銘去找，妳是個姑娘，夜裏出去危險。」他說著轉頭吩咐：「可銘，妳去找，小麗去睡覺，妳明天還要上學，宛芬呢？」

「她回家了。」小麗說。

鄭醫生點頭向醒華招手：

「妳來，我有話跟你說。」

醒華愣著沒動，可銘輕推她，她機械的跨前幾步，鄭醫生轉身走進診療室，醒華猶豫，她焦慮傷痛的向門外望著，小麗推她，把她推進診療室，鄭醫生指著椅子囑她坐，小麗攙扶她坐下，鄭醫生示意小麗，攆她走，小麗噘嘴離開，鄭醫生拿下眼鏡擦擦放下說：

「你跟鄭南捷的實在情形，小麗跟宛芬剛才才跟我說，我很生氣，妳們這些孩子太妄為大膽，太任性了。」

醒華聽著，低頭不語，鄭醫生繼續說：

「妳們從小豐衣足食，可知道父母當年來南洋有多艱苦？」

醒華抬起頭，抗聲：

「我不明白您的意思。」

「我的意思就是說，父母吃苦奮鬥，是想創造環境，讓妳們成長得更幸福，更豐足。」

醒華緊縐眉尖，神情焦燥，她勉強按捺著把頭垂得更低，手指不停的絞擰著，鄭醫生聲音也變得嚴厲：

「可是妳們得到幸福豐足，卻讓父母痛苦。」

醒華霍地抬起頭：

「我沒有故意讓父母痛苦，我是被逼的，我爸爸逼我去日本，嫁給……」她澀苦的吞住話，哽咽說：「我愛鄭南捷，只有走眼前這條路。」

「妳走眼前這條路，就是給父母難堪痛苦。」

「我跟南捷都難堪痛苦，尤其是南捷，他沒有錯，不應該因為愛我被打、被罵、被侮辱。」

鄭醫生定睛望她，神情嚴肅，半晌凝重的開口：

「妳眞的很愛他？」

醒華斷然點頭。

「愛他什麼？人品？學識？思想抱負？還是愛他會演戲、會拍電影、能出風頭？」

醒華激怒的抬起臉，鄭醫生嚴厲的說：

「我不是取笑，也不是諷刺挖苦，只是想由妳心裏現象判斷妳對他的感情，妳老實回答我。」

醒華認眞的思索，說：

「我不知道，他沒有特別讓我喜歡的地方，我只是時時想跟他在一起，看不到他我就心焦彷徨，看到他我就心裏踏實滿足⋯⋯」

鄭醫生嚴厲的臉上綻出笑意：

「還有呢？」

醒華勉強說：

「就是這樣。」

「談這件事，妳好象一點都沒有羞恥的感覺？」

醒華抬頭挺胸，神色凜然的說：

「我已經把他看成我的丈夫，談我對丈夫的感情，我感覺正當嚴肅。」

鄭醫生拿起眼鏡戴上，端詳她，醒華不退縮的和他對望，鄭醫生再取下眼鏡，輕敲桌面，籌思凝想，醒華又顯露焦燥不安，扭頭瞥望診療室外，鄭醫生突地輕拍一下桌角挺身站起，說：

「好，但願我沒看錯，只要你們眞心相愛，明天我去跟你父母說⋯」

南捷幽靈似的在街旁移動，他身形搖擺，腳步踉蹌，街旁有座小教堂矗立，南捷走到教堂門前，再支撐不住，癱軟的在臺階上坐倒。

黎明，一陣雞鳴雀吵，迎門坐在候診椅上恍惚昏沉的醒華霍地被冷風吹醒，她看壁上掛鐘已五點四十分，不覺衝身站起，跑到門邊開門，門外曙色透亮，她帶上門，往街頭飛奔。

雞鳴雀吵中，荷蘭籍的馬神父拿著掃把，打開小教堂的側門，熟練的掃地，清掃教堂庭院，驀地看到教堂臺階上的南捷，嚇得掃把揮在半空裏僵住。他丟下掃把急忙走過去察看，探摸南捷鼻息，和他前額，南捷緩緩睜開眼，馬神父攙扶他，和藹的說：

「你能站起來嗎？」

南捷點頭，支撐著扶牆站起，馬神父扶著他走：

「來，到教堂裏來。」

南捷的衣服被露水浸濕，頭上綳帶也被血水滲透，頭髮黏貼在臉上，嘴唇僵冷紫黑，神父問他：

「你不是住在這附近吧？我沒見過你。」

「我經過⋯」南捷神頹氣虛的頭低垂著。

「你住在哪？」

南捷搖頭，嘴張開沒說出聲音，馬神父把他扶進一個小房間，讓他在椅上坐下，望著他的頭說：

「你的頭受傷了？」

南捷點頭，馬神父又檢查他的綳帶說：

「告訴我，我該通知誰？」

南捷脫口說：

「我在找一個叫周醒華的女孩。」

「周醒華…」馬神父陌生的念著，南捷激動的抓著他說：「她昨晚從聖心診所跑出來…」

馬神父安撫地截斷他的話：

「聖心診所我知道，鄭醫師是我朋友。」

「鄭醫師？哪個鄭醫師？」

周溥齋穿著睡衣站在樓梯上，滿臉愕異，阿猛站在客廳向他稟報：

「聽說是珠倫的聖心診所。」

「珠倫聖心診所？我不認識他。」溥齋說著要走，阿猛趕緊再說：

「他說昨天太太去過，小姐就是在他診所。」

溥齋的腳步停住，臉色驟變沈寒，阿猛回頭望門外，溥齋含怒問著：

「人呢？」
「在門口。」
「讓他進來。」
「是，」阿猛轉身到客廳門口：「鄭大夫請。」
鄭醫生走進客廳，溥齋勉強下樓，他冷淡的站在樓梯口向鄭醫生觀望，鄭醫生溫和的招呼：
「周老闆。」
「有什麼指教？」
「指教不敢當，關於令嬡的事，有些話想跟周老闆說。」
溥齋眼光炯冷的問：
「小女還在府上？」
「在，昨天尊夫人來診所以前，實際情形我不知道，後來追問小女跟廖家的小姐，才知道事情經過。」
鄭醫生說完乾咳，望向沙發，溥齋勉強走到沙發前說：
「請坐。」
鄭醫生在沙發坐下，溥齋向阿猛吩咐：

「倒茶。」

阿猛答應著走向廳後廚房，溥齋戒愼冷淡的向鄭醫生望著：

「鄭大夫，有什麼話你直說。」

「好，」鄭醫生穩重誠懇的說：「昨天跟令嫒談論很久，我是以長輩跟醫師的身份對她開導，首先，我責備她行爲忤逆悖禮，繼之，我以學理根據試探她跟鄭南捷交往的心理因素，和他們的感情發展基礎，現代年輕人想法跟我們截然不同，他們拒絕束縛，坦率眞誠……」

溥齋極力抑制憤怒，冷然問：

「噢，她說什麼？」

鄭醫生沒答他的話，直截反問他：

「周老闆見過鄭南捷嗎？」

「沒見過。」溥齋顯露不耐，臉色陰寒，鄭醫生再問：

「聽說周老闆很輕賤他的職業？」

溥齋再也忍耐不住，怒瞪他：

「鄭大夫，你到底想說什麼？」

鄭醫生也收起謙沖態度，嚴正的說：

「我想說，職業沒有貴賤，年輕人有他們的道理標準跟生活規範，只要他們眞心相處相愛，父母應該順應成全，不應該專斷獨行，強制他們遵從自己的價值判斷。」
溥齋霍地站起身，氣得說不出話，阿猛端茶進來，見狀驚愕，這時麥氏走下樓梯，溥齋憤怒得面紅耳赤，怒瞪著雙眼：
「我周溥齋管教子女是對是錯，都是我自家的事，用不著你多嘴，我只警告你一句話，我女兒少不更事，被人拐誘，你收容她，我要到華民事務署告你！」
他說著向阿猛吼叫：
「阿猛，送客！」
鄭醫生羞窘尷尬，站起身，溥齋不理滿臉驚愕的麥氏，含怒衝起上樓。
麥氏回頭驚望，鄭醫生向她苦笑，點頭離去。
馬神父走進聖心診所，診所靜寂，他揚聲呼叫：
「鄭大夫在嗎？」
可銘從樓上奔下，歡聲說：
「馬神父，請坐。」
「咦，你不是在英國嗎？」馬神父驚奇詫愕。
「暑假，回來兩個月。」
「好，禮拜天要來教堂哦，你爸爸呢？」

「到律巴周家去了。」

「律巴周家？是不是一個叫周醒華的女孩子家。」

可銘極爲意外：

「馬神父認得她？」

「不，我不認得，教堂裏有個叫鄭南捷的年輕人，要找她。」

「鄭南捷！我昨晚找他到半夜三點，他就是從這裏走失的。」

「那就對了，昨天夜裏他倒在教堂門口，早晨我才發現他，看他頭上傷口破裂出血，就留他在教堂歇息，我來問你爸爸認不認得周醒華這個女孩。」

「認得，認得，」可銘急忙說：「她是我妹妹同學，一早出去找鄭南捷，找不到應該很快回來。」

馬神父藹然點頭：

「好吧，我回教堂，耽會你爸爸，還是那個姓周的女孩回來，你告訴他們。」

馬神父說著向外走，可銘送他到門外，眼望著他走遠，轉身回到診所，抬頭不覺一愣，見阪田、鈴木陰沈的向可銘瞄望，擺頭向浪人示意，浪人轉身沖上樓梯。

可銘見狀驚恐的跳起：

「喂，你們幹什麼？」

阪田橫跨檔住可銘，猛地向他胸腹痛擊數拳，可銘疼痛彎腰，踉蹌摔退，阪田按著他的頭推他到牆邊，問：

「姓周的姑娘呢？」

可銘未及緩氣說話，又聽樓上月桂驚慌喊叫：

「你們是誰？想幹什麼？」

接著傳下月桂摔倒的聲音和痛呼，旋見浪人等兇橫的下樓，對鈴木搖頭，鈴木再指診療室，浪人衝進室內，樓上月桂驚喊：

「可銘——」

衝進診療室的浪人再搖頭出來，鈴木沈吟，走到可銘面前，輕批他的臉頰說：

「不要惹麻煩，」他拿醒華照片給可銘看：「這個女孩，不要收留她，讓她回家。」

月桂踉蹌著奔下樓梯，鈴木抬頭望她，月桂驚恐的煞住腳步，鈴木擺頭示意，阪田和浪人等搖擺著出門走了。

在廖家客廳，廖本源愕異得難以置信：

「嗯？周溥齋唆使日本浪人到聖心診所打人恐嚇？」他說著駭異的搖頭：「不會吧？這離譜啦！」

宛芬氣憤的尖聲說：

「事實擺在眼前，周伯伯太過份了…」

廖張鸞望著宛芬激憤的神情取笑：

「尤其挨打的是鄭可銘，那可眞叫人心疼啊。」

宛芬霎時窘急，面頰飛紅，她跳腳抗聲：

「媽…」叫著撒賴的揉在廖張鸞身上：「你怎麼這樣說嘛！」

「不是嗎？」廖張鸞笑著攬抱她的肩膀。

本源拿著一份倫敦泰晤士報陷進沈思，報紙披落在他膝頭上，宛芬把頭埋在廖張鸞懷裏扭動撒嬌，廖張鸞斂容推起她關切的問：

「可銘沒傷著吧？」

「傷得不嚴重，」宛芬掠髮說：「不過他自尊心強，受這種凌辱，心裏可能比身體更痛苦。」

廖張鸞也神情憤慨：

「這些日本流氓光天化日，竟敢闖到人家醫院動手打人，眞是橫行霸道，無法無天。」

本源放下報紙喟歎：

「在新加坡，日本人已經算收斂，在華北東北，他們何止無法無天？唉，都怪我們國家積弱太深…」他痛心不想再說，轉向宛芬問：「可銘不是在倫敦學醫嗎？」

「剛回來沒幾天。」

廖張鸞試探著悄聲問：

「改天叫他到我們家吃飯吧？」

「哼，」宛芬在沙發上扭開身：「去倫敦就跩得跟什麼似的，稀罕！」

本源和廖張鸞對望，浮起笑容，故意提高聲音說：

「是啊，跩什麼？明年宛芬畢業也去倫敦，到牛津讀個博士讓他看。」

「我不去倫敦。」宛芬神情堅決。

「妳不去英國？」本源意外驚訝：「那妳想去哪？」

「我要去上海，讀復旦大學。」

在聖心診所診療室，鄭醫生、可銘和月桂相對無語，可銘臉頰的青腫傷痕觸目驚心，月桂餘悸滿臉，惶恐的向鄭醫生望著，鄭醫生神情堅定的抬頭問：「醒華呢？」

「跟小麗在樓上。」月桂聲音仍抖慄著。

鄭醫生轉望可銘：

「可銘，你怕嗎？」

「不怕，要周旋到底，決不能退縮。」

月桂插嘴斥責：

「可銘，你瘋了？」

鄭醫生揚手阻止月桂說話，再問可銘：

「說個理由。」

「一腳跨出去，縱然馬上收腿，腳印還是留下了。」

「理由不充分，不過——」

月桂搶著再插嘴說：

「既然沒理由，還說什麼？」

鄭醫生向月桂露齒一笑：

「我行醫近卅年，本來可以賺錢優裕過活，但一直鬧窮，就是因為好管閒事，不務正業，可銘，你叫醒華來。」

月桂衝前幾步到鄭醫生面前，急說：

「你別糊塗。」

「我不糊塗，等我問清楚醒華，只要她有決心，我就做媒讓他們結婚。」

月桂驚駭，瞠目結舌。

教堂鐘聲清脆響亮，鐘樓塔尖矗立在陰鬱的天空，教堂外草地上停放著幾輛腳踏車，一些枯草落葉飛旋在臺階上，鐘聲嫋嫋回蕩，幾隻雀鳥瑟縮著站在樹頭枯枝上。

教堂裏緊張肅靜，馬神父穿著法袍抱著聖經從教堂側門走進聖壇，他微笑著望台下，鄭醫生、可銘、小麗、宛芬、醒華和南捷喜悅緊張的分別坐在長椅上。

神父向眾人點頭，鄭醫生帶領著站起，神父歉疚的回頭指風琴說：

「風琴壞了，沒有音樂。」

「有音樂，在心裏。」可銘高聲說。

「說得好，無聲的祝福比有聲的音樂更珍貴。」神父欣然說：「請坐。」

眾人落座，宛芬贊許的瞥望可銘，旋又閃避著把頭轉開，小麗看到撇嘴哂笑，醒華緊抓著南捷的手，緊張的抖慄著，南捷用兩隻厚實的手掌覆蓋住她，堅定的緊握，他們四目相對凝望，久久不瞬，馬神父藹和的笑著說：

「教堂設備簡陋，我們儀式從簡……」他轉身走到神座前劃十字架禱念經文，然後轉身招手：「現在，請新人到前邊來。」

眾人眼光齊望醒華、南捷；南捷溫柔堅定的牽著醒華的手站起走到聖壇前，馬神父囑南捷、醒華把手放在聖經上，他再閉目誦經祝福，坐在長椅上的人都靜默觀望，宛芬眼光猶豫的移向可銘，可銘專注的觀望儀式進行，宛芬剛要移開眼光，突地目光凝住顯出吃驚，教堂外玻璃窗上貼著醒漢向內窺視的臉孔。

教堂裏激蕩著馬神父的聲音：

「鄭南捷，你願娶周醒華做你妻子，患難相扶，甘苦與共，一生一世都保護她，愛惜她嗎？」

「我願意。」

醒漢邊扒著窗戶向裏探看邊移動著向側門走，宛芬著急，用手肘碰撞小麗，小麗望他一眼再回頭看聖壇前，神父問醒華：

「周醒華，妳願意嫁鄭南捷做妳丈夫，患難相扶，一生一世都尊敬他，幫助他？」

醒漢從教堂側門走進，他看到眼前的情況呆愣的站住，醒華看到他也震動驚愕，瞠目結舌，馬神父再追問：

「周醒華，妳願意嫁鄭南捷做妳丈夫嗎？」

醒華驚醒，堅決點頭：

「我願意，願意！」

「好。」馬神父伸手壓在醒華、南捷按在聖經的手上：「現在，我奉神的名，宣佈你們爲夫婦，希望你們爲愛彼此犧牲奉獻，爲愛彼此信任寬容。」

儀式完成，神父向他們賜福，輕吻醒華額頭並和南捷握手，鄭醫生、可銘、小麗、宛芬都站起離開長椅，蜂湧到醒華、南捷身邊，向他們道賀，醒漢走到醒華面前，聲音哽塞的喊她：

「姐。」

「醒漢，」醒華平靜的面對他：「你也來了？」

「我去聖心診所找妳，月桂阿姨說你們在這裏，姐，爸爸向華民事務署報案，說妳…」醒漢說著轉頭望鄭醫生：「說妳被誘拐…」

「我沒有被誘拐。」

「我知道，可是爸爸很生氣，」醒漢說著轉望南捷：「妳最好跟他快點離開。」

醒華平和堅定的挽住南捷說。

「他已經是你姐夫了。」

醒漢向南捷喊：

「姐夫。」

南捷握住醒漢的手，醒漢再問醒華：

「你們打算到哪去？」

「我跟著你姐夫，他帶我到哪裡，我就去哪裡，等我們安頓好，我會告訴宛芬跟小麗。」

醒漢點頭，從衣袋掏出一卷鈔票給醒華：

「姐，這是我存下的。」

醒華搖頭推開他的手：

「不，姐已經嫁了，不能再要你的錢，要你的錢，你姐夫會羞愧。」她緊挽南捷的手臂，凜然卻溫柔的說：「我不要你姐夫因我而感到羞愧，我要他因我而覺得自豪。」

南捷抽出手緊摟醒華的肩膀，醒漢滿臉景仰，眼眶湧淚說：「姐夫，你要好好待我姐姐。」

南捷抓著醒漢臂膀緊握著點頭，醒華轉身望圍聚的眾人，和宛芬、小麗激動擁抱，再含淚牽著

南捷向鄭醫生、可銘鞠躬說：

「鄭伯伯、鄭大哥，謝謝你們。」

南捷、醒華牽著手堅定的走出教堂，宛芬、小麗目送他們，熱淚盈眶，鄭醫生、可銘、馬神父都滿臉欣慰，嘴角溢滿笑容。

4

新加坡，高樓聳立，街道縱橫。

紅燈碼頭囂亂繁忙，港灣船舶穿梭，響著刺耳的汽笛和波波馬達聲。

碼頭旁僻街上一條窄巷，窄巷底有座頹敗殘破的院落，院中有口水井和一間廢料搭建的木屋，陽光從木屋破壁縫中透進，一些塵埃和蛛絲飄浮在空中。

木屋裏空間低矮、設備粗簡，一床一桌和一隻朽壞的櫥櫃，木板床上蜷曲的睡著醒華。

寂靜裏有人敲門，醒華艱困的撐身坐起，下床開門，她腳踝微腫，步履蹣跚，腹部隆挺已經懷了五個月的身孕，她扶著腰把門拉開，門外站著矮胖黧黑的溫太太，她笑著問：「在睡覺？」

「腰酸，躺一會就睡著了。」醒華撫腰赦然說。

「好福氣，我常睜眼到天亮，翻來覆去睡不著。」

醒華望她，臉露困窘：

「溫媽媽，我們的房租⋯⋯」

溫太太笑容消失了：

「對，房租到了。」

「我先生拍電影，還沒領到工錢，等領到錢馬上給您送過去⋯」

溫太太再裂嘴露笑：

「沒關係，差一兩天不要緊。」她趨前故意壓低聲音說：「我們做鄰居半年了，知道你們夫妻是誠懇的老實人，沒關係。」

醒華窘迫的閃開身：

「溫媽媽進來坐吧。」

「好、好。」

溫太太正要進門，突地一隻手搭在她肩膀把她按住，溫太太驚跳著回頭看，醒華見她背後站著吳延昌，不覺驚駭的愣住，延昌把溫太太拖開，掏出皮夾拿出幾張鈔票塞給她，眼睛卻望著醒華：

「這些錢夠付房租吧？」

溫太太瞠目看鈔票，驚喜的點頭：

「夠，夠⋯」

「錢還給他。」醒華怒聲叫。

溫太太嚇一跳，抓著鈔票的手疾然收回，醒華沖前把鈔票搶過來，塞給延昌：

「把你的錢拿回去。」

延昌聳聳肩收起錢，低頭望她肚子，眼中閃過妒恨，諷刺說：

「效率不錯呀！」

「你想幹什麼？」醒華怒聲說。

延昌轉頭獰望溫太太，然後打量木屋裡簡陋的設備，嘿嘿乾笑兩聲，和醒華鬥雞似的對瞪片刻，醒華怒聲再叫：

「你到底想幹什麼？」

延昌移開眼光：

「暫時只是來瞧瞧，不幹什麼？」

「你怎麼知道我們住這兒？」

延昌輕淡的敲敲木桌，嘴角下撇：

「我早就知道，我去日本一個月，回來就全力追查妳了。」

「你查到又怎麼樣？我已經結婚了。」

延昌陰惡的笑笑：

「結婚？誰承認？華民事務署登記沒有？」他翻翻眼珠，嗤出冷笑：「你們結婚不合法，你爸爸隨時可以監護人身份訴請婚姻無效，把妳帶回去。」

醒華眼中閃過驚恐，延昌用腳撥撥地上的煤油爐，回頭望她：

「不過，你爸爸不懂這些，我暫時也不會提醒他。」

醒華感到難以應付，心中滋生恐懼：延昌譏諷說：

「這種日子妳撐不了多久。等妳想回家，打個電話給我。」

吳延昌緊嚼下牙根轉身離去。醒華渾身癱軟，顫抖著在床沿坐倒。

夜，沉靜寂冷，港灣裏隱約斷續的傳來輪機馬達聲，木屋內一團昏暗，牆腳草叢響著唧唧蟲鳴，黑沉的微光中醒華和南捷睡在木板床上，南捷熟睡，鼻息粗濁，醒華睡在他身邊，兩眼呆滯的眨閃，盯望著屋頂。

夜靜，鄰家兒啼聲聲，醒華收回眼光側頭望南捷，拉拉被角替他蓋住身體，南捷翻身面對著他，兩人鼻息相聞，醒華定睛凝望，久久不曾眨眼。

黎明，一股冷風灌進牆隙，糊在牆縫的破紙被風鼓動，抖索著發出響聲，蜷曲在床上睡著的醒華被風吹紙抖的聲響驚醒，她蠕動，伸手摸身旁，身旁空著，被內猶溫，她睜開眼睛察看，晨光曦微中見南捷蹲在煤油爐前，她慵聲問他：

「你幹嘛？」

南捷手捧著飯碗回頭：

「你醒了？」

「不要吃冷飯，我給你熱一熱。」

醒華說著撐身下床，南捷把最後兩口飯塞進嘴內，拿空碗照給她看：

「吃飽了，妳繼續睡吧。」

醒華走近他膩聲埋怨說：

「跟你說別吃冷飯…」

南捷抹嘴放下飯碗站起，摟著她的肩膀：

「沒關係，早班通告，我要趕時間。」

醒華扭轉身面對他，雙手抱住他的脖子，頭臉貼在他胸上，南捷摟她的腰，醒華肚子挺前突出，南捷溫柔小心的撫摸，醒華扭動發出嬌聲，南捷親她的髮鬢，吻她耳輪，輕聲說：

「我希望是女孩。」

醒華掙開他，堅定的說：

「不，我要男孩。」醒華眼中光彩閃灼，迎著透壁射進的曙光：「因爲，男孩強壯。」

午後，陽光照耀，廖家庭園一片寧靜，蝶飛蜂舞，繁花爭妍鬥豔，園角一座涼亭，宛芬低頭坐在涼亭石凳上讀信，可銘挺秀的字跡在她眼前編織成甜美的音符。她隱藏不住笑意的讀出：

「…到倫敦轉眼又過去四個月，好想妳，忍不住寫這封信，現在是午夜三點…」

宛芬噙著笑把信紙放在膝上，閉上眼，微風拂起她的頭髮，花香鳥語的天籟像音樂響在她耳邊，片刻，她掠掠鬢髮，貪婪的再看：

「倫敦的霧使我厭煩，這古老城市在濃霧中顯得陰鬱和沉悶，我懷念新加坡的陽光亮麗和一望無際的碧波海洋。」

宛芬再由信上移開眼光，望向湛藍無雲的天空，天空有雀鳥飛翔，她收回眼光再落到信紙上。

「泰晤士報今天又登載日軍在華北挑釁傷人的消息，心裏很難過，有種悲哀想哭的衝動，我的祖國遭人欺凌、侮蔑、踏踐，而我卻只能站在異國土地上怒惱傷感……」

宛芬的笑容褪去了，她移動一下身體，繼續輕讀：

「很想妳，也很想爸爸跟妹妹，願妳們入我夢中，親我、抱我，讓我再起奮勵、跟明天搏鬥……」

女傭阿番在亭外喊：

「小姐，廖老爺來了，老爺請妳過去。」

「噢，好。」宛芬愣著沒動，仍沉浸激蕩在可銘的情緒感染中，過一會她輕掠鬢髮站起，走下涼亭，穿過花徑走到客廳門外，客廳裏傳出廖宏發爽朗歡快的笑聲，她突地感覺意興闌珊，想轉身退走，卻被宏發看見喊住：

「唉，宛芬，過來，看叔叔給妳帶來的禮物。」

廖母埋怨宏發，但心裏高興：

「你們就是太寵她，小孩子，還在念書，那裏用得到這種貴重物品。」

宏發興致勃勃的說：「現在用不到以後用，女孩早晚都用得到，有幾樣現在就可以玩，像這種上發條的音樂盒…」

宛芬走進客廳，本源笑著向她說：

「廖叔叔老遠從歐洲帶東西給妳，還不趕快道謝？」

「謝謝廖叔叔。」宛分並不熱烈的說。

宏發招手讓宛芬走近，指點著介紹：

「妳看，這是巴黎名牌『蔻蒂』化妝品、香水，這是最新款的淑女時裝，這是音樂盒，這一串…」他拿著一串珠寶抖著：「這是瑞士鑲工最精巧的項鏈，這個，妳送男朋友合適，是會放音樂的鋼筆。」

他拿起鋼筆拔開筆帽，果有音樂叮噹響著。

宛芬回頭望阿番，阿番趨前把東西包起，廖張鸞見宛芬並無預期的興奮歡喜，詫異的說：

「宛芬，你怎麼了？」

「我有點不舒服，頭痛…」宛芬支吾搪塞，廖母關切的說：

「頭疼？過來我瞧瞧。」

宛芬走近母親，廖張鸞拉她坐下，摸她額頭：

「大概剛才在院子裏著涼了，走，到房裏躺會吧。」她拉著宛芬站起向宏發說：「你們慢慢聊，晚上在這裏吃飯。」

「好，嫂子，妳別管我。」

廖張鸞帶著宛芬走出客廳，阿番跟著，本源和宏發的談話卻又引起宛芬的警惕，她豎耳傾聽宏發的話聲：

「現在歐州也戰雲密佈，希特勒的擴張野心，已經到明目張膽的地步，英國首相張伯倫的雨傘外交毫無建樹，歐戰爆發是遲早問題，所以英國人從馬來西亞、印度、錫蘭到處搜購錫、橡膠、稀有金屬和石油……」

宛芬不覺停滯腳步傾聽，廖張鸞奇怪的望她，困惑的拉她走。

轎車駛進周家大門，在庭院停下，阿猛下車開門，延昌、溥齋相繼跨出車外，客廳裡麥氏抱著貓坐在沙發上出神，溥齋當先走進客廳，滿臉愉快歡欣的叫：

「辦得好，這批貨虧得津村總領事出面，才能順利出港。」

溥齋把外衣脫下，阿猛接過掛起，溥齋再向延昌說：

「你去休息，晚上還得跟津村總領事應酬。」

延昌恭順的應著，溥齋興奮的再說：

「津村總領事再三提起令尊來澎兄，看樣子來澎兄在日本政界交遊很廣闊？」

「家父當年念日本士官學校，所以跟日本陸軍的中級幹部都很熟。」

「好，來澎兄對我的幫助，我不會忘記。」

「家父說乾爹的事他絕對盡力，說幫助就見外了。」

溥齋拿起雪茄，延昌趕忙點火，溥齋神情歡愉的吸煙，不住點頭。麥氏突地問延昌：

「延昌，你知道醒華的消息？」

延昌驟然被她喝問，愣住了，他眼珠急遽轉動，想支吾：

「我，我——」

溥齋攔阻麥氏：

「你別煩他了，他忙得暈頭轉向，那有空管這種閒事？」

「閒事？你女兒的下落，你說是閒事？」

「別跟我提這個不要臉的東西。」溥齋怒聲說：「從她離開家門起，我就沒這個女兒了。」

麥氏激動得嘴唇顫抖著站起身，衝口想講話，旋又忍住，轉身急步上樓，在樓梯上她遇到醒漢，醒漢停步望她，麥氏扭臉，眼淚奪眶而出。

醒漢騎著腳踏車馳過街道，鈴木和幾個浪人搖擺著在街旁走著，醒漢騎車馳過他們身旁，地上一灘積水，被車輪濺起，濺到浪人身上，浪人憤怒怪叫：

「巴格野魯！」

浪人罵著跳起要抓攫醒漢，醒漢驚懼，加急騎車逃跑，浪人在後撩衣狂奔追趕。醒漢騎車馳到聖心診所門前跳下，看到鄭醫生正在診所門上張貼廣告，醒漢驚恐的回頭望著浪人追來，向鄭醫生說：

「鄭伯伯，有日本流氓追我。」

鈴木和浪人等追到，鄭醫生問醒漢說：

「別怕，他們幹嘛追你？」

「路上有灘水，我騎車經過濺到他們。」

浪人衝過來，捋袖攘臂要抓醒漢，鄭醫生把醒漢拉到身後，浪人吼叫著推鄭醫生：

「巴格野魯，閃開。」

鄭醫生橫身怒目喝問：

「你們想幹什麼？，」

浪人兇橫的指著醒漢說：

「教訓他對日本皇民無禮。」

「他騎車沒有發現地上積水，不是故意的──」

「不行，有錯就得道歉，跪下道歉，這是你們中國人該有的禮數。」

醒漢陡地湧起憤怒，雙眼赤紅的罵：

「放屁！」

鄭醫生回頭斥責：

「醒漢，不要衝動。」

鈴木看到門上張貼的廣告，廣告寫著週日義診：「華人、馬來人、印度人皆可，日本人不包括。」

「畜生……」鈴木罡怒的衝前扯下廣告撕碎擲在鄭醫生臉上，接著撲前扭住他的衣領提起：

「你敢岐視日本人？這廣告是你寫的？」

鄭醫生昂然毫無懼色：

「是我寫的。」

鈴木揮拳猛擊鄭醫生，鄭醫生被打得踉蹌摔退，醒漢暴怒撲撞鈴木，鈴木乘勢抓過他「過肩摔」把他摔倒，浪人等圍毆鄭醫生和醒漢，醒漢奮力爬起抱住鈴木的腿，張口狠咬，鈴木被咬得怪叫痛跳，圍毆鄭醫生的日本浪人奔回毆打醒漢，醒漢身體蜷曲鬆口，昏厥。

月桂、小麗聞聲驚恐的奔出門外，小麗痛喊：

「爸爸…」

鄭醫生強撐著啞聲說：

「攔住他們，救醒漢…打電話報警署…」

小麗、月桂奔向醒漢，鈴木等餘恨未釋的再踢醒漢一腳，才悻悻地走了。

在奢華的星島酒家裏，風琴手正賣力的演奏著日本歌曲伴奏歌女唱歌，今村頭上綁著毛巾，拍手跳腳隨著歌聲節拍跳舞，「塌塌米」的餐廳裏笑聲盈耳，杯盤撞激，溥齋侷促地和延昌傍著津村總領事和藝妓圍坐喝酒，今村舞罷歸座，溥齋向津村舉杯：

「總領事海量，溥齋敬酒。」

「好，乾杯。」津村醉眼赤紅的說。

他舉杯趨唇，半路突地改變方向，湊到身旁藝妓嘴上，藝妓咿唔著躲閃、嬌笑，撲在津村懷裏揉搓撒嬌，津村滿臉淩虐的硬要灌她，酒液灑出灌到藝妓脖頸裏了。

藝妓掙扎，津村暢意怪笑，延昌鼓掌助興，津村抓著藝妓頭髮拉她仰後，溥齋神情尷尬，酒杯舉在半空，藝妓被強灌吞下杯中餘酒，嗆著氣管撫著喉嚨嗆咳，津村滿意地推開她，拍手，隨著手風琴音調唱歌，不理會溥齋，溥齋困窘，延昌接過溥齋酒杯放到桌上。跟隨津村拍手唱歌。

周家電話鈴響，麥氏接聽：

「喂，是啊，周公館⋯」突地震慄，聲音驟變：「什麼？醒漢？他怎麼樣？好、好，我馬上過去⋯」

她掛上電話嘶聲喊：

「阿招，阿招⋯」

喊著要衝出門外，身體虛軟，一跤摔倒，掙扎著爬起來再叫：

「阿猛，阿猛在不在？給我準備車⋯準備車⋯去珠倫醫院看少爺⋯」

津村怪叫一聲拉過另一藝妓在她頸間狂吻，藝妓騷癢浪笑掙開和服下擺衣襟露出大腿，津村毫無忌憚的伸手進內，藝妓吃驚抓他的手，把桌上酒杯撥翻，酒灑潑到溥齋，把他胸前衣服濺濕，溥齋驚窘站起，延昌扯住他，搖頭阻止他的慍怒不快。津村望著溥齋窘態訕笑，溥齋斂去悻色勉強裝出笑臉重新坐在桌旁，暗自擦拭酒漬。

鬧繼續著，音樂在響，延昌鼓掌助興，今村醉倒，蜷臥在牆角上，突地津村發出一聲神經質叫喊：

「大東亞共榮棒塞（萬歲）！」

牆角醉倒的今村聞聲霍地坐起，雙眼僵直的跟著嘶喊：「棒塞。」

喊過後又「砰」然倒下，溥齋看得瞠目結舌。

廖家庭院寂靜，蟲鳴唧唧，宛芬的臥房裏透著燈光，她在燈下寫信，潔白的信紙上寫著她娟秀的鋼筆字：

「可銘：信我讀了無數遍，每一遍都讓我心弦震慄思緒翻騰⋯」

她籌思，鋼筆沙沙寫著：

「做貿易的廖宏發叔叔從巴黎給我帶些貴重物品，以前我很喜歡，現在卻對這些昂貴的奢侈品厭煩，因爲，你信裏的一些話，不停在我心裏發酵翻攪⋯」

她輕聲舒氣，移目望窗外，窗外庭院月色清冷，扶疏搖曳著樹叢花影，她振筆再寫：

「父親他們關心的是錢，關切的是財富增長和投資效益，對祖國，他們有感情，卻吝不出力，而我們，雖心念祖國，卻無能對國家盡心，我能體會你的感受，我也有想哭無淚的情緒⋯」

她眼眶蘊聚著淚翳，望窗外，月華朦朧著一層霧氣，樹叢花影暗淡模糊，她輕歎，放下筆。出神呆想，再把筆拿起：

「醒華離開教堂，就失去消息，我和小麗都很掛念她，希望她過得幸福，我還有半年就畢業，想

到上海升學去，我雖沒能力對國家做大貢獻，但有心和祖國患難在一起⋯」

燈光炫麗，侍役穿梭的星島酒家門廳中，藝妓摟扶著今村和津村送他們出門，溥齋、延昌在櫃檯付錢結賬，今村眼光僵直腳步虛浮，津村抱著藝妓步履踉蹌，眼鏡滑掛在鼻梁上。

酒家門外停著汽車，司機開門等待，迎面涼風吹臉，津村有點酒醒，推開藝妓，扶正眼鏡端莊面容，換上一付威凜神態，鑽進車中。

溥齋、延昌恭送，司機關上車門發動引擎馳走，今村鑽進另一輛汽車，無視溥齋、延昌的鞠躬送別，踩著煞車疾駿沖到街心，一路蜿行，溥齋驚心的問延昌：

「今村也是領事館官員？」

「不，他是新加坡日僑協同組主席，津村總領事的知交，很有勢力！」延昌悄聲說。

「協同組是什麼組織？」溥齋再問。

「是幫會。」

「幫會？」溥齋變色吃驚了。

南捷摸黑回到木屋院中，他把手裏一卷粗繩輕悄的放在屋角僻處，拖過一塊木板把粗繩蓋住掩藏，然後直腰舒氣，抹掉額頭汗珠。

木屋裏燈光亮著，他眷戀的深望一眼轉身到屋前井旁，壓水洗臉，木屋裏醒華聽到聲響，開門探出頭看：

「南捷。」

南捷抬起頭，滿臉水珠的悄聲：

「妳還沒睡？」

醒華回身拿了一條毛巾出來：

「我等你。」

醒華走近他，兩人四目凝視，南捷接過毛巾擦拭頭臉滴水，醒華眼光溫柔喜悅的拿過毛巾替他揩拭，南捷把手搭在她肩上，輕推她，兩人相擁走進屋內。

南捷柔聲輕責說：

「妳不要等我嘛，懷孕的人不能多耗精神。」

醒華低頭埋在他胸前：

「你不在旁邊，我睡不著。」

醒華關門插門，關懷多於埋怨的說：

「怎麼這麼晚？」

「導演趕拍兩場夜景，耽誤了，出了滿身大汗，我想洗澡—」

「好，我給你燒熱水。」

「不用了，我洗冷水。」

醒華轉身要走，南捷按住她：

「不行，天這麼涼，洗冷水會生病。」

「放心吶，妳看我身體多壯！」他故意誇張的做個肌肉賁突的姿勢：「我皮粗肉厚風雨不侵，連蚊子都不敢咬我，怕把尖嘴拗斷了。」

醒華噗嗤笑，南捷攬著她的脖子親一下，轉身拿著臉盆漱具開門走到井邊。

汽車馳過街道，福寶開車，宛芬和廖母坐在車內，宛芬嘟著嘴，滿臉不願的埋怨：

「我不懂，爸爸叫我們參加這種無聊的應酬幹嘛？」

「禮拜天嘛，他們俱樂部有餐會。」

「他們俱樂部餐會，叫我們去幹嘛？」

「攜眷參加，這是英國人規矩。」

宛芬抗拒的把頭扭向車窗：

「哼，又是英國規矩。」

廖張鸞安撫的拍她的手，哄著：

「做事業嘛，交遊很重要的。」

「我不管，煩死了。」宛芬扭肩抽手使氣：「以後這種場合別想讓我再去。」

汽車疾駛轉進市區街道，突地宛芬愣愣，脫口呼出聲音：「咦？」

「幹嘛？」廖母詫疑的問她。

宛芬驚駭的瞪著街旁一個拉板車的人看，他像牛一樣躬身駝背用盡全力拖曳著一車貨物，緩慢前進，他腳步遲緩艱難，牙關緊咬，滿身汗濕，車輛吃重，車輪發著吱嘎的磨擦聲，街旁泥土被車輪壓出深陷轍痕，宛芬難以置信的輕喊：「鄭南捷？」

廖張鸞循著她的眼光驚疑觀望，宛芬急忙搖頭掩飾，側身擋住她的視線，讓汽車疾駛過去。

南捷艱窘的把板車拉進海港碼頭，碼頭邊輪船停靠，裝卸機具嘎嘎響著，人力車、獸力車、曳引車都擠在碼頭貨倉邊忙碌裝卸貨物。貨倉外印度巡警搖著警棍巡視，南捷把板車拖到貨倉邊停下，解去捆車纜繩向貨倉裏的工頭叫：

「棉紗十五包，南洋堆棧。」

他喊著扛起一包貨物向倉庫走，進門時把棧單遞給工頭驗收，工頭抬頭望他，調侃的說：

「鄭南捷，玩命啊？昨晚搞到十一點。」

南捷腳步不停繼續走：

「沒辦法，老婆懷孕要用錢。」

在富麗奢華的瑞佛斯酒店裏，琴聲叮咚飄揚，紳士淑女舉杯歡飲，談笑風生，幾個金髮碧眼的婦女，濃妝冶豔的周旋在賓客間，誇張的挺胸突臀搖著香氣四溢的羽扇。

廖本源和廖宏發站在廳中熱絡的跟一群洋人說話，廖張鸞坐在絲絨沙發上和一個華籍婦女交談，宛芬無聊的站在落地窗前看窗外，窗外的人工造景小巧精致，花木掩映中有小橋流水潺潺。

她凝思出神，腦中閃現著鄭南捷肌肉賁突的肩臂，躬身艱困的拖著板車，一步一步掙著向前……

突地背後有人喊她：

「宛芬小姐。」

宛芬吃驚的回頭看，見是滿臉堆笑的吳延昌，他說：

「好久不見。」

「你——」

「對，我是吳延昌，」他指窗外：「很美的庭園。」

「中國式庭園。」宛芬驕傲的說。

「宛芬小姐很愛國？」

「我是中國人，當然愛國，難道你不愛嗎？」

「愛，當然愛，」他嘿嘿笑著：「不過中國有四億人口，愛不愛國也不差我一個人，嘿嘿！」宛芬凝目望他，延昌被她望得笑不出來，宛芬嘴角輕撇說：

「醒華描述一個人確實傳神。」

「噢，她怎麼描述？」

「她說那個人卑鄙兇狠，非常陰險——」

延昌故做誇大吃驚的神情想說話，宛芬不容他開口接著說：

「所以，我得保持距離，離他遠點了。」

宛芬扭身走向廖張鸞，延昌含笑望她，眼光閃射出惡毒嘲弄，廖宏發遙望他向本源說：

「他怎麼進來的？」

「周溥齋是會員，他可能是會員眷屬身份被邀請。」

宏發顯露疑問：

「我查查看。」

「應該查查，這個人不對勁。」

南捷回到木屋，興奮的推門喊：

「醒華。」

醒華放下手裏編織的絨線，從破籐椅上站起，南捷向她揚揚手中鈔票，高興的喊：

「看，工錢。」

他把錢遞給醒華，醒華接過放在桌上，拉他坐下，笑說：「看你高興得，辛苦啦！」

「辛苦？誰說的？不就流點汗罷了。」他見醒華疑惑，趕緊補充說：「外邊太陽大，新加坡跟臺灣一樣，不管春夏秋冬，出太陽就熱得人冒汗了。」

他說著悄聲指門外：

「呃，房東溫媽媽，我剛才回來經過她門口，她眼睛直瞪著看我。」
「我們房租過期了，我給她送去。」
醒華要拿錢出門，溫太太笑著站在門口：
「不用送，我在這裏等著了。」
醒華和南捷對望，醒華算錢拿到門口給她，溫太太喜孜孜的接著說：
「我活了一把年紀，還沒見過窮日子像你們小倆口這樣和睦快樂的。」
南捷故意頂撞：
「怎麼，過窮日子就得吵架嗎？」
溫太太斂容正色：
「不是吵架，是嘔氣，人一窮，彼此都看不順眼，你看我不賢慧，我怨你沒出息—火就來啦。」
南捷、醒華深情相望，會心微笑，溫太太再說：
「像你們小倆口，我看著都心裏癢，覺得嫉妒。」
她轉身離開，走幾步又回頭指醒華肚子：
「五個月了，得找醫生看看。」
醒華臉頰暈紅的望南捷，南捷和她眼光糾結，身軀靠近，把她摟進懷裏。

一輛黃包車拉過街道，醒華坐在車上，車夫汗流浹背的奔跑，到聖心診所門前停住，醒華付錢下車，畏怯的走進診所門內。

小麗在候診室椅上給病患打針，抬頭驟見醒華，難以置信的失聲喊：「醒華？」她喊著忘形的跳起，奔前撲抓她，針筒仍留在病患手臂上，急得病患叫出聲，月桂走出看見，好氣好笑的跑過去安撫病患，繼續打針，小麗抓著醒華又笑又跳，嘴裏嚷著：

「你跑到哪去，想死我們了。」

醒華向月桂招呼：

「阿姨。」

鄭醫生聞聲衝出診療室，他脖子上掛著聽診器，頭上紗布捆著，嘴臉傷痕烏青，仍難掩驚喜，醒華看到他笑得滿眼淚水：

「鄭伯伯。」

小麗跳著埋怨的責備她：

「你好狠心，半年多不給我們一點消息。」

鄭醫生關切的急問醒華：

「南捷好嗎？」

「他很好⋯⋯」

月桂抽出針筒，讓病患用藥棉揉按針眼消毒，她忙不疊也湊到醒華身邊，發現她隆起的肚子，她歡喜的伸手指著，醒華雙頰飛紅羞窘的縮肚掩飾，小麗驚奇的張大眼，鄭醫生笑著解圍說：

「到樓上坐吧。月桂，處方我開了，你給病人配藥。」

月桂答應，小麗拖著醒華上樓，在樓梯上小麗促聲說：「你媽昨天來過，剛把醒漢接走。」

「醒漢？」醒華腳步猛滯站住。

「醒漢被日本人打傷了，你看看我爸爸的臉。」

跟在她們身後的鄭醫生喝止：

「小麗。」

小麗把到嘴的話呑住了。

醒漢頭臉青腫的躺在臥床上，麥氏哀傷痛惜的在床沿坐著，母子心情悲憤沈痛的黯然相對。半晌，麥氏抹拭眼淚歎息說：

「這半年，我不知道過得什麼日子，好好一個家…唉，變得…」她說著哽咽語塞，醒漢滿腔激憤：

「都怪爸爸固執。」

「也不能都怪你爸爸。」

「我就不明白，爸爸幹嘛要這麼頑固，姐姐喜歡他，都嫁了，還反對…」

「爸爸脾氣擰，你們都知道，現在已經不是反對她嫁給誰，是顏面，是周家的顏面丟不起。」

「我不相信爸爸心裏不難過。」

麥氏揉眼，面容憔悴：

「他當然難過，常常夜裏坐著發呆沒法睡，自己的女兒，從小一丁一點的拉拔，哪有不心疼的？醒華跟你爸爸一個性情，父女倆都是寧折不彎的。」

醒漢抓著麥氏的手撫慰她，麥氏心酸流淚：

「半年了，醒華一點消息都沒有，不知道她在外邊怎麼過活，我想到心裏就揪成一團，疼得沒法喘氣。」

樓下客廳裏，溥齋沈鬱的咬著雪茄站在窗前，庭院裏樹木蕭蕭，葉舞旋地，他深深吸氣，回頭望侍立的延昌：

「津村總領事眞這麼說？」

「是，他說經過調查，肇事者，是朝鮮人冒充的。」

「朝鮮人怎麼穿日本和服？說日本話？」

延昌嘴角泛露著奇怪的神情說：

「這種現象很普遍，在東南亞一帶港口，多數都是朝鮮船員冒充日本人鬧事，不過津村總領事說，領事館會繼續調查，決不允許這些浪人破壞日本皇民名譽，還說，聖心診所門外的廣告，岐視侮辱日本人，領事館也要求英國總督派人取締。」

溥齋緊咬牙根，鬱憤沉哼：

「哼，他倒推的乾淨。」說著再轉身望窗外：「醒漢等於白挨一頓。」

延昌眉毛挑動，衝口說：

「現在日本國勢強盛，日本人在國外難免驕橫，醒漢不應該招惹他們。」

溥齋怫然張目：

「這是什麼話？騎車濺到泥水，就算招惹嗎？」

延昌爲難的勸說：

「乾爹，這事就別再追究了，津村不承認日本人肇事，是想顧全彼此的關係，乾爹該往深一層想，勉強追究會讓領事館爲難，跟領事館關係搞壞對我們絕對不利，我們最近跟日本商社交易數量很大，萬一他們翻臉挑剔退貨，光運費跟關稅損失，就是一筆傾家蕩產數目。」

溥齋啞口無語，延昌嘴角泛出冷森笑容。

醒華整理著衣服在沙發坐下，鄭醫生拉下耳上聽診器到水盆邊洗手，醒華詢問的望他，鄭醫生高興的說：

「很好，胎兒健康正常。」

小麗端著水果盤進來，興衝衝的嚷著：

「來，來，吃水果。」

鄭醫生邊擦手邊隱有所指的笑說：

「小麗，你這般殷勤，別有用意吧？」

小麗乍聽摸不著頭腦，錯愕的愣著：

「別有用意？」

「是啊，醒華是醒漢的姐姐呀！」

小麗豁然明白，頓時面紅耳脹的跳起叫：

「爸——」

鄭醫生裂嘴笑，嘴角青腫使他笑容滑稽得有些驚心動魄，他向醒華說：

「前天醒漢受傷住在這裏，爲了觀察他傷勢變化，我讓小麗二十四小時照顧他，沒想到小麗出乎意料的盡心盡意，她平時粗枝大葉對人不是這樣，我覺得奇怪，問她原因，她竟告訴我說，喜歡醒漢很久了。」

小麗急得跳腳，辯說：

「那是隨便說的。」
鄭醫生逗著她笑：
「我也沒認眞吶。」
醒華拉著小麗坐到身邊，摟著她：
「歡迎妳做我弟媳婦。」
「哎呀⋯」小麗急得手揮足舞，月桂上樓笑說：
「樓下有病人，別鬧了。」
在良木園飯店華麗的門廳中，黃夢玫正和蔡鴻軒坐在絲絨沙發裏低聲說話，門廳裏旅客進出，璀燦的水晶吊燈，閃耀著眩目的光華。
夢玫緊縐著眉頭滿臉憂急：
「既然這樣，你看怎麼辦比較好？」
「很難，爲了搞電影，我們兩個都搞得焦頭爛額，你回家拿了不少錢，我也搞得傾家蕩產，這個行業發展潛力很大沒錯，可是現在風氣沒開，很難⋯」
夢玫急著打斷他的話：
「光吐苦水沒用，總得想辦法把難關渡過去。」
「說來說去問題是錢，現在只有把希望寄託上海，鄭超凡這幾天會從上海來新加坡，價錢低一點讓他帶拷貝到上海去，那邊市場大，比較有機會。」

「唉！」夢玫沈重歎氣，蔡鴻軒問她：

「妳什麼時候回吉隆坡？」

夢玫痛苦的搖頭：

「不回去了，爲了拍電影，我父親已經跟我脫離關係⋯」

她突地臉色微沈，注目望著飯店門口，見吳延昌推開旋轉門走進來，今村從旁閃出迎過去，和延昌用日語低聲說話，一起走向電梯，延昌掃望門廳賓客，看到夢玫他腳步微滯，詭譎的笑著揚手致意。

夢玫嫵媚的向他微笑眨眼，延昌用口形向她說：

「耽會喝咖啡。」

黃包車馳過街道，醒華坐在車上回憶在聖心診所得到的照顧，她滿懷感激的想著鄭醫生父女，心裏溫暖覺得天地變得無比開闊亮麗。

車行經過良木園飯店門外，正巧夢玫和蔡鴻軒從飯店走出，夢玫一眼看到醒華，跳起追喊：「醒華—」

醒華聞聲回頭看她，也覺驚喜：

「表姐。」她喊著腳踢踏板要車夫停車，車夫後仰著身軀將車行煞住，夢玫奔到車旁，醒華也興奮歡喜的跳下車，兩人緊抓著對方，夢玫眼眶紅濕鼻腔酸澀：
「醒華，妳好嗎，聽說⋯」
「表姐，妳呢？」
「唉，一言難盡。」她強笑著塞錢給車夫，拉著醒華走：「走，到我住的地方去。」
夢玫住在尙霍肯寺院旁的一幢公寓裏，她開門拉著醒華進房，房內鋪設舒適，一看即知是摩登女郎的香閨，夢玫按著醒華在沙發坐下，問她：
「妳喝酒還是喝汽水？」
「喝汽水。」
夢玫失笑解釋：
「我忘了，妳是家庭婦女。」
夢玫倒汽水給醒華，坐在她身旁看她：
「妳沒變，除了懷孕，妳還是我以前那個清純固執的小表妹。」
醒華窘笑，低下頭，夢玫拉著她的手緊握，柔聲問：
「南捷好嗎？」
「很好。」醒華抬起頭，臉露困惑：「他每天跟妳在一起呀。」
「跟我在一起？」

「是呀，他說你們正拍一部電影⋯⋯」

夢玫睜大眼睛凝望醒華，醒華滿臉驚疑的回望她，片刻，夢玫霍地站起身，走向櫥櫃，倒一杯酒仰頭喝盡，醒華驚悸的喊：

「表姐！」

夢玫不答，再倒一杯酒喝乾僵凝的問她：

「這麼說，你們沒搬回家？」

「搬回家？我們離開家半年，連行蹤都沒讓家裏知道，妳爲什麼這樣說？」

夢玫恨恨把酒杯放下，憤聲罵：

「吳延昌這個王八旦，他騙我！」

醒華驀增恐懼，不覺色變：

「吳延昌？」

夢玫憤恨的轉過身，臉色因激怒脹紅：

「三個多月前，吳延昌來找我，說姨媽跟姨丈不再反對你們的婚姻，反對的是南捷的職業，只要教南捷別再拍電影，姨丈就答應你們回去⋯⋯」

醒華目瞪口呆的愣著望她，夢玫怒恨的接著說：

「我相信他的話，讓導演辭掉南捷，也連絡別的電影公司都不給他角色。⋯⋯」

醒華臉色蒼白，眼中迸發如火的憤怒，夢玫奔過去抓住她的手臂：

「目的是想逼妳們回家，爲了拍電影，我讓家裏趕出來，有家歸不得的痛苦，我嘗過，我知道，我再不願眼看你們也——」

醒華強抑憤怒，呑下溢眶欲滴的熱淚，別開頭：

「不要說了。」

夢玫再要解釋，醒華怒聲回頭叫：

「別再說了。」

夢玫閉嘴，兩人僵坐陷進窒息的沈默。片刻，醒華慘痛的喃語：

「三個多月，他瞞著我，日子是怎麼過的？」

碼頭囂亂，人車往來喧鬧震耳，南捷背負著沈重的貨物艱困的攀爬著船邊扶梯，他混身汗濕，貨物壓得他呲牙裂嘴雙腿抖顫，一步一步踏實攀登，爬上船舷把貨物送進艙裏，反復搬運，直到天黑。

入夜，木屋靜寂，門縫透出的燈光暗淡昏黃，屋內桌上飯菜已冷，醒華僵坐在桌旁出神凝思，心頭悲酸，陣陣湧腔，門外有腳步聲響，她轉頭觀看，見南捷笑嘻嘻的推門進屋，醒華站起身迎接他，擠出苦澀的笑臉，南捷脫下汗濕的衣衫擦拭汗水，邊疲累的坐到桌旁：他望著醒華想說話，見醒華嘴唇緊閉，淚水盈盈，他詫疑的住口，醒華幫他裝飯拿菜說：

「吃飯吧，菜涼了。」

醒華把碗筷遞到他手中，接過他擦汗的濕衣，他機警的觀察醒華神色，醒華溫柔的手，從背後搭在他肩上，南捷把筷子交到左手，伸右手往肩上抓她，沒抓住，醒華的雙手移到他腰間，把他緊緊抱住，她把臉貼在他背上，眼中熱淚奪眶湧出：

「南捷，我知道，你已經好久沒拍電影了。」

南捷一震，他強笑著回頭望她，說：「誰說的？」

「我碰到我表姐。」

南捷僵住，醒華抱緊他，淚水沾濕他的背脊：

「三個多月，你做什麼養我們？」

南捷怔忡一會把碗放下，羞愧的低下頭，醒華轉到他前面拉起他的手看，溫柔的輕撫：

「做工是不是？」

南捷沈重的點頭，醒華滿臉酸苦：

「我早該知道，我早該發現你手掌的厚繭和肩膀的贅肉。」

南捷黯然說：

「我很慚愧。」

「不。」醒華凜然說：「做工不丟臉，我很感激我的丈夫肯擔當敢負責。」

烈日，碼頭熙攘擁擠，南捷肩頭攀著粗繩，躬身拖拉著板車載運貨物，車後，醒華用力推車，她汗珠滿臉，嘴角卻噙著笑容。

夜晚，陣陣歡愉爽朗的笑聲傳出木屋，昏黃燈光下，醒華望著南捷做出的滑稽動作，不時爆出歡笑，桌上飯菜齊備，兩人坐下吃飯，一盤青菜，兩塊腐乳，一塊肉，醒華把肉塞進南捷碗底，南捷挖出來還她，兩人嬉鬧推拒，最後醒華咬一口逼著南捷張嘴塞進他口中，南捷左閃右避閉嘴不張，醒華假裝著惱，夾肉要丟，南捷誇張的雙手捧接，一不留神，肉塊被醒華塞進他嘴內。

清晨，南捷、醒華一拉一推拖著滿車貨物走出碼頭，走過街道，朝陽初升，雖年暮殘冬仍然氣悶燠熱，南捷傾俯著身軀艱難舉步，沒走盡一條街他已混身汗濕，衣衫貼黏著皮膚。

車輪揚起的泥沙黏附在他汗濕的衣衫上，由濃黃變成赭色，醒華奔前跑後忙著替他推車擦汗，她也累的氣喘吁吁滿臉汗珠。

貨物拖到新加坡河岸旁的南洋堆棧，搬進棧房，簽妥棧單，空車拖回碼頭的路上，醒華坐在車尾讓南捷拉著，南捷腳步輕捷，邊走邊啃著饅頭，醒華不時跳下車，給他送上水壺。

太陽西沈，兩人回到木屋，醒華在屋內煮飯，南捷在院裏井旁洗車，屋內鍋杓撞激的響聲不時傳出，炊煙縷縷，飯香飄散在晚風中。

飯後，南捷按著醒華鼻頭慎重的說：

「明天起，不准妳再去碼頭。」南捷輕撫著她肚子凝色警告：「我可不想我兒子發育不全，提前報到。」

醒華推開他：

「放心吶，我會把他照顧得很好，到時包准給你個又白又壯的胖兒子。」她說著拉南捷到飯桌坐下：「奉醫生鄭伯伯指示，什麼都不必擔心，只要心情開朗多運動，能吃能睡就好。」

舊曆年前陰雨連綿，醒華、南捷早出晚歸，木屋終日閉門深鎖，一片潮濕冷寂，這日雨停放晴，溫太太蹲著肥胖的身軀在井邊洗衣服，宛芬、小麗和醒漢探索著走進院內，他們向溫太太詢問：

「請問，這裏是不是住了一對年輕夫妻，男的姓鄭⋯⋯」

「有啊。」溫太太抬頭望他們：「你們是誰？」

醒漢搶著說：

「我是她弟弟。」

溫太太指木屋：

「他們就住那間房子，不在家，一早就去做工了。」

小麗怯聲問：

「那，請問，他們在那裏做工？」

「好像在碼頭，他們最近都早出晚歸，我也很少碰到。」

宛芬小聲向小麗、醒漢說：

「對，前幾天我看到鄭南捷的地方，就靠近碼頭。」

「那我們去碼頭找。」小麗說。

宛芬搖頭反對：

「碼頭那麼多人怎麼找？再說，我怕在碼頭找到他們，醒華會難堪。」

「那怎麼辦？」小麗惶然。

醒漢衝口說：

「要不妳們回去，我在這裏等她。」

小麗反瞪他一眼：

「要等都等，你等我們怎麼能走？」

「好了，」宛芬推他們：「我們先去碼頭，看情形再說。」

到了碼頭，他們在吵雜囂亂的人群中尋找，沒有發現醒華和南捷蹤跡，太陽把他們曬得熱汗直流，頭都暈了，突地醒漢看到站在船邊岸上的夢玫，他脫口喊：

「表姐。」

吵雜喧囂把他的喊聲掩蓋，夢玫沒聽到，她正和蔡鴻軒仰頭望著從船梯走下的鄭超凡，並揮臂招手。

小麗和宛芬挽手向另一個方向張望，碼頭人群竄動，囂鬧擾耳，太陽炙熱，把她們曬得頭暈目眩，醒漢遙望著夢玫和鄭超凡握手寒喧，想過去再喊又猶豫，宛芬、小麗拉著他走，他微掙一下也就跟著離開。

重回到陋巷木屋，醒華和南捷仍未回來。他們向溫太太詢問醒華近況，直等到夕陽墜落，醒漢擔心女孩危險，才護送她們回去。

回到家，醒漢和母親麥氏在客廳沉默對坐，落地鐘擺的嘀嗒和庭樹的嘩響協奏出滿園淒冷的聲音。

麥氏嘴唇抽動著顫聲問：

「你沒見到她？」

醒漢沉默的搖頭，麥氏緊閉著嘴唇強忍痛苦，聲音抖顫著：

「你說，他們在碼頭做苦工？」

醒漢沉痛的緊握著拳頭：

「姐夫搬運貨物，姐姐幫他推車。」

麥氏難以置信的望著他：

「你剛說她懷了孩子！懷胎大著肚子，還幫他推車？」

醒漢僵硬的點頭，麥氏的手簌簌劇烈抖戰，她口中說著含糊不清的話，顫萎萎的站起向外走：「我要去找她，我要把她搶回來⋯我不能睜眼看著她受這種折磨⋯大著肚子還推車！」

5

橡林濃鬱，無邊無際，像蒼穹般覆蓋著。

阿猛駕車在橡林中行駛，溥齋和延昌坐在車內，溥齋滿臉沉憂的向車外望著：

「這批訂單，出貨時間限得太急了，趕得及嗎？」

延昌態度已不像以前恭謹，他靠躺在椅背上腳翹著：「趕不及也得趕，違約罰款不是鬧著玩的。」

「我看訂單少接一點吧。」溥齋憂急沉重的說。

「乾爹，賺錢靠機會，現在日本商社胃口大，大批訂貨，這就是我們橡園賺錢的機會。」

「合約訂得太嚴，我怕沒有節制的接單，會弄出亂子。」

「不會，您放心了，我會控制生產進度，督促工人趕工。」

車續行，橡林無盡延伸，車風從窗隙鼓進，溥齋白髮覆額，突顯出額間深刻的皺紋。車行到橡園一處收膠草棚前停下，成群的工人圍著登賬木桌吵鬧，鈴木兇橫的站在桌後。

延昌和溥齋開門下車，鈴木推開工人奔到延昌面前鞠躬：

「吳樣。」

溥齋錯愕的問延昌：

「怎麼有日本人在這裏？」

延昌不答，徑問鈴木：

「什麼事？」

鈴木支吾著望溥齋：

「沒事，我能解決。」

溥齋張望人群尋找：

「阿德呢？」

延昌淡然的答說：

「阿德叔年紀大了，做事慢吞吞，我辭掉了。」

溥齋勃然慍怒：

「什麼?他跟了我卅年…」

「乾爹，現在趕工出貨，用人不能背包袱，這樣會誤事！」

「趕工是工人的事，他記賬有什麼妨礙？」

延昌顯出不耐：

「乾爹，他老啦。」

延昌說畢走向木桌，鈴木跟著低聲向他報告，工人群情激憤，圍聚鼓噪，議論紛紛，溥齋惱怒的拂袖上車，延昌暴聲怒喝：

「吵什麼？閉嘴。」

工人驟然靜肅，俱被他氣勢震懾，延昌拍桌厲聲叫：

「從今天起，每人每天最少繳五桶橡汁，多繳的工資加發，繳不夠五桶用工錢扣抵。」

廖本源和廖宏發走出瑞佛斯飯店皇家俱樂部，迎面和查理士華肯、約翰道爾相遇，道爾攔住他們，宏發取笑說：「我知道，准是福利捐款勸募。」

「嘔，不，這次不是。」道爾搖頭，神情嚴肅，華肯在旁輕鬆插嘴說：

「縱是捐款，兩位仁慈慷慨，也從不拒絕。」

「噢，不！」宏發故意逗他們：「現在世界經濟蕭條，個人經濟因素要慎重考慮。」

華肯顯出驚訝：

「兩位也遭遇經濟衝激嗎？」他說著指本源：「本源先生在馬來亞錫礦業的成就，讓很多人羨慕，聽說最近又組織財團，在香港投資金融事業，難道不確實？」

本源點頭露笑：

「確實，華肯先生觸角非常敏銳，我建議你轉任稅務工作，也許比現在的農業指導職務更能發揮。」

華肯認爲是恭維，露出微笑，宏發問道爾說：

「既然不是福利勸募，那麼是什麼事，道爾先生請說。」

「噢，是關於周溥齋先生橡園的事，想請兩位幫忙。」

宏發馬上升起戒心，笑容霎時消失。

「周溥齋橡園的事，我們能幫什麼忙？」

道爾嚴肅的說：

「兩位是中華商會輪值理事，有責任勸導他，它最近盲目採膠，嚴重損害橡樹成長，由巴西移植的新種橡樹，他受政府委託栽種，目前仍在研究實驗階段，他卻私自濫割採膠，使橡樹發育成長受到嚴重損害，政府感到無法容忍，考慮採取法律途徑強制他賠償。」

本源關切的想問，宏發趕緊推託的打斷他：

「這件事兩位最好直接找周溥齋談。」

「我們見不到他，他的吳秘書一直對我們敷衍，而且態度傲慢。」華肯笑容消失，顯出激憤不滿，宏發再想說話，本源攔阻他，說：

「吳秘書也許並不代表周溥齋的意思。」

「我們也這樣認爲，所以才想請兩位幫忙，把政府的不滿轉告周溥齋，也向他警告，他已踏進危險地區。」道爾說著藍眼睛眨閃出冷厲的光采。

華肯接著再補充：

「政府除了對新種橡樹濫採不滿，對他大量向日本輸出橡膠也有激怒現象，正醞釀採取行動，不過，這是政治部門的事，我們無權說話，只是希望兩位善意警告他。」

本源爽快答應：

「好，我跟他說。」

「本老…」宏發出聲阻止。

本源對宏發搖手，然後向華肯、道爾致意：

「感謝兩位。」

「也感謝你們。」華肯、道爾和他們錯身離開，宏發埋怨本源說：

「本老，周溥齋的脾氣你知道，搞不好更增加誤會，認爲是我們在搞陰謀打擊他。」

「我們居心善良，他早晚會理解。」

在南洋旅館客房，鄭超凡正振筆書寫，門外侍役敲門喊：

「鄭先生，黃夢玫小姐、蔡鴻軒先生拜會。」

「請他們到餐廳喝咖啡，我馬上來。」

「是。」侍役答應著要退走，鄭超凡喊住他：

「等一了」

他開門把書寫的紙條交給侍役，囑咐他：

「加急電報，發上海。」

侍役接過紙條躬身離開。

夢玫和蔡鴻軒坐在旅館的庭園咖啡座等候，蔡鴻軒不安的搖晃湯匙攪動咖啡，夢玫瞪他：

「你緊張什麼？」

「我投資這麼多錢，成功失敗在此一舉，能不緊張嗎？」

「沒出息。」

蔡鴻軒苦著臉辯白：

「小姐，妳搞不好有退路能回家，妳爸爸不要妳，妳媽會要妳。我呢？全部家當都在這部片子裏，人家上海都拍有聲電影了，我們的片子可是啞巴無聲的。」

「別著急，等他看過片子再說。」

「我就是怕他看片子才著急。」

夢玫掃望咖啡座裡賓客，看到有個魁偉的中年紳士正向她注視微笑，她急忙閃開眼光，問蔡鴻軒說：

「有聲攝影機貴不貴？」

「當然貴，你沒聽鄭超凡說，要九千美金，折合黃金廿港條，在新加坡能買一幢樓。」

夢玫輕舒口氣嗒然：

「上海電影這麼進步，他還到新加坡來買片子？」

「鄭超凡到新加坡不是買片子，是推銷片子，跟我們一樣，替拍好的影片打市場，找銷路。」他看到鄭超凡走進餐廳，低聲說：「來了。」

夢玫和蔡鴻軒笑臉站起迎接，卻見鄭超凡被魁偉中年紳士攔住：

「請問是鄭超凡先生？」

「我是。」鄭超凡顯出錯愕驚疑。

「我是警署的陸幫辦，想請教你幾個問題。」

鄭超凡愕愕的望他，陸幫辦笑說：

「關於林添壽被殺的事。」

「以前警署問過，我知道的都說了。」

「是，還有幾個問題不明朗，想請教。」

「不敢。」鄭超凡轉望夢玫他們：「可是我約了朋友⋯⋯」

「只耽誤你幾分鐘。」陸幫辦笑容消失，轉露冷肅。

「好。」鄭超凡被迫點頭說：「我跟他們打個招呼。」

陸幫辦揚聲向夢玫叫：

「對不起呀，暫借鄭先生幾分鐘。」

鄭超凡無奈的搖著頭在陸幫辦桌旁坐下，陸幫辦眼光銳利的望著他說：

「林添壽在紅燈碼頭被殺，你跟他既是臺灣同鄉，又是日本『早稻田大學』同學，據我們知道的資料，他是單純的體育教師，從未接觸政治。」陸幫辦抓住他的手誠懇的說：「鄭兄，所謂血濃於水，我們都是中華龍種炎黃子孫，臺灣被日本強奪四十年，而四年前的九一八事變，日本軍閥又蹂躪了東北，受屈辱、受踐踏的都是我們同胞，林添壽爲什麼死？因爲他認出一個潛伏在新加坡華僑社會，計畫搞掠奪破壞的陰謀份子。」

「啊！」鄭超凡驚心。

「林添壽是被日本特務殺害的，你跟他既是同鄉又是同學，他慘死異鄉是爲維護華僑社會和日本特務對抗，這種壯烈犧牲你難道不感佩？難道不想爲他報仇雪恨？」

鄭超凡情急的提高聲音：

「你想讓我說什麼？」

座間賓客都驚異望他，陸幫辦笑笑說：

「我在追查林添壽到底認出什麼人？」

「我實在不知道，在新加坡他帶球隊，我拍電影，兩個都忙，只見過一次面…」

「有沒有談到在新加坡碰到誰？」

鄭超凡堅決的搖頭：

「沒有。」

「你再想想，想到打電話到警署。」

陸幫辦掏張名片給他，再禮貌的向夢玫點頭，起身離去，鄭超凡走到夢玫桌邊：

「對不起，耽誤時間，我們去看片子。」

夢玫拉下公寓窗簾，房中頓時一團黑暗，機器聲開動，桌上放置的放映機射出光團，把影像畫面映照在粉牆上，畫面跳動，無聲無息，南捷出現在畫面和夢玫比手劃腳的表演，雖然誇張，但充滿情趣，他自然的表情有極強烈的感染力。

突地膠片斷了，畫面消失，夢玫開燈，蔡鴻軒急忙檢查機器黏接膠片。鄭超凡燃起香煙，沉思，他問：

「南捷還在新加坡嗎？」

夢玫疑遲一下答說：

「在。」

鄭超凡吐口煙，自語說：

「他確實很有天份，外形條件好，絕對能紅起來……」

牆上畫面映出烏雲掩月，鏡頭拉開照出窗內夫妻正在爭吵，南捷和夢玫在畫面中飾演夫婦，他們怒目指斥互擲枕頭，枕頭破裂鴨毛飛得滿頭滿臉，兩人跳著拔毛，製造動作喜趣，南捷表演得自然流暢，光芒掩蓋過夢玫。

膠片放完，夢玫開亮燈和蔡鴻軒期盼的向鄭超凡觀望，鄭超凡靠在沙發上神情索然，閉目假寐。

夢玫、蔡鴻軒對望，放映機仍轉動著劈啪膠片拂拍的聲音，片刻，鄭超凡睜開眼睛：

「這幾部片子我買，但價錢不能高。」

夢玫、蔡鴻軒露出驚喜，蔡鴻軒急聲說著：

「可以談，可以談。」

鄭超凡關切的問夢玫：

「妳剛說南捷在做工？」

「是的。」夢玫顯出忐忑疑慮。

「那麻煩妳找他一下，說我在新加坡，叫他到旅館來。」鄭超凡說著站起。

陰雲密布，天色昏暗，勁風卷著沙塵在街道邊拂旋，路邊行人撫帽撩衣疾急走避，豆大的雨點零落的、急驟的灑落在地面。

醒華、南捷拖著板車在街旁走，雨點中南捷急忙停車，拿出油布遮蓋貨物，在車尾，他又特意搬開貨物留出空隙，拉著醒華把她推進空隙內，醒華不肯，笑著掙扎，雨勢加急，南捷頭臉滴水，醒華拉扯油布替他蓋上，南捷推開油布按住她說：

「好好坐著，妳不能淋雨。」

「你能淋，我怎麼不能淋？」醒華故意說。

南捷指她肚子：

「因為他。」

「他淋不到。」醒華搖著肩膀撒嬌，南捷著急：

「別鬧了。咱們趕著送貨，妳再不聽話，我會生氣。」

「好嘛，好嘛。不過你得答應我，送過這趟，咱們就回家……」

「妳先回家。」

醒華繃起臉，強要下車，南捷再按住她，陪笑屈服的說：「好，好。聽妳的。」

醒華臉上浮起笑容，南捷奔到前面拖起板車，在雨中奮力猛拉，冒雨前進。

屋檐上淅瀝著雨滴，風過樹搖，枝叢積水嘩嘩灑下，庭園寂靜轎車停放在院內，溥齋和麥氏沉默坐在客廳沙發上，沉鬱無語。

鬱仰的沉默中、溥齋抬起頭問：

「醒漢去看過她？」

麥氏點頭，溥齋蒼老的歎氣：

「唉，養她十九年，沒想到會有這種結果。」

「都是你逼的。」

「我哪會忍心逼她，還不是冀望她有好歸宿。」

麥氏怨懟的瞪他：

「好歸宿，要是她眞嫁給吳延昌…」

溥齋霍地從沙發站起，他緊咬牙根在廳內踱步，麥氏忍住想說的話，發出沙啞的聲音：

「我想晚上就去接她。」

「不行。」溥齋決然說，麥氏激怒的站起指著他厲聲叫：

「我不管你答不答應，我就是要去，我不能眼看著女兒大著肚子推車，風吹雨淋受那種罪。」

溥齋放緩聲音說：

「我不是不讓她回來，只是現在——」

突地電話鈴響，溥齋拿起電話聽筒：

「喂…」他臉現錯愕：「本源？是、是…我是周溥齋…晚上便飯？有什麼事嗎？」

話筒裏傳出本源的聲音：

「沒事，沒事，好久沒聚聚了，聊聊喝一杯…」

「還有誰？」溥齋戒愼的問。

「沒外人，就只宏發老弟。」

「好吧，我過來，晚上七點。」

溥齋掛上電話，神情愣怔，麥氏問：

「誰呀？」

「廖本源，奇怪！」

本源掛上電話滿臉歡欣，宏發難以置信：

「他答應來？」

「嗯，晚上七點。」

「這不像周溥齋的脾氣。」

本源沒答話，轉向廖張鸞：

「太太，你下廚，弄幾樣菜。」

沒等廖張鸞說話，坐在旁邊的宛芬就高興的嚷著：

「我見到周伯伯要當面求他，別再頑固，要承認醒華的婚姻，讓醒華回家。我還要拆穿吳延昌的奸詐卑鄙。」

雨停歇，橡園的樹枝上仍淅瀝著雨水，橡樹下站著延昌、今村和阪田等幾個人正低聲秘商，旁邊停著一輛吉普車，發動著，響著沉實的引擎，延昌問：

「炸藥、雷管都檢查過？」

「查過了，沒問題。」今村興奮的眼光閃灼。

「剛下過雨，當心炸藥受潮。」延昌提醒警告：「撤退路線都勘察了？」

「嗨，都勘察過。」

「好，出發。」

今村和阪田等奔向吉普車，車疾馳開走，轉眼消失在輕霧迷蒙的橡林中。

周家的司機阿猛走進客廳說：

「老爺，車準備好了。」

溥齋從沙發站起轉頭向麥氏：

「走吧。」

「我不去，我要去接醒華。」

薄齋沉下臉，湧起怒氣：

「我跟妳說，現在不行⋯」

「我不管你行不行，我就是要去。」麥氏激動的喊：「醒漢。」

樓上醒漢答應，麥氏再喊：

「你下來，帶媽媽去找姐姐。」

溥齋氣結，含怒拂袖走出，阿猛在後跟隨，醒漢跳著奔下樓梯，麥氏揮手趕他：

「去多穿件衣服，帶媽去接姐姐。」

「好。」醒漢驚喜的再轉身奔上樓，跑到一半再愕異的回頭：「爸爸眞的讓姐姐回來？」

溥齋走到車旁，阿猛搶前打開車門，溥齋彎腰跨進車內，陡地一愣，見延昌坐在車裏。

「乾爹。」延昌滿臉謙恭的喊著，挪開身體。

汽車駛出周家，一路風馳電掣駛到廖家門口，車燈強光把門房老蔡引出來，他辨識汽車，看到阿猛，把鐵門拉開，阿猛正要駛車進門，老蔡攔住他向車內探頭說：

「是周老爺吧？我們老爺剛走…說錫礦爆炸出事，有人埋在礦坑，他要趕過去處理…」

刺眼的警示紅燈在夜黑中疾閃，幾輛警車停放在崩塌的礦坑門前，一輛警用救難車疾駛馳至，車前探照燈的強光照射在崩石堆上，警察指揮工人挖掘碎石，拖出血肉模糊的屍體，醫護人員跟著奔過去檢查處理。

不遠處草地上排列著數具死屍，陸幫辦拿著一塊碎石和金屬碎片跟一個英國人在低聲議論，他們一邊說話一邊把石塊碎片拿到鼻端聞嗅，又一輛汽車疾駛衝至，引得他們轉頭注視。

車門打開，愴惶跳下的是廖本源和廖宏發，陸幫辦迎過去，本源滿臉慌急的問：「陸幫辦，傷亡情況怎麼樣？」

「目前僅知道，兩人重傷，四個人死亡，據說還有五個埋在礦坑裏。」陸幫辦沉凝的轉眼望挖掘現場。

本源神情愴痛激動：

「無論如何全力搶救，一切損失我都負責。」

「陸幫辦，到底什麼原因爆炸崩塌？」宏發插嘴。

「蓄意破壞。」陸幫辦指著旁邊警車：「抓到個日本人叫阪田哲一，在他身上搜到黃色炸藥跟雷管。」

在警署偵訊室裏，強烈燈光照著阪田的臉，他用力遮擋，扭臉躲避，唐樹標抓著他的頭髮，扭著他讓他面對強光，陸幫辦走進光影，面對著他，森冷的目光讓阪田抖起陣陣寒顫。

「我姓陸，是警署的幫辦，中國人，祖籍東北遼寧，你懂中國話嗎？不懂我可以用日語問你。」

阪田點頭說：

「我懂中國話。」

陸幫辦走到他身後，魁偉的身軀更對阪田造成壓力：

「好，那我問你—」

敲門，有警員進來，陸幫辦迎過去，警員低聲向他報告，並遞給他兩張名片說：

「日本領事館的津村總領事和馬勃律師。」

陸幫辦嘴裏咒罵一聲，把名片丟在桌上，擺頭示意讓他們進入，警員拉開門，津村和馬勃律師走進，津村想說話，陸幫辦抬手阻止：

「我只負責偵訊、調查，有沒有罪，能不能保釋，我會詳細寫報告呈送上級，我不會刑求，更不會用日本人那一套殘酷毒刑，吊人、通電、拔指甲、灌辣椒水……」他斬釘截鐵地怒目向阪田瞪視：「我的辦法是收集證據，有證據就別想從我手底逃出去。」

他說著拿起桌上牛皮紙袋，撕開，把袋裏雜物都散倒在桌上，然後在雜物裏撥弄翻找，找到一張醒華的照片，陸幫辦凝視辯認，丟在阪田面前：

「這是誰？」

阪田望照片，變顏變色。

木屋的門被敲響，麥氏邊敲邊喊：「醒華，開門。」

「姐，媽來了。」醒漢也在旁叫著敲門。

木屋裏一團漆黑，靜寂無聲，醒漢俯在門縫向內探窺：「姐，媽來接妳了。」

敲門聲引來陣陣犬吠，醒漢惶惑的望麥氏：

「奇怪，他們不在家。」

電話鈴響，鄭超凡拿起電話接聽：

「喂，夢玫啊，有事嗎？」

話筒中傳出夢玫的聲音：

「鄭南捷跟他太太都在我這裏，我們剛看完他演的片子，您看是我帶他們過去，還是勞駕您過來？」

「好，我過來。」鄭超凡簡截回答著掛上電話，縐起眉頭想：「他太太？」

過不多久，夢玫住處的門被敲響，醒華、南捷緊張的扭過頭看，夢玫起身把門打開。

鄭超凡走進門，眼光就被醒華吸引住，醒華扶著椅子站起，肚腹突隆，鄭超凡看著縐起雙眉。

南捷興奮的迎過去：

「凡叔。」

鄭超凡含笑握住南捷的手，南捷臉上堆滿笑，眼光卻閃露出辛酸淚翳，鄭超凡輕拍他的肩膀，眼光越過他向醒華看。南捷也回頭望醒華說：

「對，凡叔，你見過的，夢玫她表妹。」

「現在是鄭太太。」夢玫笑著說。

「凡叔。」醒華低著頭，輕聲喊。

夢玫招呼超凡坐下，轉身張羅茶水，鄭超凡落座後再凝望醒華，醒華顯得窘迫局促，他向南捷說：
「我不知道你結婚了。」
南捷走到醒華身邊，攬著她：
「結婚快半年了。」
鄭超凡問醒華：
「家在新加坡？」
「在巴耶律巴。」醒華輕聲回答。
「可以回家住嗎？」
「嗯？」醒華不解他的話意，露出困惑，她求援的望南捷，南捷也摸不著頭腦，困惑的問超凡：「凡叔的意思是—」
「我問她能不能回家住。」鄭超凡神情嚴肅了。
「我們在外邊租房子。」南捷解釋說。
夢玫泡了茶放在鄭超凡面前，轉身推南捷、醒華到沙發坐：「鄭叔叔的意思是說你有家累。」
「是呀，你結了婚有家累，她不久又要生產，我怎麼能把你帶到上海去？」
南捷、醒華愣住，南捷臉色脹紅的囁嚅說：

「我以爲凡叔會帶我們兩個一起走。」

鄭超凡搖頭：

「不可能，我只能帶你一個人去。」

「鄭叔叔，船票我負責。」夢玫情急插嘴。

「不是船票問題，實際上有困難，上海目前社會混亂，比新加坡生存更困難，我帶南捷去上海是奮鬥創業，尤其是電影工作，要全力投注，在沒有成就以前，決不能有家累。」

醒華聽著臉色由紅轉白，搖搖欲倒，南捷用力把她抱住，堅決的說：

「她不能去，我也不去。」

醒華掙扎坐直，搶著說：

「不，凡叔帶他走。」

「不，我絕不丟下妳。」

醒華霍地推開他，厲聲說：

「你留在新加坡是死路。」

「死我也不走。」

醒華咬著牙，滿含痛淚：

「鄭南捷，難道你願意一輩子做碼頭苦工，難道你願意一輩子做牛做馬混日子？」

夜，路燈昏暗，行人絕跡，街道一片淒冷，風過樹梢搖落陣陣水滴，街旁窪處仍積聚著灘灘雨水，南捷和醒華拖著板車在街旁走著，他們腳步沉重，凝聚著難堪的沉默。

遠處，有海港船舶的汽笛聲傳來，空曠悠遠，斷續間雜著犬吠，點綴得冬夜更冷寂。車輪轆轆發著顛簸聲響，街燈把他們的身影拉得又長又細。

木屋旁暗影中站著麥氏和醒漢，暗夜寂寥，牆頭屋角響著夜風輕掠的聲音，麥氏寒慄抖顫，醒漢忙趨前攬住她，輕聲勸解：

「媽，回去吧。」

「她怎麼這個時候還不回來？會不會遇到什麼意外？」麥氏驚心肉顫著說。

「不會的，姐夫照顧得很好。」

麥氏掩嘴輕咳：

「我是說，她會不會身體出什麼毛病，懷孕的人最怕出力操勞，她會不會——」

「媽……」

麥氏傷懷歎息，輕聲問：

「現在幾點？」

醒漢對光看錶說：

「十一點多……」

「半夜了。」

醒漢輕拖麥氏，催促她：

「媽，回去吧，露水多，你衣服都濕了。」

「再等一會。」麥氏難捨的凝望著木屋說。

「媽──」

「好好，回去。」她勉強移動身體：「這木頭房子，哪能遮風擋雨？」

醒漢和麥氏剛走不久，南捷和醒華的板車聲即響徹陋巷，輪聲轆轆夾雜著車身木板的鬆跳，在靜巷中格外響亮，南捷低頭拉車，醒華在旁跟隨，她兩眼失神空茫，一隻手無意識的扶著車槓蹣跚的在車旁走著。

陋巷走盡，南捷把車拖進院中，醒華腳步不停，徑自走到木屋開門。

她進屋，點亮燈，愣在桌旁站著，南捷進來，醒華聞聲回頭看他，兩人目光糾結，南捷迅速逃避的把頭轉開，醒華瘖聲問他：

「你決定不去？」

「不去。」南捷神態堅決。

兩人僵持，醒華緊閉著嘴唇望他：

「就因爲我？」

「我說過了，我不能丟下妳跟孩子。」

「好。」

南捷愕異：

「好？什麼好？」

「你想得很好。」醒華霍地轉身走開了。

南捷追過去，攀住她的肩膀，眼眶澀紅，聲音瘖啞的說：

「這是我的責任啊。」

醒華搖動肩頭甩開他：

「我可以讓你沒有這種責任，恢復半年多前你單身時那種無牽無掛的樣子。」

南捷神情慘變：

「妳，妳要回家？」

「不。」醒華恚憤得霍然回頭，她眼中怒火迸射，喉中發出恨聲：「哼，想不到你會說出這種話。」

南捷強抑激動，憤聲：

「你剛說讓我沒有這種責任，是什麼意思？」

醒華眼光盯望著他，口氣堅決冷森：

「我要死了，你不是一身輕鬆，沒有責任負累？」

南捷瞠目結舌，臉色逐漸慘白，嘴唇顫抖著說不出話，醒華扭身在凳上坐下，嘴唇緊閉，南捷透過氣，哽聲：

「老天，你說什麼？」

「我說我的丈夫安於現實，不敢闖蕩，我這一生沒有指望，還活著有什麼意義？」

南捷委屈滿腔，無法表達，眼淚奪眶湧出，他緊握雙拳牙齒咬得格格響，醒華厲聲叫：

「男子漢不要哭。」

南捷強忍淚水，哽咽說：

「妳大著肚子，我丟下妳，妳怎麼活？」

「妳以爲我是富家女，嬌生慣養，經不起風吹雨打，嗯？」

「醒華！」

「你錯了，我敢愛你，敢拋棄家庭跟你結婚，敢替你生孩子，敢鼓勵你到上海去奮鬥開創，敢自己把生養孩子的重擔擔起來，這都說明我是個有主見、有決心、有能力承擔責任的獨立女性。」她說著放緩聲音，溫柔的幫南捷擦拭淚水：「南捷，你做丈夫，做父親必須要爲家庭孩子的將來著想，現在我們年輕，我們有的就是體力跟時間，我們要利用體力跟時間去開創奮鬥，將來才會有希望，眼前的痛苦我們必須咬牙吞下。你知道，在新加坡我們阻力太多，你不會有機會……」

南捷猛力抱住她：

「我實在不願離開妳。」

「我更不願離開你，我們結婚才半年。」

南捷把醒華抱緊，醒華也緊緊的摟住他，他們任由淚水濡濕對方，良久，南捷瘖啞的說：

「妳回家吧。」

「不。」醒華搖頭。

「妳有人照顧我才能放心。」

醒華聲音平穩堅定：

「不，我嫁給鄭南捷就是鄭家的人，再回到周家會讓人對你誤解。」

「我不怕被誤解，只求妳活得好。」

「我會活得好，我有一雙手，我能照顧自己。」

南捷把手臂緊縮，抱得她更緊：

「到上海，安頓下來，我就馬上來接妳們。」

醒華點頭，把臉深深埋進他懷裏：

「只要這間木屋不倒塌，『我們』永遠在這裏等你。」

長夜過盡，雞鳴起落，雀聒盈耳，木屋板壁的縫隙中透進曙光，曙光曦微中顯現床桌輪廓，床上躺著南捷和醒華，他們鼻唇相接，面對面凝視：

「天亮了。」南捷說。

「嗯，天亮得好快。」

「睡一下吧？」

醒華搖頭，伸手摟住南捷的腰：

「不，我要多看看你。」醒華深情柔膩的向他身軀偎靠，把臉緊貼著他的胸肌，久久她再問：「昨晚凡叔說什麼時候走？」

「下午三點開船。」

醒華撐起身從枕下摸出金錶湊在壁縫光亮處看：

「現在五點十分，還十個小時，我要把握時間，分秒都把你看進眼裏。」

清晨，斷續的呻吟聲傳出房外，麥氏躺在床上鼻息粗濁的發出呻吟，溥齋探摸她額頭，顯出吃驚，他開門喊：

「醒漢、醒漢。」

醒漢睡眼惺忪的從隔壁房伸出頭：

「爸，你叫我？」

5

「你媽發燒，叫阿猛開車去接羅大夫。」

「媽發燒？噢！」醒漢陡地清醒，奔跑著下樓，吳延昌坐在客廳看報，看到醒漢迎著問他：

「乾媽生病？嚴不嚴重？」

醒漢沒理他，繼續向外走，延昌喝叫：

「醒漢！」

醒漢霍地停步回頭，雙眼怒睜著：

「你少跟我呼喝，我看到你就有火。」

延昌臉色陣青陣白說不出話，醒漢衝出客廳喊：

「阿猛。」

阿猛從門房出來，醒漢奔過去說：

「開車去接羅大夫，我媽生病了。」

水壺噴水淋在花叢，花枝抖顫著嬌豔風姿，本源在庭院花圃澆花，眼前雖萬紫千紅賞心悅目，而他眼中卻憂色沉重，毫無歡容。正自怔忡神馳，門房老蔡奔來稟報：

「老爺，警署的陸幫辦要見您。」

「噢。」本源心頭一驚向大門張望說：「請他到客廳坐。」

老蔡轉身離去，本源拿著澆壺凝思發愣，壺裏水柱不自覺的淋到花臺上，沾濕衣服，他始驚覺。

更衣後本源走進客廳，陸幫辦和唐樹標正靜默等候，本源歉疚的趨前握手：

「陸幫辦，兩位辛苦。」

陸幫辦神態溫和，眼光銳利的說：

「好說，關於貴礦場爆炸案的調查情形，特地來跟廖老闆研究。」

「好。」本源笑指唐樹標：「這位是…」

「他是政治組探員，叫唐樹標。」

「政治組？」本源駭異驚愕：「難道這件案子還牽涉到國際陰謀？」

陸幫辦沒答他的話，反問他：

「廖老闆跟巴耶律巴周家，有交情吧？」

本源覺得意外，滿臉驚詫：

「律巴周家？周溥齋？年輕時候我們一齊創業，有近卅年的交情，他…」

「最近融洽嗎？」

陸幫辦咄咄逼問，本源難以措辭，斟酌的回答：

「融洽？溥齋個性倔強固執，做法跟想法跟我或許不盡相同，不過他絕不會幹違法的事……」

陸幫辦露出職業笑容：

「我並沒說周溥齋會違法。」

「那你剛才提他是……」

陸幫辦仍不答他的話：

「聽說最近周家的橡膠跟日本商社，貿易數字很大？」

「不錯，爲了這件事，中華商會對他很不諒解。」

陸幫辦收起職業笑容，神情陡變嚴肅，他眼光冷厲的向本源逼視：

「廖老闆，貴礦場的爆炸案不是獨立事件，是國際陰謀鬥爭的手段，務必請你跟警方合作，把你知道的有關周家近況，都詳細告訴我們。」

本源點頭，神色凝重的說：

「我知道的都會說，不過……」

「我明白你的意思，也絕對相信周溥齋不會夥同搞陰謀。」陸幫辦說著拿出筆記本紀錄：

「聽說周家有位吳秘書？」

「是，叫吳延昌，據說是溥齋一個朋友的兒子。」

「在日本出生？」

「是這樣聽說。」

「這個人你見過，他跟你說過什麼？」

「他勸我把錫礦礦石一部份運銷到日本。」

陸幫辦和唐樹標對望，陸幫辦的耳輪微微蠕動：

「你怎麼答復？」

本源哂笑：

「我跟英國東印度公司簽有合約，包運包銷，出口受到政府管制，除非走私，否則不可能運銷到日本。」

陸幫辦沉吟思索，唐樹標首次開口說：

「之後，他沒再跟你接觸？」

「沒有，坦白說，我對這個年輕人有戒心。」

唐樹標簡截的說：

「對，他是個危險人物。」

南捷衣著整齊的把板車拉到車行，醒華提著包袱扶著南捷的手在旁跟著，車行老闆紀伯坐在桌後抽煙，看到南捷整齊穿著，顯得錯愕，南捷鞠躬說：

「這幾個月謝謝紀伯照顧，租車給我。」

「不拉了？」紀伯滿臉困惑。

「嗯，要去上海。」

「喲，那很遠吶，上海不是在唐山嗎？」紀伯說著指醒華：「她是誰呀？」

「我媳婦。」

「看樣子快生了，你能走嗎？」紀伯好心的關懷說。

南捷如被重擊，臉色驟變暗淡，醒華裝出笑臉搶著說：「他去不久，很快就回來了。」

「好吧，一路順風啊！」

紀伯笑著祝福，把押抵的照相機還給他。

碼頭熙攘，人車往來，路旁攤販吵雜吆喝，榴槤的氣味在沉鬱的空氣中飄散著。

海岸邊停靠著輪船，提著行囊的旅客和送別的人群難分難捨圍聚著說話，有的歡笑，有的垂泣，笑聲裏聽得出有悽惶和傷悲隱藏著，幾個不懂事的孩子，嬉鬧著繞著父母奔跑，把倒臥在屋檐下曬著冬陽懶睡的乞丐也吵醒了。

南捷牽著醒華的手，穿過人群走進碼頭，南捷望著停靠的輪船說：

「就是這班船，義大利郵輪。」

醒華惶然的縐眉說：

「我總覺得忘了帶什麼東西，總想不起來。」

「不會吧，要帶的妳都包進包袱了。」

「有一樣東西，我沒給你。」

他們走到貨倉廊簷下，就地坐在水泥臺階上，醒華抬手掠髮，腕上金錶滑落到小臂，她驀地驚醒說：

「啊，就是它。」

南捷愕愣不解，醒華把腕上金錶解下：

「這只錶，你帶著。」

醒華把金錶塞進他胸前貼身衣袋說：

「這只金錶值一條黃金，到上海萬一不順利，賣掉它，做船費。」

「不要。」南捷激動的把錶抓出來，醒華按住他的手，眼眶澀紅聲音抖著：

「南捷，這是我從家裏帶出的唯一東西，意義你知道，你帶著，我會覺得安心。」

南捷痛淚奪眶流出，醒華摀著他的臉責怪：

「哭什麼？這裏是碼頭，別別……」

南捷抓著她的手貼在臉上，把臉扭到肩旁隱藏，醒華強忍淚水裝出譏笑，說：

「瞧，有人在看你。」

南捷猛吸一口氣，轉過臉，抹去淚痕露出堅決：

「好，我帶著。相機就留給你了。」

醒華望他，眼眶赤紅，神情卻溫柔慈和，她用手掌抹拭南捷腮邊殘餘的淚漬，另一隻手緊握著藏在身後，指甲深摳進肉裏了。

周家客廳大自鳴鐘嘀嗒的響著走，女傭阿招端著藥碗上樓，臥房裏麥氏憔悴的靠在床上，縐眉蹙額，神情淒苦，阿招進門說：

「太太，藥煎好了。」

麥氏點頭，阿招把藥碗放在床頭櫃上要扶她坐起，麥氏問說：

「醒漢回來沒有？」

「您不是叫他去接小姐嗎？才剛走。」

「噢，老爺呢？」

「老爺跟吳秘書出去了。」

麥氏愣坐出神，阿招端過藥碗吹涼，麥氏再問：

「現在幾點？」

阿招看床頭座鐘：

「兩點五十，快三點了。」

6

輪船汽笛長長鳴了一響，煙囪白煙變黑，船下碼頭人群騷動變劇，提著行李的旅客和送行者握別，陸續踏上船梯，穿制服的船員在船梯口驗票放行，登記分艙，南捷和醒華在人群裏焦急的張望尋找，看到夢玫和蔡鴻軒，醒華跳著喊叫：

「表姐。」

夢玫看到他們，和蔡鴻軒迎過來，醒華抓著夢玫問她：「凡叔呢？」

「喏，來了。」

夢玫轉身遙指，見碼頭邊鄭超凡剛下黃包車，南捷急忙迎過去幫他提行李，鄭超凡向夢玫、蔡鴻軒說：

「還勞駕兩位送我，慚愧！拷貝費用，我到上海以後馬上電匯過來。」

「不急。」蔡鴻軒說：「您是前輩，以後國內影片發行還請鄭叔叔多勞神。」

鄭超凡轉望南捷，再望醒華：

「我會盡力培植他，妳放心。」

醒華點頭，擠出笑意，鄭超凡向眾人揮手，對南捷說：「走吧。」

南捷轉望醒華，醒華挽著夢玫的手簌簌發抖，卻裝出笑臉推他說：

「走吧，到上海寫信給我。」

夢玫痛惜的握著她的手，南捷癡愣的凝視她，醒華笑著再輕推他，南捷決然轉身走去，醒華混身猛震，險險跳起，南捷跟隨鄭超凡登上船梯上船，醒華情不自禁掙脫夢玫追趕，南捷在船梯上回頭望她，醒華又煞住腳堆起笑臉揮動手臂。

鄭超凡和南捷走過船橋踏上舺板，輪船汽笛再響，船橋纜繩收起吊離船梯，醒華笑容驟然消失，臉色湧起一片死灰。

夢玫扶持著輕聲撫慰她，南捷從船舷向下揮手，趕她們走，醒華點頭扯動嘴角想裝出笑容，卻突地無法控制，哭出聲音。

南捷看到醒華痛哭，丟下行囊欲衝下船，船橋早已收疊離岸，船梯也被吊離拖開，南捷蓄勢要跳船，被船員拖住按在欄杆邊，醒華號哭著往船邊奔跑，也被夢玫抱住擋在她前面。輪船移動，汽笛長鳴，緩緩駛離激起翻湧浪花的碼頭，醒華身體搖晃，暈倒在夢玫懷中。

醒華睡在夢玫的床上，夢玫憂急的坐在床邊呆望，醒華的眼瞼翕動著慢慢清醒，她睜開眼霍地坐起身，夢玫按住她，柔聲說：「醒華，你躺著，冷靜。」

醒華被她按著重新躺倒，她眼珠轉動著觀望陌生環境，看了一會再把眼睛閉起，問：

「南捷走了？」

夢玫點頭，醒華嘴唇緊閉，眼角熱淚流進髮際，流到枕上，夢玫勸她：

「他走了好，妳可以早點回家。」

醒華神情木然，淚水傾流，夢玫替她擦拭淚水，話聲裡充滿淒傷：

「別像我一樣，傷透父母心，有家歸不得，孤魂野鬼樣的飄蕩，每天晚上喝酒，喝醉了做惡夢…」

醒華推開她，坐起身，下床，夢玫起身攔阻她，說：

「我送妳回去，剛才我打電話給姨媽，她在等妳。」

醒華抹乾眼淚向外走，推開她：

「不，我要回自己的家。」

夢玫跳腳抓她沒抓住，醒華在門前停步回頭說：

「跟我媽說，我現在是鄭家媳婦，已經出嫁了。」

醒華孤單淒冷的走進陋巷，醒漢站在木屋外看到，奔向前迎住她，醒華對他微笑一下繼續走，醒漢問：

「姐夫呢？」

「他去上海，我剛送他上船。」

醒漢驚愕，站住：

「去上海，這時候？」

醒華平靜的回臉掃望，醒漢指她肚子：

「他這時候把妳丟下？」

「是我生，不是他生，你緊張什麼？」醒華笑著說話。

醒漢憤怒的鼓瞪起眼睛，醒華拉著他走，說：

「放心吶，我會照顧自己。」

「他這樣沒有責任，混蛋嘛！」

醒華沉下臉，峻聲：

「不准罵你姐夫。」

醒漢把氣惱吞進肚內，扭開頭，醒華再露出笑容，挽住他：

「是我逼他走的，男人有事業要闖，他總不能一輩子在碼頭做工吧？」

「那也應該等你生產過後再走。」

「機會不等人吶！」

他們走進木屋庭院，醒華打開木屋讓醒漢進門，醒華進屋後收拾桌上零亂碗筷，醒漢愣著站在她身邊：

「媽讓我來接妳回去，媽病了。」

醒華震動的停滯一下，醒漢發出堅澀聲音：

「媽昨晚來接妳，你們不在，她在院子裏站了半夜，露水重，著涼了。」

醒華把碗筷拿到爐邊，咬著嘴唇，強抑心頭痛苦，問：「請醫生沒有？」

「請了。」醒漢低著頭說：「媽叫我一定接妳回去，爸爸也答應讓妳回家。」

醒華蹲在爐邊，顧自整理炊具，醒漢喊：

「姐！」

醒華緩緩站起，說：

「我不能回去。」

醒漢激動憤怒的衝到醒華面前，醒華面對他，柔聲平靜的說：「我答應過你姐夫，不離開這間木屋。」

「妳——」醒漢恚忿激怒的握拳擊桌，醒華抓住他的手：

「跟媽說，等鄭南捷回來，我跟他一齊回去。」

回到家，醒漢說明經過，麥氏歎著氣又疼又怨：

「唉！她眞狠得下這個心。」

麥氏靠坐在床頭氣恨得拭淚，溥齋沉鬱僵硬的站在窗前，醒漢低頭站在床邊，輕拍著麥氏的背幫她順氣，麥氏邊拭淚邊怨憤的喃語：

「她丈夫走了，看一個人怎麼熬下去？」

醒華細嫩的手抓著衣物在青石板上揉搓，她滿臉熱汗牙根緊咬著坐在井旁矮凳上洗衣，身旁一堆髒汙的衣物浸泡著。

溫太太站在旁邊指導技巧：

「領口袖口髒，褲襠臭，這些地方多塗肥皂用力搓，開始手嫩，浸泡肥皂會疼會腫，忍著點、等皮變粗生出繭就不疼了。」

「好。」醒華點頭，抬臂抹掉臉頰汗珠說。

「衣服在低處晾曬，懷孕忌諱抬手踮腳構高。」

「謝謝溫媽媽教我。」

「教妳應該的，妳也可憐。」溫太太說著歎息：「我早起收衣物送來，妳洗了曬乾晚上交還我，中間我賺點跑腿錢。」

「好。」醒華點著頭雙手用勁揉搓。

「妳丈夫不在，一個人洗洗衣服賺錢，節儉點吃住夠了。」

醒華再抬臂抹汗，沾滿肥皂的手紅腫刺疼，她嘴角輕嘶冷氣，溫太太看著難過，轉身走開。

輪船激起團團浪花，鼓浪前進，海水深藍，波浪翻騰，輪船在蒼茫瀚海上平穩航行。從新加坡開出的義大利郵輪，是艘航行歐亞的中型豪華客船，從義大利那不勒斯港開出，中途只停靠印度孟買、新加坡、香港數站，然後直達上海。

輪船平穩航行，南中國海的暖暖冬陽照射得人混身慵懶，一些旅客都聚集在舺板躺椅上曬太陽。

南捷在舺板上倚著欄杆望海，他癡凝貫注的望著海上波濤翻蜷，波濤上他清晰看到醒華的面容，也看到木屋，耳邊濤聲時時變成轆轆的車輪聲。

轆轆輪聲裏閃現著醒華的淚眼、醒華的叮嚀，她溫暖的懷抱和她柔潤的嘴唇、她挺出的肚子、她洗得泛白的衣裙⋯

在南捷身後躺椅上坐著時裝摩登的朱玲，她正手指僵硬的看著彩色雜誌，學習編織毛線，雜誌攤在膝頭，線團滾在畫頁上。

海風吹拂著她秀麗的短髮，她鼻梁上的墨鏡烘托出白晰嬌麗的臉龐，她邊勾織邊參讀畫頁，陣風吹掠畫頁翻起把線團掀落到舺板上，船身隨海浪簸動傾斜，線團滾到南捷腳下，朱玲脫口喊出：「呃！」

朱玲喊著見南捷回頭，腳跟踢到線團，另一隻腳適巧踩住，把線團踩扁。南捷發現急忙抬腳跳開，歉疚的撿起線團拍拂著想遞還朱玲，卻發現線團不但踩癟，而且也沾濕弄髒。

南捷尷尬窘迫，朱玲不快，把勾針織物一齊擲到地下，衝身站起離開舺板。

南捷回到艙房靠在床頭看書，鄭超凡推門走進看到他說：「別悶在艙裏，到舺板走走，曬曬太陽。」

南捷起身回答：

「我剛回來。」

「噢，有衣服穿嗎？」

「衣服？有啊。」南捷臉露不解。

「比較整齊點的衣服，要是沒有，船上有成衣店，去買一套穿。」

「我有一套從臺灣穿出來的學生制服。」

「不行。」鄭超凡掏錢給他：「去買一套，晚上我帶你參加晚宴應酬，不能寒酸。」

樂聲幽揚響徹全場，舞臺上菲律賓樂團穿著鮮豔色彩的襯衫，奏著柔靡的樂聲，幾對男女相擁跳舞，賓客們輕言笑語，杯盤交錯，宴會廳裏紳士淑女衣香鬢影，蒙矓在夢幻的色彩中。

南捷穿著新衣，拘謹僵硬的和鄭超凡坐在一張餐桌前，桌上擺著四付酒杯食具，超凡精神緊張的不住向進門處張看，邊悄聲向南捷說：

「我剛跟你說的這位朱先生，在上海商界、影劇界都很有影響力，他經營很多事業，包括輪船公司、戲院、銀行、這次他帶女兒旅遊歐洲，回來剛好就搭這班船。」超凡說著眼睛一亮，脫口喊：「來了。」

他快速恭謹的站起，南捷也跟著起立，朱玲挽著朱嘯峰手臂走向他們，超凡忙離座迎接，南捷看到朱玲，顯出驚慌錯愕，手一撥，把桌上水杯打翻了。

「轟」地一聲巨爆，土石崩塌，煙屑飛濺，爆炸震撼得天動地搖，山嶽嗡嗡回響，崩石和泥土把錫礦礦穴封堵，一些衝逃不及的礦工被壓埋在傾泄的土石中。

一個礦工被崩塌的土石掩埋一半，他滿頭鮮血的慘呼駭叫著奮力掙扎向外爬，碎石土塊像雨點般繽紛跌落，他竭盡餘力爬出土石，爬進樹叢，混身抽搐顫抖，暴睜著驚怖的雙眼，氣絕死去。

爆炸震幅久久激蕩，炸起的碎石土塊逐漸落盡，遠山仍嗡嗡不絕的起著回響。

駐守礦場的印度警衛被爆炸嚇呆，他癡愣瞬間後猛醒，跳起搖撥電話報警，電話緊急轉接到陸幫辦手裏，陸幫辦驚怒得跳起，命令說：

「封鎖現場，緊急救傷。」

他掛上電話抓起外套向站在桌邊的唐樹標說：

「錫礦又發生爆炸，走、快走。」

他們衝出警署，竄進警車，警笛厲鳴著飛馳駛上街道，陸幫辦臉色鐵青的開車，唐樹標掏出手槍檢查彈匣子彈。

汽車駛過街道，馳過日本領事館外，領事館樓上玻璃窗內，吳延昌正眼光移動著追蹤警車觀看。警車馳過街角遠去，延昌嘴角含著揶揄笑容向坐在沙發上的津村總領事說：

「警署忙得雞飛狗跳了。」

津村陰沉著臉並無笑容，鼻下的一撮黑髭蠕動著，眼光冷峭的向他瞄看：

「等看廖本源的反應再說。」

「我在廖家有內線，廖家反應隨時會通報。」延昌肯定的說，站在一旁的陸軍武官淺田少佐插嘴說：

「周溥齋呢？」

「完全控制了。」

「有把握嗎？」淺田追問。

「當然不如做他女婿，讓他心甘情願了。」延昌說得眉眼輕佻。

淺田慎重地提醒：

「陸軍部的計畫，每月最少要從南洋地區輸入五萬噸橡膠。」

「每月五萬噸，這個數字恐怕不容易。」津村轉望延昌，顯露懷疑。

「沒問題。」延昌簡截的回答：「律巴周家每月可以供應一萬噸，其餘四萬噸分配到印尼、馬來亞跟泰國地區。」

津村再轉臉望淺田：

「錫的問題，萬一廖本源不屈服呢？」

「全部炸毀。」淺田蒼白冷酷的臉毫無血色：「錫在軍事上用途更廣，我們日本皇軍得不到，也絕不能讓英國人運到歐洲去。」

「萬一被英國人發現…」

「用暴力對抗，這牽扯到國際利益，英國人對我們有顧忌。」

津村點頭，淺田提高聲音：

「以後新加坡的活動由我領導，直接受陸軍部指揮，爲因應皇軍軍需，要不擇手段掠奪戰略物資。」

「嗨。」延昌截聲朗應。

津村總領事點頭，默然無語。

汽車駛進廖家院內停下，本源和宏發相繼下車，他們臉色凝重沉寒，在客廳焦急等待的廖張鸞慌忙迎出，本源沉鬱歎氣，沒理她，逕自走進客廳坐下。廖張鸞再轉望廖宏發，宏發趨近她身旁，壓低聲音說：

「二號礦坑全毀，又死了兩個人…」

本源積鬱的拍打茶几發泄憤怒：

「我實在搞不懂，什麼理由這樣對付我，要我破產？還是要把我趕出新加坡？」

「目的很明顯！」宏發滿臉憂心的說。

「我知道日本人逼我要錫，可是他們應該查清楚，錫礦是我的，可礦石銷售已經被合約訂死，我沒辦法改變，五個礦坑都炸毀也沒用，這樣是逼我死。」

廖張鸞衝口問：

「到底是誰炸的？」

「日本人。」宏發說。

廖母尖聲怒叫：

「警署該抓人吶。」

宏發滿臉無奈苦笑：

「抓誰呀？英國人辦案講證據，除非當場抓到，有嫌疑也要經過調查搜證，等找到證據抓人，說不定五個礦坑都炸光了。」

廖張鸞憂急得臉色蒼白：

「那怎麼辦？不能任由他們這樣霸道橫行啊！」

「唉！都怪我們國家積弱。」宏發激憤滿胸：「都怪我們是在外國的中國人。日本人橫行霸道有領事館撐腰，日本國勢強盛，領事外交粗魯蠻橫，國際知名，英國考慮殖民地利益，都盡可能退讓容忍，唯今之計，只有兩條路走。」

「那兩條路？」廖張鸞情急的問：「你說呀？」

宏發轉臉側望本源，本源歎氣點頭：

「有話就說吧，反正總得解決。」

廖張鸞燥急的催促著：

「宏發，你快說呀。」

「一條路是把剩餘的三座礦坑封閉，工人資遣，公司結束⋯」

廖張鸞焦急得跳起。

「這是我們在新加坡的基業，怎麼能結束？」

「妳別插嘴。」本源制止她，臉色顯露出蒼白，廖張鸞強自抑制，再問宏發：

「還一條路呢？」

「把錫礦賤價賣給日本人。」

廖張鸞和本源瞠目相望，氣氛凝結，客廳充溢著一股悲憤的沉默。本源低頭思索，半晌霍地抬起頭，聲音沙啞堅決：

「好，就走第一條路。」

宏發吃驚的愣住：

「你說⋯要封礦？」

「對，封礦、結束公司，把礦場暫時封閉。」

本源神情堅定，蒼白的臉逐漸恢復血色，他解釋：

「現在國際局勢動蕩，大戰一觸即發，尤其日本對中國的凌辱進逼，已經達到極限，戰爭隨時會爆發，我們既是中國人，不管國家對我們照顧多少，中國仍然是祖國，錫是戰略物資，日本急著要，目的不外用在戰場，我情願把錫礦封了，也不能讓日本人拿去製造槍炮子彈，殘殺自己同胞。」

宏發神情複雜，有窘迫，也有驚愕懊惱：

「那你剛說『暫時』，我不懂。」

「我說『暫時』，是因為我還保留產權，只是暫時不開採，英國人尊重法律，礦權是我的，我不開採，任何人都不能動，等事過境遷，環境變了，我再復工。」

宏發嗒然，強笑：

「那…你打算…」

「把我們以前談過的計畫擴大，資金轉移香港，新加坡暫時結束營運。」

宏發笑容僵硬的點頭，廖張鸞疑惑的凝望他們。

夜，一片漆黑。路邊兩輛響著引擎卻扭熄燈光的汽車停著。

近處，街市燈光明亮，汽車旁站著兩個人低聲講話，街市燈光映照，正面眼光炯炯傾聽的是淺田少佐，背身說話的臉看不清。

片刻，談話結束，各自轉身登車，汽車儀板的微光照映出廖宏發的面容。

濤聲盈耳，波浪擊船。夜，天空一片灰白，輪船，在黑夜的瀚海上鼓浪前進。海風強勁，舺板上渺無人跡，南捷孤零的站在船舷欄杆邊向夜空凝望。

海風掠起他頭髮，絲絲飛舞，他的眼光鬱抑，凝注夜空久久不曾轉瞬。

船艙傳出悠揚起伏的音樂，樂聲裏人聲笑語時隱時顯，朱玲走出艙外看到南捷，悄聲走到他身邊：

「喂，你欠我一個線團。」

南捷轉過身，錯愕詫然：

「線團？」

「是啊，弄髒的線團被掃進垃圾筒了，你要賠我一個。」朱玲嘟嘴含笑說。

南捷也還她個微笑，仍回頭望海：

「抱歉，我沒看到船上有賣毛線的。」

「船上沒賣，到上海買也可以。」

「好，到上海買給妳。」

南捷轉身沉靜的望她，朱玲嘴唇含笑，臉上流露著挑釁，海風拂起她晚禮服的裙擺，她翩

6

翩欲飛的風采，顯得清麗、傲慢又高貴，南捷移開眼光再望夜空，濤聲突地暴響，一股波浪激濺到船舷上。

朱玲借著船身顛簸抓住他，問：

「會跳舞嗎？」

「不會。」

「喝酒呢？」

南捷再搖頭，朱玲逼問：

「你會什麼？」

「我會演戲，會做工。」他說著伸出手：「你看我手上都是老繭。」

朱玲沒看他的手，眼光更顯挑釁的向他注視，南捷笑笑收回手，朱玲斂去挑釁笑容：

「坦率、眞誠、固執、桀驁，鄭叔叔形容得很傳神。」

「有一點他可能沒說。我結婚了。」

「他不但說你結婚了，還說過幾個月你太太會生孩子…」

新加坡的黑夜，寧靜、陰雲籠罩。

木屋裏孤燈昏黃，醒華在燈下呆坐，她坐一會又站起，扶腰走到床前，床上空蕩冰冷，一床薄被折疊著，她坐下伸手輕撫南捷睡過的地方，像手頭猶感餘溫，她留戀的輕緩撫摸，床頭木板已刻劃三條白痕，她望著白痕心裏說：

「他走三天了。」

她愣望著刻線一會拉被睡下，睡了一會又坐起，像突然想到什麼在床頭破木箱裏翻找東西。

她找出南捷一件汗黃的內衣，望著內衣愣愣出神，屋外響起一聲響亮的雞鳴聲。

港灣船舶汽笛起落，舟楫來往，紅燈碼頭上繁忙嚚亂，人車穿梭。

一艘日本貨輪停靠在碼頭，船上吊杆正嘎嘎響著把繩袋捆紮的貨物吊運上船。岸邊木箱堆積，吳延昌指手劃腳的站在箱堆旁指揮搬運裝載。

貨堆不遠處停著周家汽車，周溥齋臉色陰鬱的坐在車內吸煙，駕駛座上的阿猛從後視鏡裏窺望他，再望貨堆邊的吳延昌，忍不住說：

「老爺，阿德叔他們境況很可憐。」

「噢，我很久沒見到他們了。」

「他們被公司解雇遣散，生活都沒著落，更別說向家鄉匯錢，他們滿肚怨氣，怪老爺瞎眼用錯了人。」

溥齋搖手阻止他，臉上痛苦痙攣：

「回頭再叫公司會計給他們送點錢。」

「長年跟隨老爺的舊人都被辭掉，現在橡園清一色都是日本人。」

溥齋沉鬱舒氣，阿猛低頭猛嚼牙根，延昌開門上車，坐到溥齋身旁滿臉得意：

「如期交貨，五千噸。」說著揚揚手裏文件：「現在去銀行領貨款。啊！對了，乾爹──」

溥齋一驚，轉臉望他；延昌興奮的說：

「我想拿這筆錢再投資。」

「再投資？投資什麼？」

「擴充橡園，把馬來地區的小戶都盤過來。」

「不行。」溥齋斷然說：「這樣做太冒險，我們沒這個力量。」

「沒這個力量也得冒險，合約您簽的，訂單也接了，每月出貨數量固定，要是有個天災地變，現有的橡園出不夠貨，違約賠償說不定會搞到傾家蕩產。」

溥齋嘿然，園睜雙眼怒瞪他，延昌淡然聳肩：

「這是事實逼的，乾爹不能怪我。」

溥齋恨恨的扭開頭，鬱憤的歎出一口氣，延昌露出笑容輕拍阿猛椅背：

「阿猛開車，日本勸業銀行。」

阿猛回頭瞥望溥齋，溥齋氣頹的垂下眼瞼，勉強點頭，阿猛扳檔踩下油門，開車。

汽車駛到勸業銀行門前，延昌開門準備下車，突地他神情微凝停住下車動作向對街眺望，對街廊下廖宛芬和小麗正談笑著結伴走過。

延昌注視著他們，眼珠骨碌碌轉動。片刻，一絲陰毒微笑浮上嘴角。

陋巷木屋的水井旁，水花潑濺，洗衣板被搓得格格響，醒華坐在井邊矮凳洗衣，她手掌紅腫，刺痛椎心，卻仍咬牙苦撐著揉搓，洗過一件換一件，熱汗珠串般從她眉睫流下，流過鼻梁，滴到手腕，她不停搓揉洗滌，直到宛芬、小麗走進庭院，宛芬高喊：

「醒華，我們前天來找不到妳，今天來可找到了。」

醒華抬起頭，用手臂抹汗，宛芬、小麗看到醒華的手臉，笑容凝住：

「妳的手，怎麼腫成這樣？」宛芬衝口問。

醒華笑著甩手站起：

「以前洗得少沒感覺，現在多洗幾件，手就腫了。」

宛芬、小麗看看井旁成堆的衣物，宛芬難以置信：

「這些妳都要洗？。」

「是啊，沒幾件，一會就好，妳們先到屋裏坐…」

小麗跑過去翻弄衣物：

「又是床單又是被套，這都不是妳們自己的。」

「我在幫人家洗，反正南捷去上海了…」

「妳說什麼？」小麗錯愕地驚叫。醒華苦澀，強笑著：

「別緊張，是我要他去的。」醒華抹乾手拉她們：「走吧，我們到屋裏坐，反正時間還早，我眈會再洗…」

「今天一定得洗完？」宛芬指著衣堆問說。

「嗯，說好的，當天要洗好。」醒華催她：「走啊。」

宛芬突地捋袖蹲下身：

「我幫妳洗。」

「不，我洗！」小麗也從愕愣中驚醒。

醒華笑著拉她們：

「算了，妳們別攪和…」

宛芬重新站起把制服外套脫下，塞給小麗：

「小麗，妳先跟醒華談，把我們的計畫告訴她。」

醒華愕愣，宛芬向小麗呶嘴：

「妳先跟醒華商量，看她的意思…」

「妳們到底耍什麼悶葫蘆？」醒華滿臉困惑。

「好吧，咱們進屋說。」

小麗和醒華走進木屋，宛芬捋袖伸臂用力在洗衣板上搓揉，她動作笨拙僵硬，剛一動手就用力過猛扭著手指，急痛抽手捧著手指呵氣，疼痛漸止後想抓衣再洗，一不小心又把指甲拗斷，疼得她流出眼淚。

宛芬捧手忍痛，突地眼角人影閃動，身旁出現幾雙日本浪人穿夾指木屐的腳。

宛芬驚駭的抬頭看，今村、鈴木等兇橫的向她望著：

「妳是不是姓廖？」

宛芬驚怖，下意識的搖頭。

「姓廖的姑娘呢？」今村獰聲低喝。

宛芬駭極想呼救，直覺的眼光望向木屋，今村向鈴木擺頭示意，鈴木等衝向木屋，「砰」地把門踢開了。

木屋裏醒華、小麗嚇得跳起，鈴木撲過去一掌劈在小麗頭側，小麗應聲暈倒，醒華張口結舌嚇傻，鈴木迅速挾起小麗出屋，向今村點頭。

今村淫穢的眼光凝注在宛芬身上，宛芬嚇得彈跳起來奔進木屋，轉身關上門，插上門閂，推桌頂在門後，然後跳過去抱住醒華，混身劇烈抖戰。

醒華猛地驚醒，推開宛芬衝到門邊，拉開桌子拔閂奔出門外，院裏寂靜，浪人已經走了。

警車急駿到警署門外停住，唐樹標跳下車，打開車門攙出廖本源夫婦，他們一言不發的急步走進警署。進門上樓，穿過走廊，走到幫辦室門外，唐樹標推門讓他們進入，坐在沙發上的宛芬看到他們張嘴哭著撲進廖張鸞懷中。

本源神情凝肅的掃望臉色蒼白的醒華，微微點頭，廖張鸞緊摟著宛芬滿臉驚悸的撫慰呵護。

陸幫辦離座招呼他們坐下，廖張鸞過去抓著醒華，憐憫的撫慰她，陸幫辦聲音燥急的問說：

「路上唐樹標把事情經過都說了吧？」

「都說了。」本源點頭說。

「可以確定，他們的目標是令嫒，沒錯。」

本源無言，牙根緊嚼著，陸幫辦審慎思考，再說：

「那麼我要問廖老闆，他們到底要求什麼你不答應，連炸了兩座礦場不夠，還要擄劫令嫒勒索？」

「他們沒向我提出過要求！」

陸幫辦猛擊一下桌子，咬著牙說：

「廖老闆，警方在幫你，請你務必坦誠合作。」

本源急得面紅耳赤也站起來：

「我說得是實話，確實沒有人…」他驀地嘎住話，陸幫辦也緊張的站起望他：「怎麼樣？快說。」

「我只跟廖宏發談過這件事，我說…我說要把全部礦產封閉，我不開採，也決不讓日本人染指。」

陸幫辦霍地扭過頭，他拉拉領帶轉個圈，嘴裏嘀咕著低罵一聲粗話，憤恨地握拳擊桌：「哼，廖宏發，好。」

他再轉個圈，走到窗前向外看，眾人屏息著望他，半晌陸幫辦轉回身，情緒逐漸平復。

「廖老闆怎麼打算？」他嘴角含笑。

「我想暫時把家遷去香港，離開新加坡一段時間。」本源沉吟著。

陸幫辦點頭：

「嗯，事業呢？」

「錫礦封閉，公司結束，有關法律跟債務事項，我會委託律師跟會計師接手。」

「好，你打算什麼時候走？」

「明天。」本源神情堅決。

陸幫辦回到座位坐下，眼光沉凝的向他望著：

「你們今天別回家，除非認爲十分可靠的親友，絕對不要泄露行蹤，明天搭船還是搭飛機，告訴我，我派警察護送你們安全走。」

本源拉著廖張鸞和宛芬起身打算離開，醒華突地開口：

「小麗怎麼辦？」

本源窘迫僵住，宛芬也激動焦急的搖撼著廖張鸞：

「媽，小麗爲了我才被抓走。爸，我們不能撒手就走。」

本源張口結舌無辭以對，廖張鸞安撫宛芬：

「他們的目標是我們，是你爸爸，不會對小麗怎麼樣。」

「我不管，我要看到小麗沒事才走。」宛芬扭身撒嬌，廖張鸞輕聲斥責：

「警署一定會把小麗救出來，妳還不相信陸幫辦嗎？」

電話鈴聲連續的響，廖家客廳靜寂，一團漆黑，電話鈴聲響傳戶外，女傭阿番披衣從側房走進來，她氣喘吁吁的接聽電話，話筒裏傳出陌生的聲音：

「老爺在嗎？」

「不在。」

「小姐呢？」

「也不在，你是—」

電話「卡」地掛斷，阿番望著話筒縐眉，門房老蔡從客廳門外探進頭，阿番驟見他嚇得跳起來。

「你，老蔡你鬼鬼祟祟想幹嘛，想死啊？」

老蔡呲牙露笑問她：

「奇怪，老爺、太太去警署，到現在還沒回來？」

在日本領事館武官室裏，淺田、延昌和廖宏發坐在會議桌旁，今村講完電話，掛斷話機。

「廖本源還沒回家。」今村向淺田報告。

「奇怪。」淺田顯出困惑懷疑。延昌猜測說：

「也許還留在警署。」

淺田搖頭：

「不可能，通常發生這種事情，家長都心急如焚，恨不得馬上知道消息，警署留不住他們，他們一定急著回家等電話，到現在沒回家，這情況反常，裏面一定有問題。」他說著轉頭問宏發：「廖先生，再麻煩你，親自跑一趟，到廖家去看看⋯」

宏發爲難的退縮一下，神情囁嚅：

「此時此刻，我實在不便再露面⋯」

淺田沉下臉，旋又換上笑容：

「你隨便藉個故，去瞭解一下情況。」

「我…」宏發央求：「我在新加坡的地位，實在不能捲進這種事情。」

淺田臉色倏轉陰寒嚴厲：

「難道你在新加坡的地位，就容許你利用錫塊出口，把中間挖空挾帶嗎啡海洛英嗎？」

宏發呑聲，臉色轉青。吳延昌口氣輕佻譏諷：

「廖叔叔，淺田少佐答應，將來錫礦控制權轉移過來，銷往日本的貿易利益維持現狀，還是你的。」

「這我知道，可是…」

今村兇橫的從背後推他：

「囉嗦，快去。」

「好好，我去。」

宏發畏懼的站起來，歎口氣轉身離開，淺田追望他，喃然自語：

「廖本源到現在沒回家，一定發生什麼問題。」

汽車開到廖家門外停住，宏發下車到門前拉鈴，手剛抬起，背後響起陸幫辦的聲音：

「廖先生，這麼晚來，有急事？」

宏發回頭驚愣，露出失措神色：

「沒…沒有，一點私事，想找本源…」

「他不在家，在我辦公室，我帶你去。」

「不不——」宏發慌亂的搖手想轉身。唐樹標抓住他的衣領粗暴地把他推進警車，警車旋即離去。

老蔡從門房探出頭，看著警車去遠，縮回身搖撥電話，電話接到日本領事館武官室，延昌接聽電話，露出吃驚神色。

「那泥卡？」淺田衝口問。

「陸幫辦等在廖家門口，把廖宏發帶走了。」

淺田凝目尋思，霍地站起：

「藏女孩子的地方廖宏發知道，要馬上把她弄走，換地方藏匿。」

淺田急步出門，今村、延昌在後跟隨。

紅燈碼頭貨倉的一處陰暗角落，小麗被塞著嘴，捆綁著手腳蜷臥在貨物夾縫中，瑟抖著，眨著驚怖的眼睛。倉庫貨箱堆積如山，貨堆通道上，鈴木等浪人席地圍坐著喝酒。

門外有汽車引擎聲響，旋即靜止，鈴木等聞聲跳起竄到門後掏出兇器警戒埋伏。片刻，敲門聲響，鈴木沉聲喝問：

「誰？」

門外傳進今村粗啞的低罵聲，

「混蛋，開門。」

鈴木拉開門，今村請淺田、延昌進內，他轉身吩咐：

「把女孩帶出來。」

「嗨。」

鈴木答應著奔進通道，從貨堆縫隙中拉出小麗，小麗驚恐的咿嗯掙扎，鈴木揮手摑她，把她揪出，倉庫燈光昏暗，眾人活動如鬼影交錯，延昌掩飾頭臉怕被認出，偶然瞥視，陡地愣住，他衝過去扳過小麗的臉龐細看，失聲叫。

「她不是廖宛芬。」

欲回身出門的淺田，聞聲腳步懸在半空，轉身望延昌，延昌推開小麗：

「她不是廖家的姑娘⋯⋯」

淺田暴怒，揚手猛摑今村，今村恭容吞忍躬身。淺田衝到小麗面前眼珠急轉著思索，小麗憤恨的向延昌瞪望。延昌迸露殺機說：

「她認識我。」

淺田撇嘴拉下嘴角：

「鈴木，丟到海裏去。」

輪船破浪前進，舺板上旅客悠閒眺望，散步談笑，一些歐美洋人躺在涼椅上曬太陽，擴音器中播散著輕柔優美的音樂。

船舷邊遮陽棚下，有露天吧台，南捷和朱玲坐在高腳凳上，靠著吧台看海。寧靜，濤聲隱約，南捷望著浩瀚海洋，說著悲憤傷感的聲音：

「在臺灣，日本人壓制反抗的手段非常殘暴⋯⋯」

朱玲眼光幽深的望著他，嘴角仍隱約有挑釁：

「這是讓你離開臺灣的原因？」

「不是主要原因。」南捷緩聲回答。

「主要原因呢？」

「在日本人統治下，沒有尊嚴。」

「舉個例子。」

南捷轉頭望她，眼中湧現憤恨：

「日本人常罵臺灣人一句話是『清國奴』，簡單點說，有人把你看成是『奴』，你做人還有尊嚴嗎？」

「所以你就離開學校球隊，留在新加坡。」

「我脫隊離開是因爲教練被殺，目的也不是留在新加坡。」

「那是要去哪裡？」

「回大陸，也就是臺灣人說的唐山。」
「為什麼早不回來呢？」
「我愛上我太太，新加坡就變成唐山了。」
朱玲語帶調侃譏誚：
「多情種子。」
朱玲挑釁意味更濃的雙眼注視他，南捷眼光望海，堅定清冷。輪船鼓浪前進，天邊隱隱響起雷聲。
陰雨迷蒙，海岸浪花激濺響著隆隆濤聲。
海灘崖石上躺著小麗濡濕的屍體，被草席蓋著，警車停在不遠處路邊，車頂閃著刺眼的警示燈。陸幫辦緊嚼著牙根走到屍體旁，蹲身揭開草席察看，再蓋起，唐樹標沉默堅毅的眼光凝注在陸幫辦臉上。
陸幫辦點頭又搖頭，嘴中牙齒咬出格的一聲，唐樹標憤恨得猛踢身旁一塊崖石，崖石應聲崩裂，碎石濺飛到海上。
醒華在井邊洗衣，陸幫辦、唐樹標走進院中，醒華聽得腳步聲回頭看到他們，急忙放下衣物站起，陸幫辦走到她面前說：
「鄭太太，請妳跟我走一趟。」

「去哪裡？」她急切詢問：「是不是小麗沒事了？」

陸幫辦搖頭，措辭艱難：

「我們找到個女孩子，想請妳去認認看。」

醒華愣著望他，觀察他的表情，猜測他的說話，陡地心中湧起驚恐，臉色大變，顫聲：

「她在哪兒？哪家醫院？」

醒華認屍過後，臉色青灰，顫抖著走進陸幫辦辦公室，唐樹標扶她坐下，陸幫辦拉張椅子坐到她面前：

「驗屍報告說是生前落水，手腳都有繩索捆綁的瘀傷，換句話說，她是被人捆著手腳丟進海裏淹死的。」

醒華眼淚奪眶湧出，雙手緊握成拳頭，陸幫辦情緒激動的站起。他走到窗前又走回，再到醒華面前坐下，深深吸氣，平復情緒：

「關於廖家小姐，我們遵照妳的意思，不通知她，不讓她知道這件事，騙她說小麗已經尋獲回家，讓她能安心的跟隨她父母離開新加坡，至於小麗的父親，是妳通知還是我去通知他？」

醒華牙齒打戰，格格發響，堅決的從齒縫迸出話：

「我，我去通知他。」

「好。」陸幫辦點頭，由衷稱讚：「妳的堅強讓我欽佩。」

醒華來到聖心診所門前，她膽怯的躊躇著不敢進去，診所門前冷清寂靜，陣風旋著一堆枯葉瑟抖在牆角。

紅紙佈告已褪色，仍貼在門旁，她恍惚看到小麗的身影在門內走動，也恍惚聽到小麗的歡笑。她愣著站在門口向裏痴望，診療室裏傳出鄭醫生哼廣東大戲的聲音，接著他哼唱著走出來。抬頭看到醒華，滿臉驚喜的喊：

「醒華。」

「鄭伯伯。」醒華強裝笑臉的跨進門內。

鄭醫生向醒華身後張望，神情歡愉的笑說：

「小麗呢？小麗跟宛芬昨天去找妳，說她們有個計畫能幫南捷…」

「南捷到上海去了。」

「啊？」鄭醫生露出駭異，醒華趕緊關解：

「是我讓他走的。」

鄭醫生歎氣點頭：

「嗯，年輕人去闖一下也好，只是妳現在…」鄭醫生關懷的指她肚子：「其實她們那個計畫妳也可以…咦，她們呢？」

醒華陡地胸部感到一陣翳悶，呼吸艱難窒息：

「小麗…」她說著一陣頭暈目眩，身軀搖晃。鄭醫生再張望門外，故意忍俊說：

「小麗又玩老把戲，她躲著想嚇我尋開心。別理她，走，妳裏邊坐，我給妳打劑補針。」

鄭醫生說著回到診療室，拿起針筒找到藥劑，刺進藥瓶抽取藥液，一邊向醒華詢問：

「你覺得她們的計畫怎麼樣？」

醒華站在診療室門邊，房內陰影籠罩她的臉，鄭醫生把針筒裡空氣擠出，挨針尖噴出水滴後再放下說：

「計畫是小麗擬的，虧她想得出來…」

醒華突地迸出聲音：

「小麗死了。」

「噢。」鄭醫生隨口應她。

答應出口突地身軀猛震愣住，手中針筒掉落地下摔碎，他瞠目癡凝的轉過頭：

「妳說什麼？」

醒華霍地扭過身，背對他，靠在門上佝僂著蹲下，喉嘶聲啞的說：

「小麗，被日本人丟進海裏，淹死了……」

鄭醫生瞠目結舌，片刻，他身軀搖晃，劇烈顫抖著「砰」地暈倒在地上。

警署偵訊室的門「砰」的關上，唐樹標站在門後，陸幫辦和剛從監牢提出的廖宏發對坐在桌旁。陸幫辦向廖宏發凌厲的瞪視，廖宏發低頭羞愧，雙手痙攣顫抖著，陸幫辦冷聲問他：

「有毒癮。」

宏發痛苦的點頭。

「多久了？」陸幫辦再問。

「十幾年。」

陸幫辦冷笑，挖苦：

「老煙槍啦！」說著顧自搖頭：「眞想不到，我想所有認識你的人，知道這件事，都會嚇一跳。」

「我實在不得已…」廖宏發低痞悔恨的說。

「哈！不得已，這話講得『好』，吸毒販毒的人都說不得已，那出賣朋友、陷害朋友更是不得已被逼的了。」

「是的。」廖宏發埋頭啞聲說。

陸幫辦強抑怒氣霍地站起，指著他恨聲擊桌：

「姓廖的，我尊敬你在新加坡是個名流，對你客氣，並不是怕你，你的皇家律師在外邊等著保駕，可唬不住我。你要不把這件事的來龍去脈給我供說清楚，我就拆你的骨頭。」他憤恨得切齒、厲聲叫：「說，是誰擄去小麗？」
廖宏發手抖得更厲害：
「我…我不知道誰是小麗…」
陸幫辦一把扭住他的衣領，齒縫迸出聲音：
「你敢說不知道？」
馬勃律師推開門闖進，把一紙公文擲在桌上：
「廖先生身體有病，保外就醫的申請批准了。」
陸幫辦鬆開手翻翻眼、扭轉身，唐樹標一步衝到馬勃面前，馬勃推開他攙起廖宏發：
「廖先生，我們走。」
馬勃攙扶廖宏發離去，陸幫辦憤極揮臂猛掃，桌上煙灰缸飛撞到牆上，崩裂發出碎爆聲。
馬勃扶著廖宏發急步走出警署，宏發腳步踉蹌抖顫著，眼淚鼻涕直流，邊走邊用手帕揩拭遮掩面目：
「趕快送我回家。」
「好。」馬勃答應著向汽車招手，司機把車開到門前，宏發痛苦的臉部肌肉痙攣著。
「廖本源發生什麼事？」宏發問馬勃。
「有人擄劫他女兒，抓錯了人，被抓的女孩屍首今天早晨在海邊發現，廖本源一家中午又神秘的離開新加坡，我也搞不清楚到底發生什麼事。」

廖宏發身軀猛震，陡地站住，慌急的一把抓住馬勃：

「廖本源全家都走了？」

「是呀，他把公司結束，礦場封閉，一天之內有這種變化，眞想不到⋯」

廖宏發情急，跳過去一頭竄進汽車，向馬勃揮手：

「我自己回去好了，麻煩你趕快幫我調查一下廖本源處理財產的情形。」

車門關上，汽車疾駛開走。

警署樓上玻璃窗內，陸幫辦和唐樹標俯視著汽車遠去，正要回頭離開，突見馬勃律師走向對街，對街路旁也停著一輛汽車，車頭插著太陽旗。

馬勃走到車旁，車門及時打開，他迅速竄進車內，汽車隨即疾駛開走。

陸幫辦追望著汽車馳遠，轉過身翻著眼珠凝想，向唐樹標吩咐：

「去檔案室查日本領事館的人事檔案，看最近有什麼人事異動？」

唐樹標轉頭要走，陸幫辦把他叫住：

「等等，派人監視日本領事館，把最近常出入的人照相。」

「好。」唐樹標答應的轉身，陸幫辦再揚手攔阻：

「還有，」他說著走到樹標面前：「我去海關拿資料，耽會用你的方法到拘留所問阪田的口供。」

陸幫辦說著伸指戳刺他胸前賁突的胸肌，唐樹標會意，綻露興奮的笑容。

阪田被帶進偵訊室，唐樹標兩隻青筋暴突的手，抓住他，把他猛推到牆角，一隻手如鐵勾般掐住他的喉隴。

阪田張口叫喊不出，混身癱軟，唐樹標另一隻手猛擊他的腹部，阪田痛苦痙攣的萎頓到地上，唐樹標鬆開掐他喉嚨的手掌，簡捷的問他：

「炸礦場，是誰指使？」

阪田搖頭不答，唐樹標把他拉起再一拳痛擊他的小腹；

「是誰？誰指使？」

阪田面目扭曲變形，胃液湧出。

「是誰？」唐樹標再簡截喝問，阪田崩潰，含混說出：

「是協同組的今村…跟…跟…跟…跟黑龍會的渡邊…渡邊一宏…」

7

在日本領事館武官室，吳延昌和今村恭謹的站在淺田辦公桌前，淺田凌厲的向他們怒瞪：「事情搞得一團糟，你們兩個要負責。」

「嗨。」今村截聲答應，延昌低頭不吭聲。

淺田擊桌發泄憤怒：

「廖本源跑了，錫礦封閉，弄得計畫完全落空，參謀本部打電報來，要追究責任。」他戟指今村厲聲叫：「你抓錯人，擾亂了計畫，應該切腹。」

「嗨。」今村神情慘變。

延昌也臉色發白，眼珠驚恐的眨閃，淺田再指他：

「還有你。」

延昌顫跳驚慄，淺田怒目逼瞪：

「你虛報事實，誇張情勢，說在廖家佈置眼線，一切情況變化都能掌握監視，現在廖本源跑了，事先發展我們不知道，事後他的行蹤更是混然不知。」

「知道他去香港！」延昌辯解。

淺田拍桌猛地站起：「知道他去香港有什麼用？難道香港的英國總督也受黑龍會指揮嗎？現在爲了橡膠控制問題，暫時不制裁你，不過，你不要再犯錯誤。」

淺田重新坐下，目注延昌，眼光凌厲冷酷：

「你跟馬勃律師密切連繫，深入瞭解廖本源處理礦產的情形。有機會，儘管製造情況爭取；沒機會，就利用廖本源礦場事件，製造華人社會矛盾。」

「嗨，廖宏發這個人……」

淺田凝思沉吟：

「能利用盡可能利用，不能利用又對安全構成顧慮，就由協同組處置，以後協同組由鈴木領導。」

延昌緊張驚慄的神情逐漸抒緩，今村的臉色卻一片慘白。

深夜，碼頭陋巷裏一條黑影幽靈似的走進木屋庭院，她腳步疲累，行走遲緩，像隨時都可能摔倒在地上。她是醒華，兩眼紅腫失神。

她走到井前，望著滿盆浸泡的衣物站住，然後艱困的轉頭，軟弱的走向木屋開門。

進門摸索著把燈點亮，地上有宛芬從門縫裏塞進的字條，醒華撿起在燈下看，字條寫著：

醒華：我跟爸媽一起來向妳辭行，妳不在，隨行的警察又催促，無法等妳，心裏很傷感、很悲哀；陸幫辦說小麗已無事回家，我很高興，請轉告她，我很抱歉，她為我受這無妄之災。我走了，到香港後會寫信給妳，這裏地址亂，怕妳收不到，我寄給小麗請她轉遞，再見。

宛芬

信尾還有一行醒漢寫的附筆：

姐：等你到天黑，心裏很不安，不知小麗到底發生什麼事。弟醒漢・七時

醒華拿著紙條虛軟的在床邊坐下，呆癡的凝想，眼眶逐漸蓄聚淚水，突地門外溫太太說話：

「咦，衣服還沒洗呀？」

醒華趕忙站起抹去眼淚走出門外：

「對不起，溫媽媽，今天有事耽誤了，我現在馬上洗。」

「現在洗呀，天這麼黑，洗得乾淨嗎？」

「洗得乾淨，您放心。」

「累了別勉強，當心肚裏孩子。」

溫太太離去後醒華吸氣挺胸，在井邊矮凳坐下，抓起盆裏衣物塗皀搓洗。

清晨，旭日東昇，朝露滿天，木屋的門緊閉著，一片寂靜。溫太太抱著衣物走進庭院，她邊走邊喊推開木屋的門：

「鄭太太，鄭…」

木屋靜寂，空無人影，她驚疑的掃望屋內，看到床上折疊整齊的衣物，她走到床前翻弄，不覺發出讚歎聲：

「眞難得，摸黑還洗得這麼乾淨。」

她放下髒衣把折疊好的衣物抱起轉身出門，在門口她腳步一窒站住。陸幫辦堵門向她冰冷的瞪視：

「妳是誰？」

溫太太被問得心裏有氣：

「咦，奇怪，你這人冒失闖進人家院子裡，我還沒問你呢，你是誰？」

陸幫辦不答她，探視房內後走近她，想翻弄她手裏衣物，溫太太扭身躲避，陸幫辦怒斥：

「幾件舊衣服你也偷。」

溫太太跳起：

「偷？偷…你胡說什麼？我是她房東，這些都是我讓她洗的。」

「妳讓她洗？」陸幫辦以為聽錯。

「是啊。」溫太太理直氣壯的挺胸昂頭說：「她現在每天都洗。」

陸幫辦難以置信的望她，覺得好笑：

「你知道她是誰？」

「我當然知道，她是鄭太太。」

「廢話，我是說，你知道她娘家是誰？」

「我、我…」溫太太瞠目：「我不知道。」

「算了。」陸幫辦搖頭自語：「周溥齋的女兒居然會幫別人洗衣服，眞是世界變了。」

他轉身離開，走幾步再回頭吩咐：

「她回家跟她說，警署的陸幫辦找她。」

溫太太想追上去責問，聽得「警署」兩字，跨出的腳步又急忙縮回來。

郊野，晨霧迷蒙在疏落的樹林中，馬神父的禱文在林樹枝葉縫隙中回蕩，滿含傷痛悲憫：

「慈愛的父，請接納這純潔可愛的孩子，她生前受父兄的鍾愛、長輩的呵護、朋友的親近，父啊，她是那麼的聖潔純淨…」

山坡上、樹林中，墓穴已經挖好，墓穴上架著黑棺，黑棺上放著一束黃菊，馬神父站在棺前沈痛的誦念禱文，鄭醫生蒼老憔悴的站在棺旁，月桂攙扶著他，醒華站在他身旁，馬神父繼續念著：

「父啊，請張開祢的臂膀擁抱她，撫慰她，讓她安息在祢的懷裏……」

「阿門！」鄭醫生應出瘖啞的聲音。

馬神父合起聖經在胸前畫十字，殯葬工人抽去棺下架板，拉緊吊繩，黑棺緩緩垂進墓穴，鄭醫生從懷裏拿出一隻破舊布娃娃，他輕柔撫摸它，把娃娃放到棺頂，工人鏟土埋棺，鄭醫生嘴唇劇烈抖顫，喉內發出痛極的哭聲。

哭聲衝破晨霧，哭聲激蕩郊野，融進樹木搖曳的天籟中。

唐樹標推門走進辦公室，坐在桌後的陸幫辦搖著鉛筆輕敲桌面縐眉沉思，聽得聲音抬頭望，唐樹標興奮得有點喘息說：

「幫辦，你判斷得一點不錯，喏，錫塊裏挖出來的。」

唐樹標說著把一包白粉丟在桌上，陸幫辦撕開紙包沾些白粉黏在舌頭上。

「嗯，純的，一共開了幾箱？是不是每箱都有夾帶？」

「開兩箱，只一箱有。」

「收貨人是誰？」

「倫敦，洛可蓋甫公司。」

「打電報給蘇格蘭場，請他們在倫敦徹查。」

唐樹標抽身要走，陸幫辦敲桌把他攔住：

「昨天你審問那個開照相館的阪田，說他招出兩個主謀，一個是協同組的今村武雄，還一個是黑龍會的……」

「渡邊一宏！」

「渡邊一宏的資料你查過沒有？」

「碼頭上的協同組有今村武雄這個人，可是我核對過日本的僑民資料跟領事館的職員名冊，都沒有人叫渡邊一宏的。」

「噢？」陸幫辦臉上湧起凝重警惕神色：「這個人在紅燈碼頭殺過臺灣來的林添壽，始終找不出他是誰，這個恐怖人物確實存在，他到底是誰？」

唐樹標困惑的問：

「幫辦，黑龍會是什麼組織？」

陸幫辦腦中思考，隨口答說：

「介乎幫會的恐怖組織……」說著他擲筆衝身站起：「繼續追查渡邊一宏的資料，必要時打電報到南京，請軍統局協助調查。走，我們去碼頭。」

紅燈碼頭上一間鋼筋水泥倉庫，門口掛著協同組的木牌，倉庫中堆積著一些麻袋，進門處擠著幾張辦公桌，一組沙發椅，正面牆壁漆著一個大黑圈，圈中粗筆草書一個「武」字。

沙發上坐著幾個浪人，鈴木繃著臉架式十足的坐在桌後。

陸幫辦、唐樹標帶著警員走進門內，坐在沙發上的浪人兇橫的站起。陸幫辦拿出證件給他們看，浪人等驚愕得回頭望鈴木請示，陸幫辦眼光銳利的掃望倉庫內：

「我找今村武雄。」

鈴木緩緩站起，伸手做個「讓」的姿勢，陸幫辦向他舉手的方向移動張望，唐樹標緊跟在他身後，轉過一堆貨物陸幫辦霍地站住，見貨堆間鋪著兩張草席，今村盤膝坐在草席上，肚腹間插著一把武士短刀，湧流半身的鮮血已凝固變黑。

響亮的船笛劃破空際，輪船破浪前進，駛進上海港灣吳淞口。遠處，外灘的高樓大廈已隱約在望，港灣的黃浦江上縱橫停泊著無數大小船舶。南捷和朱玲擠在眾多旅客中，扶著船欄遙望上海，歡聲興奮的談論。朱玲在南捷耳邊說：

「興奮嗎？」

「興奮，心裏像悶著一把火。」

「好啊，上海正是讓火焚燒的地方，希望你這把火燒得旺。」

朱嘯峰在背後輕拍朱玲肩膀：

「船要進港了，回艙收拾行李吧。」

朱玲向南捷揮手：

「旺火總得有材燒，打電話給我啊。」

嘯峰開朗的笑著拍南捷的肩，說：

「上海是年輕人闖的地方，只要吃苦肯幹能堅持，一定能闖出局面。」

嘯峰挽著朱玲離開，南捷遙望上海外灘，猛吸一口氣，振奮精神，熱血沸騰的準備向這繁華都會、十裏洋場挑戰。

貨輪停靠在新加坡剛落成不久的克利夫碼頭上，桅杆吊索正嘎嘎的響著，把繩網裏的貨物懸空吊進船艙，碼頭冷清，顯得偏僻荒涼。

克利夫碼頭是新建的貨物碼頭，用剛卸任的英國總督休·克利夫命名，因爲地處偏僻，碼頭作業較紅燈碼頭冷清寬敞。

船旁貨物堆積，一輛卡車引擎仍在隆隆啓動著，吳延昌站在貨堆旁監視著貨物搬運，他臉上洋溢著得意，正掏出懷錶看時間。

突地眼角餘光發現有人站在附近對他笑，他扭頭看，見對他笑的人是陸幫辦。

「吳秘書，忙啊？」陸幫辦走近他。

「嗨，陸幫辦。」

陸幫辦指著貨堆說：

「數量不少啊！」

「沒多少，才幾百噸。」

「運到日本？」

「是啊，政府許可的，已經簽了產地證明。」延昌戒愼的回答。

「噢。」陸幫辦突地問：「渡邊一宏，吳秘書認識吧？」

吳延昌身軀震動，但隨即浮現疑惑茫然神情，問：

「是日本人嗎？」

「是日本名字，不一定是日本人。」

「唔。」延昌露出挑釁意味：「幹嘛對這個名字感興趣？」

陸幫辦呲牙笑一下，扭身走開：

「因爲我跟他有緣，嘿嘿……」

陸幫辦離去，延昌轉過身露出駭異驚恐的神情。

從墓地回到聖心診所，醒華和月桂勉強按著鄭醫生讓他在床上躺下，鄭醫生油盡燈枯的像轉眼老了十年。

他雙眼呆滯，白翳迷蒙，臉色青灰。嘴裏無意識的，斷續的說著含混的話聲，手腳戰慄抽抖，不時屈指握拳，牙齒咬出格格響聲。

月桂輕推醒華趕她走，悄聲說：

「妳回去吧，當心肚裏孩子。」她說著呶嘴指鄭醫生：「我給他打針讓他睡覺，他是心痛，心裏痛…」

醒華點頭，虛頹的退出，在門口覺得有點暈眩，扶門站住等候恢復，半晌，暈眩稍減，她扶牆準備下樓，經過小客廳南捷睡過的病床，不覺停步觀望，恍惚看到南捷還躺在病床上。

她仰天發出呻吟，舉步踉蹌下樓，踉蹌出門。

在門外，碰到醒漢從腳踏車跳下，她站住腳，抹乾腮邊淚痕，醒漢迎住她，說：

「姐，我來看鄭伯伯。」

「鄭伯伯正難過，你別打擾了，陪我走走吧。」

她重新移步走去，醒漢推車跟在她身後，沉默走過一段路，醒華說：

「小麗的死，你知道？」

「知道。」醒漢痛恨切齒說。

醒華停住腳步回頭望他，抓住他推車的手：

「小麗今早葬了。」

醒漢腳步陡地停滯，醒華也跟著站住，說：

「你沒參加葬禮也好，看著個活生生的人猝死下葬，那種椎心刺骨的悲痛，很難忍受。我知道你跟小麗的感情，但別忘記你是周家唯一男孩子，別拘小節，要著眼大處。」

醒漢長長吐氣後緊閉嘴唇，不吭聲，醒華問他：

「我的話你明白？」

醒漢點頭，醒華再問：

「媽好嗎？」

「還好，很想妳。」

「爸呢？」

「脾氣更壞了，常聽他在房裏跟媽吵架、摔東西⋯⋯」

「吵什麼？爲我？」

醒漢搖頭：

「爲橡園的事。」

「爲橡園的事？橡園怎麼了？」

「詳細情形很複雜，我聽不懂。」

醒華湧起不祥預感：

「跟吳延昌有關？」

醒漢霍地抬起頭，滿臉疑惑：

「爲什麼說跟他有關？」

「說不上來。」醒華憂慮的說：「我只是有這種感覺。」

他們繼續走，相對無言，半晌醒漢忍不住說：

「姐，你回家吧，媽想妳常常想得睡不著覺。」

醒華腳步微滯，紅腫的眼眶又濡濕了：

「我想你姐夫想得更厲害，人生就是這樣，你跟媽說，姐姐已經出嫁了。」

上海外灘碼頭，旅客擁擠，人聲喧囂。

南捷和鄭超凡提著行李跟隨旅客下船，碼頭上人群推擠，呼喊歡笑聲此起彼落。腳夫搶背旅客箱籠在人群裏吆喝推撞，海關大樓上高懸的「上海」兩字，在陽光下耀眼閃灼。

南捷和鄭超凡在人群擁擠中走出碼頭，劇務小韓堆笑迎過來，接過超凡手裏行囊向南捷招呼：

「呃，小夥子。」

鄭超凡向南捷吩咐：

「你跟小韓走，他會給你安置吃住的地方。」

新加坡的樟宜海灘，椰林深幽，海水碧藍，海灘上白沙綿延，浪花舒卷，沙灘上長長一行腳印，迤邐蜿蜒。

腳印盡頭，醒華孤單的緩步走著，海風拂掠得她腹部隆起，衣裙閃撲，髮絲飛舞。她臉色沉鬱，牙關緊咬著愴痛悽楚和悲酸。

濤聲和著她腳步踏沙的輕響，編織出宇宙的孤寂和寧靜，寧靜中一些聲音畫面映進她眼簾，使她又看到和宛芬、小麗等撩著裙子赤腳在沙灘追逐嬉鬧的畫面。

宛芬的婉約、小麗的純眞、還有她自己，那爽朗、無羈、任性無忌的笑聲……

海浪卷到腳下，卷濕鞋襪，把眼前的景象卷去，海浪湧濕沙灘，再退去，留下一些耀眼的貝殼在濕沙中。醒華艱難的彎腰撿起一隻貝殼看，貝殼殘破卻晶瑩光潤，她抹去沾在殼上的細沙，一顆淚珠滴在手上。

淚光中，南捷的影子在面前閃現，她和南捷在沙灘上奔逐嬉戲，南捷撿起貝殼向空中丟擲，等貝殼落下他迅速跳起接住，作個帶球闖陣的動作，把貝殼擲向海面波浪。

貝殼在浪花上跳飛，力盡沉沒海底。他們跳躍歡笑，肆無忌憚……

當夜，雜亂的腳步奔過警署走廊，廖宏發被警員拖架著走，他邊走邊嚷，唐樹標跟隨在後邊：

「我是保外就醫的病人，你們要傳訊問話應該先透過我的醫生跟律師，怎麼能隨便在三更半夜抓人？」

廖宏發掙扎著叫嚷，警員緊綳著臉聽若罔聞，走到幫辦室門外，唐樹標越前把門推開，警員拖拽廖宏發進門。

「我是紳仕，不容許你們這樣蹂躪人權，我要向總督投訴—」廖宏發嚷著被拖到陸幫辦桌前，陸幫辦森冷的眼光讓他寒慄得嘎住聲音。

陸幫辦揮手對警員示意，警員敬禮退出門外，廖宏發氣憤的對陸幫辦指責：

「陸幫辦，我們都是中國人！」

陸幫辦截斷他的話：

「我應該放你一馬，賣個人情，嗯？」

「是啊。」

「可惜你不把自己當成中國人，若自認是中國人，就該有同仇敵愾之心，怎麼會勾結日本人，陰謀計算自己親友呢？」

「計算自己親友？我不明白你這話的意思，我說過了，那天我到本源家是不得已，是因爲—」

陸幫辦從抽屜拿出一塊錫磚放在桌上：

「是因爲這裏邊的秘密，讓日本人知道了，抓住小辮子，不得不聽他們擺佈，嗯？」

廖宏發臉色大變，張口結舌，陸幫辦嘿嘿兩聲說：

「一百多年前英國人把鴉片銷到中國，一百多年後你把嗎啡、海洛英銷到英國，這一箭之仇，總算由你報了。」說著向唐樹標喝：「銬起來。」

唐樹標衝前擰過廖宏發的手臂，銬住，廖宏發臉色青灰，搖搖欲倒，這時馬勃律師衝進，陸幫辦舉手阻止他開口：

「大律師，販毒有據，這一回，你保不出去了。」

夜靜，周家一片甯謐，門房有燈光迸出，老夏和阿猛對坐喝酒，桌上堆滿花生。

突地電話鈴響，靜夜格外刺耳悚動，阿猛停住嘴裏咀嚼傾聽鈴響，片刻鈴聲靜止，傳出女傭阿招輕敲吳延昌房門的聲音。

吳延昌披衣出房接聽電話，樓上周溥齋悄聲開門窺聽，延昌壓低聲音塢著話筒簡截說話後掛斷，他匆忙回房換衣，臉露驚慌的扣著鈕扣出門。

周溥齋退回房內，撩開窗簾縫隙向院中看，見延昌發動汽車，老夏開門，汽車響著引擎疾馳駛出院外，消失在黑夜中。

麥氏睡在床上悄聲問：

「延昌？」

「嗯。」

「唉！」麥氏沉痛歎氣，溥齋扭亮電燈，坐在沙發上，面容憔悴，神情鬱憤，麥氏憂急的望他：

「總得有個辦法呀。」

「一點辦法都沒有，現在銀錢、貨物、產權都在他手上，我現在進退不能⋯」

「怎麼叫進退不能？」

「唉，誰叫我當初鬼迷心竅，貪心簽那幾份銷貨契約，契約載明，數量不夠要賠款，出貨誤時要賠款，品質規格不合要賠款，唉，隨便那一條都能賠得傾家蕩產，最不該的是，我相信他，把貨款都存進日本銀行！」他悔恨得以指節擊頭：「違反那一條他們都能先把銀行存款凍結，唉！我眞是中了邪，瞎了眼⋯」

「那現在怎麼辦？」麥氏驚恐得聲抖肉顫。

「現在逼得讓他牽著鼻子走，風險越來越大，一個弄不好就得傾家蕩產⋯」

「到警署去告！」

「怎麼告？錯都在我，是我簽的那些該死條款。」

溥齋、麥氏相對驚悸焦慮，溥齋虛頽的仰靠沙發，神情慘淡：

「現在不但不能告他，打擊他，還得維護他、支持他；他在，還能維持現狀，他不在，整個局面馬上就會崩垮。唉！」

日本領事館燈火通明，延昌奔衝上樓，推門直進武官室，淺田陰騺的在桌後坐著，鈴木站在桌旁。淺田看到延昌進來，臉露緊張，對他說：

「馬勃律師一小時前來電話，說廖宏發招供了。」

「他招什麼？」

「除了販毒的事，警方提到證據逼他承認以外，關於我們對廖本源的企圖跟行動，凡是他知道的，也都招了。」

「噢。」延昌冷靜傾聽，一邊凝目思索。

「馬勃說他不但招了，還答應警方向檢察官出庭作證。」

「該死。」延昌的顏色變了。

「他作證對我們在新加坡的活動影響很大，尤其是你，可能因而暴露身分。這件事很緊急，你得儘快處理。天亮前要有結果！」

「嗨。」延昌殺機森然：「他現在被扣押在哪裡？」

「在警署拘留所。」淺田面目陰寒的說。

「嘩啦」一聲玻璃碎響，一輛警車的擋風玻璃被砸碎，散落地下，老蔡喝得醉醺醺抓著一塊磚頭，猛砸警車玻璃，他邊砸邊叫，指著玻璃映出的影子，呲牙裂嘴的吼著：

「你滾開，敢擋老子的路，砸死你……」

旁邊車窗又映出他橫眉豎眼的臉，他揚磚再砸過去：

「你・你還敢跟我瞪眼、想死…」

再砸一磚，車窗破碎發出爆響，吵鬧和玻璃碎響驚動值勤警員，爭先從警署奔出。老蔡對另一扇車窗吼叫，準備再砸，被警員抓住，老蔡掙拒，醉眼迷離：

「你別，別攔我…」他指著車窗影子嚷：「他，他到處擋我的路，我要揍他…你別攔我，再攔我連你一起砸！」

他叫著揚手作勢要砸警員，幾個警員擰著他手臂搶下磚塊把他拖進警署，警長睡眼惺忪的被驚醒，走出探問：

「什麼事？」

「一個醉鬼，砸爛警車玻璃。」

老蔡嚷叫著使潑掙扎，警員把他手臂反銬住，問：

「警長，怎麼處置？」

警長怒恨，揚手猛摑老蔡：

「毀損公物，關起來。」

老蔡被警員推著關進拘留所，他喘著氣依壁坐在地上，側頭嘔吐，警員嫌惡的鎖門，搖頭離開。牢裏犯人都在昏睡，被鐵門撞激聲驚醒，蜷臥在角落的廖宏發看到老蔡，驚愕得霍地坐起來。

老蔡嘔吐一些穢物，抹嘴閉上眼，片刻睜開一條細縫輕悄掃望牢內。牢房牆壁斑剝，犯人東倒西歪的橫躺在地上，他看到廖宏發後即閉上眼睛不動聲色。

半晌廖宏發忍不住爬到他身旁，悄聲喊：

「老蔡，是我。」

老蔡睜開眼，故意舌頭僵硬的說：

「你，你是誰？…好面熟…」

「我是廖宏發！」

老蔡裝著辨認細看他，借機觀察牢外和犯人動靜，見牢外寂靜無人，牢內囚犯也都熟睡起伏著鼾聲，老蔡陡地一掃醉態，圍臂勾住廖宏發的脖子，摀住他的嘴，廖宏發大驚，想叫已叫不出聲，電光石火間，老蔡從腰間拿出注射針筒，刺進廖宏發脖頸突起的動脈，廖宏發立刻一陣痛苦抽搐，接著挺跳、癱軟、鬆弛。他們擁抱著像親暱的交頭接耳說話，但動作過程都被拳曲著躺在地下的阪田看在眼裏，他驚心駭怖的裝睡，卻仍瞇眼窺望，見老蔡把廖宏發放下，拔出針筒塞進牆壁縫隙中，然後從袋中掏出一包石灰粉，背著身用嘴裏唾沫調濕，糊住牆壁破縫。

一切弄妥，老蔡再觀察昏睡犯人的動靜，見牢內鼻息起伏都無異狀，才輕悄舒氣，抹去額角汗珠，傾身睡倒，故意發出囈語和鼾聲。

翌日，陸幫辦驚駭的跳起：

「啊！廳宏發死了？」

他愣著難以置信的呆了瞬間，急怒氣結的吩咐警員：

「通知法醫，叫唐樹標馬上到拘留所。」

他邊說邊衝出房外，奔跑著衝過走廊，衝下樓梯。

衝進拘留所，看到警員正把囚犯趕進另一間牢房，阪田隨著眾人走出時偷覷陸幫辦，回頭窺望橫躺在地上廖宏發的屍體。

陸幫辦眼光如鷹的發現他的動作惕然思索，然後衝進牢房內，他蹲在廖宏發屍身旁逐寸察看，見他混身沒外傷，臉上表情寧靜安詳。

「誰值班？」陸幫辦詢問跟進的警員，眼光仍盯視著屍體審視：

「報告幫辦，是我。」警員立正說。

「誰發現的？」

「早晨交班，清點人數時發現的。」

陸幫辦站起，眼眶因激怒而赤紅：

「把這間牢房犯人的名單給我。」

陸幫辦走出牢房，警員拿名冊給他，他翻看名冊，清點牢房人數，唐樹標帶領法醫慌忙奔進，向陸幫辦報到。陸幫辦向法醫點頭，示意他速進牢房驗屍，法醫奔進牢房，陸幫辦再轉到另間牢房門前，逐個向房內罪犯細瞧。

瞧到阪田他眼光凝住，阪田慄懼的把頭低下，陸幫辦叫警員到面前問：
「名冊六個人，爲什麼這裏只有五個？」
警員翻看桌上日誌回報：
「還有一個蔡新貴，酗酒、毀損公物，早晨馬勃律師替他繳交賠償罰款保釋了。」
陸幫辦臉色鐵青，向唐樹標說：
「通緝蔡新貴。」
法醫褪著橡皮手套從牢房出來，陸幫辦迎過去，法醫說：
「初步診斷，心臟痲痹，休克猝死。」
陸幫辦滿腔鬱怒的回到辦公室，唐樹標追進，問著：
「通緝蔡新貴，以什麼罪名？」
「這還用問？」他不耐的站住腳，煩燥懊惱：「就說他偷錢，打破警車玻璃竊盜？」
「竊盜？」
陸幫辦激怒，橫眉豎眼：
「怎麼？警車裏就不能有錢被偷嗎？」
唐樹標吞下想說的話，轉身離去，陸幫辦焦燥的搖電話卻搖不通，「砰」地把話機掛上，拿出香煙點火猛吸，吐著濃煙頹然坐倒，腦中急遽閃現著拘留所內牢房和犯人的畫面，阪田驚悸的神色陡地在他眼前擴大了。他霍地站起，擰熄煙，衝身走出。

隔壁偵訊室裏唐樹標正押著阪田在等他，他拉張椅子坐下對阪田擠出笑臉，掏出煙盒：

「抽煙。」

阪田戒慎恐懼，伸手接煙，陸幫辦幫他點火，阪田伸頭就火抽煙，手腕抖慄，嘴唇痙攣著，陸幫辦眼光銳利的望他，面帶微笑：

「昨天牢裏有個犯人，死了！」

阪田吐煙，氣逆嗆咳著搖頭說：

「我沒殺他，不是我…」

陸幫辦愣一下，掩不住喜色，但故意沉臉冷笑：

「噢，我有說他是被殺的嗎？」

阪田語塞，急得舌結口吃地說著日語：

「嗯，阿諾…」

陸幫辦再浮上笑臉：

「我知道你沒殺他，但我也知道你看見誰殺他了。」陸地疾聲厲色：「是不是？」

「嗨。」阪田震慄點頭，旋又驚恐搖頭：「伊哀…」

陸幫辦兩眼不瞬的盯望著他，阪田驚慌失措，手指僵硬地拿不穩香煙，失手跌落，陸幫辦撿起還他，溫聲說：

「你不用怕，只要把看到的經過情形告訴我就好。」

阪田疑懼，眼珠轉動著想，陸幫辦再攻心勸說：

「你告訴我的話如果是實情，因而破案了，抓到兇手，我就呈請檢察官准你交保，我知道，你不是協同組，也不屬黑龍會，只是開寫眞館的正當僑民，你跟協同組的人炸礦場是被徵調脅迫，不是自願犯罪，再說炸礦場只是破壞，罪輕得多……」

他邊說邊觀察阪田反應，阪田怔忡思索，陸幫辦催逼著叫：

「阪田先生—」

阪田咬牙，強抑恐懼疑慮點頭：

「好，我說，昨天夜裏關進一個喝醉酒的人，其實他沒喝醉，他裝醉跟死了的那個人談話，把一支注射針筒插進他的脖子……」

阪田話聲中法醫推門走進，遞交驗屍報告給陸幫辦，並俯在他耳邊低聲說：

「用針筒把毒藥注射進大動脈，使血液氧化，立刻引起心臟痲痹死亡。」

陸幫辦聽著露出怒極的苦笑，向唐樹標說：

「他媽這個跟斗栽得——是廖本源家的門房老蔡。這年頭爲了錢眞是祖宗八代都能出賣。」他舒氣站起：「叫你們政治組派人到牢房找針筒，同時呼叫警勤中心，集中警力儘快抓到這個混蛋，抓到他，就不難揪出背後那只黑手了。」

陸幫辦憤恨的以拳擊桌，阪田把香煙抽得燒到手，還在猛抽猛呑著。

在裕廊丘陵地界一片密林中，有棵大樹，濃蔭華蓋，亂枝盤根，老蔡蹲在樹根上抽煙，耳邊風聲蕭蕭，樹葉嘩響，一片靜謐冷森。老蔡耳輪搧動，尖著耳朵傾聽四周聲響，驀地他身軀微挺，聽到腳步聲。他循聲轉頭張望，看到吳延昌穿過叢林，含笑走近他。

「老蔡，幹得好。」

老蔡站起諂笑著鞠躬：

「吳秘書誇獎，硬著頭皮幹的，還好沒出錯，說來說去都是爲錢，老婆孩子在家鄉太苦，要吃飯。」

「是呀。錢…對，錢！」

吳延昌掏出一卷鈔票給他，老蔡接過，堆滿笑臉：

「謝謝吳秘書，你說我什麼時候可以走？」

「馬上，馬上就送你上路。」

「吳秘書曾答應我說讓我坐飛機回唐山…」老蔡滿臉興奮的企盼，吳延昌帶著詭譎的笑容搖手：

「不，計劃改變了，讓你走旱路。」

「旱路？到唐山隔著海……」

「回唐山要過海，到閻羅殿就得入土。」

老蔡錯愕不懂，驀地明白，臉色大變笑臉僵住。吳延昌從背後腰間抽出日本短刀：

「你是我安全上的漏洞，我得殺你滅口。」他話落揮刀，向老蔡頭頂劈下，老蔡慘哼衝退數步一跤摔在地上，吳延昌從衣袋掏出草紙擦拭刀鋒血珠，還刀進鞘，老蔡經過一陣劇烈抽搐顫抖後死去，緊握的手指鬆開，手中鈔票被風吹散，一張一張的飛起，隨著枯葉在地下撲飛、旋舞……

陸幫辦把一疊卷宗丟在桌上，繞到桌後坐下，唐樹標站在桌前濃眉緊縐著，陸幫辦輕敲卷宗，眼光冷靜嚴肅：

「除了南京軍統局的電報沒到以外，所有調查資料都在這裏，現在我們把案情整理歸納一下，過程大概是這樣……」

唐樹標沈默聆聽，點頭，陸幫辦繼續說：

「根據日本領事館的人事資料，最近新調來一個武官，姓淺田，是陸軍大佐，調來新加坡以前，服務陸軍參謀本部物資課，根據他的背景推斷他來新加坡的任務，大概著眼在搜購南洋地區的軍用物料。」

「印尼的石油、木材和馬來亞的錫和橡膠。」唐樹標插嘴說。

陸幫辦激賞的擊桌：

「對。印尼的石油木材不管它，馬來亞的錫和橡膠掌握在兩個華人手裏，一個是帝瑪廖家掌握錫，一個律巴周家掌握橡膠，事情背景確定以後，案情的發展就一目了然了。」

「周家的橡膠已經控制了，按期運銷日本，所以平靜無事……」唐樹標激動的推斷著。

「對。廖家的錫因爲跟英商有包銷合約，拿不到，所以事情就發生了。開始是利誘，進而再威逼，擄人、殺人都是威逼的手段，至於廖本源封閉礦場離開新加坡以後的殺人事件，只是爲圖掩蓋案情而做的善後補救。」

「問題是——」

「我知道。」陸幫辦揚手阻止說：「瞭解整個案情的背景，現在就說到重點，指揮策動的是淺田大佐，執行行動的是誰？殺人兇手又是誰？」

他說著低頭翻閱卷宗：

「跟在華北一樣，打架、鬧事、綁架、勒索是協同組，強取、豪奪、暗殺、滲透是黑龍會，協同組表面上看是個碼頭運送組織，而黑龍會卻是一個道道地地的黑幫，組成份子不限日本人，朝鮮人、琉球人、臺灣人、中國人都有，而且男女兼蓄並收，他們都經過嚴格的秘密訓練，個個都是冷酷無情的殺手。」

唐樹標張口欲插嘴，再被陸幫辦遏阻，他翻閱資料露出笑容：

「你想得不錯，他們都練過武術，所以將來抓這個人，一定得讓你動手對付。」

唐樹標喜形於色，摩拳擦掌，拗指發出響聲，陸幫辦翻閱一會把卷宗合上，推開一邊，面容陡轉嚴冷：

「現在要儘快揪出這個人，不然事情會鬧得更大，根據現有資料，我們知道這個人在周家潛伏，並且掌握周家橡膠生產貿易大權，我們也知道他是誰，可是證據不充份，不能一舉剷除禍根。搜集證據可以從三個方面進行：第一、等南京軍統局的回應，確知他的背景身分；第二、由周家內部調查；第三、可能最直接——」

「找蔡新貴！」

「對。」陸幫辦擊桌站起：「從蔡新貴身上指控他。」

電話鈴響，陸幫辦抓過聽筒：

「喂。」他陡地跳起：「什麼？蔡新貴被殺？」

警車開進裕廊樹林，在大樹旁停住，陸幫辦、唐樹標開門跳下車，看到大樹下一張破草席蓋著老蔡的屍體，屍體已僵硬，一些蒼蠅繞著屍體飛舞。

席外露出一隻手，箕張著，仍有幾張鈔票卡在指縫中，另一些鈔票散落在附近地上。

陸幫辦蹲到屍體旁，揭開草席察看，抬頭望唐樹標，憤恨歎出：

「眞狠毒，一刀斃命。」

「傷口平整，額頭一刀劈開。」唐樹標滿臉驚凜，神情凝肅。

日本短刀迸射著青光森森，眩目耀眼，吳延昌站在窗前擦拭刀刃污痕，他細心溫柔的像撫弄脆弱的珍寶，醒漢經過窗外被森寒刀光吸引，駐足觀看，吳延昌抬頭看到他，隔窗向他露齒笑說：

「醒漢，沒去上學？」

醒漢望望他，沒搭腔，扭身離去，走幾步又站住，猶豫著，延昌詫疑的探頭看他，醒漢適時又抬腳走去。下午，醒漢來到陋巷木屋門前，手裏提著一塊醃肉，木屋門開著，醒華坐在門前趁亮縫補衣物。

「姐。」醒漢把肉放在桌上：「媽叫我送肉給妳。」

醒華默然，放下手裏針線，強露出笑容：

「媽好嗎？」

「老樣子。上回感冒一直沒好，身子虛，夜裏常失眠咳嗽。」

「爸爸呢？」醒華傷懷，聲音乾澀著。

「很多事情煩惱，蒼老得很快。」醒漢沈默一會，話聲很低，醒華鼻尖酸楚，眼眶溢紅，想說話，嘴唇蠕動卻沒發出聲音，片刻，強笑著站起說：

「坐吧，我煮麵給你吃。」

「我吃不下。」醒漢坐下，神情抑鬱著。

醒華把手搭扶著他的肩膀，低頭向他察望著：

「醒漢，心裏有什麼事，別憋著，跟姐姐說。」

醒漢搖頭，把頭垂低了，醒華輕推他，醒漢驀地抬起頭說：

「早起，我從延昌哥的窗戶外邊經過，看到他在擦拭他那把日本短刀，我突然很害怕，最近他爸媽處得不好。」

「你怕什麼？」醒華驚慄得臉色變了。

醒漢囁嚅片刻，驚悸的說：

「我聽阿猛他們講，好像我們家的產業都被他霸佔了。」

「他霸佔我們家產業，怎麼可能？」

「阿猛他們都這樣說，我問過爸媽，倒讓他們罵一頓，我知道爸媽心裏煩，他們常一夜不停的講話…最近爸很少出去，都在家裡眈著。」

醒華神情凝重，陷入沈思，兩人都沈默了。

8

上海萬家燈火，耀眼閃灼，馬路上電車、汽車、黃包車、板車混雜囂亂，來往穿梭。馬路旁一條巷弄，破爛壅塞，在潮濕水溝旁一條狹窄樓梯通到臨街的閣樓，閣樓上亮著昏黃燈光，小韓跨步竄上樓梯，推開閣樓窄門，見南捷坐在桌旁寫信，他喊說：

「南捷，晚班通告，導演叫你今晚就參加演出。」

南捷點頭抓起信封要走，小韓伸手把他按住：

「有個大明星很難伺候，她發脾氣時你忍著點，別跟她衝著。」

「誰呀？」南捷隨口問。

「你看到就知道了。」

小韓、南捷竄出閣樓窄門，側身跳下樓梯，門口潮濕黏滑，小韓提醒南捷留心：

「小心地下滑，上海房子難找，暫時住著等機會…」

「有地方睡我就滿意了。」

「這裏吃飯方便，巷口就有麵攤子。」

「我自己買了鍋碗，餓了下麵填肚子。」

街道行人摩肩接踵，熙攘往來，各種燈光閃耀在囂鬧的夜空，突地街道人群哄起一陣騷亂，競相奔跑圍聚，囂亂擾攘中接連傳出慘厲的叫聲。南捷變色停步，驚疑張望，陡見一個衣衫襤褸的少女，衝開人群，跌撞著衝到南捷面前，南捷跳起閃躲沒閃開，被少女抓住手臂，她搖撼著哭喊：

「大哥，快救救我，救救我呀…」

南捷驚駭得瞠目結舌，少女驚怖惶急的回頭張看，搖撼著南捷哀求：

「大哥，求你救我…」

人群中粗暴的衝出個濃眉橫目的大漢，大漢追過來兇橫的撲抓少女，少女躲向南捷身後哭喊：

「叔叔大爺救我，我寧死也不跟這個畜生回去，他打我、糟踏我…」

「胡說，我是你哥哥！」大漢粗暴的叫。

「不，你是日本狗腿子！你們強佔了我們財產，拉走我們的糧食牲口，還霸佔我。」少女嘶聲哭訴，憤極顫抖：「我爹跟你們講理，被你們打死，逼得我哥哥去打遊擊，你們抓我回去就是要逼他繳械投降，你…你們…是狗，狼心狗肺…」

圍觀群眾群情激憤，有人憤怒握拳怒吼：

「打，揍這個狗腿子。」

「殺掉他，殺掉這個畜牲。」

群情洶湧圍逼大漢，大漢驚恐後退，抱頭鼠竄逃走，幾個年輕粗壯的追上他痛揍他幾拳，仍被他逃進囂亂議論的人群中。

一個老頭憐憫的抓著少女問：

「姑娘，聽你口音好像是北方人吧？」

「是的，我家在遼寧。」

「唉，東北讓日本軍閥霸佔去五年多了。」

「是啊。」少女難抑悲痛：「五年來東北的百姓，被日本鐵蹄蹂躪，日日都活在水深火熱之中。」

老頭熱淚盈眶，悲憤激動：

「可憐哪，東北同胞被日本軍閥蹂躪踏踐，宰割受苦，我們上海卻夜夜笙歌，紙醉金迷啊……」

陸地人群發出暴喊：

「打過去，把日本鬼子趕走。」

「消滅日本軍閥，砍下土肥原的頭。」

群眾暴聲憤呼，熱血沸騰，都激動得滿眼含淚，少女適時帶動高唱「松花江上」的歌曲：

「我的家在松花江上，那兒有森林煤礦，還有那，滿山遍野的大豆高粱……」

群眾附和，聲音雄渾悲壯把市囂掩蓋，南捷也被刺激得熱血澎湃，血脈賁張。陡地，他發現被群眾痛毆的粗暴大漢也在群眾中唱歌，他面容肅穆悲痛，盡掃暴戾兇橫，南捷驚奇駭異的瞪大眼，身旁小韓拉他，在他耳邊低聲說：

「感動吧，看你眼圈都紅了。」

南捷揉眼，情緒激蕩，小韓再解釋：

「這就是轟動感人的『街頭劇』。」

「街頭劇？」

「對，東北學生的創舉。」

南捷仍愣著回不過神，少女滿臉淚痕的笑著追過來向他道謝：

「大哥，謝謝你。您貴姓？我叫蕭白。」

「鄭南捷。」

蕭白甜笑著抹淚返回群眾繼續唱歌，歌聲亢奮激昂，每個人眼眶都含著熱淚。

大華電影公司的攝影棚裏一片喧嘩吵雜，木工在釘佈景，電工拉電線裝燈，場務搬桌拉椅陳設，攝影師把頭蒙在黑布裏調整光圈角度，導演鄭超凡拿著劇本坐在帆布椅上籌思，斟酌劇情。

他旁邊坐著王姑，煙視媚行的把長煙嘴夾在塗了豔紅指甲的手指間，輕吐著煙圈蕩著翹起的腿，高跟鞋裸露的指甲，像花瓣般豔紅。

南捷、小韓匆匆進來，南捷向超凡報到：

「阿叔。」

超凡點頭，指王姑：

「王小姐，大明星。」

南捷恭敬的向王姑鞠躬：

「請指教，我叫鄭南捷。」

「鄭南捷的名字難聽，也難記，改成超人吧，看起來好記，叫起來也順口。」超凡向南捷吩咐。

南捷恭順的答應，王姑斜著眼睛向他瞟，突地她縐著眉頭扭開臉，輕扯超凡衣袖，噘嘴呶向門口，超凡循著她的眼光看，見打扮豔麗的朱玲挽著俊逸英挺的劉國興走進攝影棚。

朱玲笑靨如花的向超凡招呼：

「嗨，鄭叔叔。」

超凡露出溫煦的笑容，朱玲指著南捷說：

「我們來找南捷，給他介紹個朋友。」

南捷向朱玲點頭，並不熱絡，超凡說：

「他馬上就要參加拍戲了。」

「我知道，不會耽誤太久。」她邊說邊挽著劉國興指南捷說：「他就是鄭南捷。」

劉國興伸出手，朱玲向南捷介紹：

「劉國興，他家住臺灣虎尾。」

南捷驚喜，和劉國興的手緊緊握住：

「我家住新竹寶山。」

劉國興熱情的抓著他手臂搖撼，雙眼火熾灼熱：

「在上海碰到同鄉很不容易，我出生在福建，不過家父念念不忘臺灣家鄉，所以我對臺灣鄉土有種說不出的感情，以後有機會，務必把臺灣鄉情告訴我。」

「一定。」

「好，初次見面，我作東，等你工作完了，我來接你，一起吃宵夜。」

「不不…」南捷搖搖手，朱玲搶著說：

「就這麼說定了，耽會我們來接你。」說著向超凡揮手：「鄭叔叔，拜拜。」

朱玲、劉國興相攜離去，南捷顯得局促，小韓輕推南捷：

「化妝，換衣服了。」

夜闌，明月中天，新加坡籠罩在清冷月輝中，海波擊岸，港灣裏船舶馬達「噗噗」地響，點綴得黑夜更寂冷。

陋巷木屋裏燈光昏黃，醒華坐在桌旁望著鋪展的信紙寫信，她面容淒苦的籌思，卻心亂如麻，一股悲酸衝擊著心腔，熱淚不覺湧聚眼眶，滴在紙上。她拭乾淚漬卻寫不出片言隻語，只不停寫著南捷的名字…喉中發出一聲聲不堪負荷的呻吟：

「我怎麼辦？南捷，你告訴我，給我個主意…十天了，你到上海沒有？為什麼不給我一點消息？」

她站起，腰挺不直，扶桌敲敲腰背，轉身走到床前，在床頭橫板加刻一條劃痕，緩緩躺倒，閉上眼，眼角再溢出清淚。昏燈搖閃，港灣船笛斷續傳來，窗上月影逐漸西斜。木屋燈油將盡，燈蕊跳閃欲熄。醒華睡在床上，臉上淚痕未乾，陡地她蹙眉愁苦的臉龐湧現興奮的笑容，朦朧中她看到南捷推門走進，醒華撲過去緊緊摟抱住南捷的脖子，喜極而泣：

「南捷…」她哽咽悲呼：「南捷，我好想你…」

「我也想妳。」南捷輕撫著她，呢聲安慰：「所以我急著回來，我離不開妳。」

「我決不讓你再走了，我受不了這種熬煎痛苦。」

「我也是，我寧死也不再離開妳。」

南捷說著緊抱她，貪婪地，瘋狂的親吻她，雙手游移，用力的在她敏感的浮突地位探索、撫摸、揉搓。醒華混身戰慄著熱烈的回應，浮突的敏感地位起著陣陣酥痳慄抖、有難以抑制的快樂。像他們初次緊密擁抱那樣，她在他緊實的臂彎裡，酸痳無力，混身軟弱，被他壓著迎接他緊硬的戮刺和插入，身體被他緊實的戮刺脹滿著，那種戮刺抽送的快意，那種感覺如飛似舞如夢似幻，那種戰慄緊擁，那種如羽毛般翱翔升天的喜樂！

翱翔飛升中醒華陡覺懷中抱空，身軀驀地下墜，她驚恐嘶喊：

「南捷、南捷…」

躺在床上的醒華雙手揮動，淚流滿臉，口中含混的叫著南捷的名字…慢慢她停止呼喊，鼻息又漸趨均勻，臉色也逐漸安詳和緩，倏地神情又起變化，臉頰浮現愁慘悲苦的神色。朦朧模糊的影像再在醒華腦海顯現，她和南捷並肩坐在床上，南捷臉色陰沉，低頭沉默，醒華在他耳邊，說著淒苦的聲音：

「不是我答應你的事做不到，是我媽病了，我心裏急，只想回去看看…」

南捷緘默沉鬱，醒華搖撼他，哭說：

「南捷，你說話，你就讓我回去…」

「我攔得住妳嗎？」南捷霍地抬起頭：「妳跟著我受不了苦，妳只想藉個理由離開。」

醒華勃然變色，暴怒站起，戟指他：

「鄭南捷，你沒有良心，你誣賴…」

「哼，我說到你心坎裏，妳惱羞成怒了？」南捷冷笑譏諷說。

醒華怒極揮手猛摑南捷的的臉，南捷撫臉恨瞪她，醒華摑打南捷的手僵在空中，望著他怒恨神情顫聲喊出：「南捷！」

醒華喊著霍地驚醒坐起，她臉色蒼白，望窗外，天色漸亮，油燈早已熄滅。

在警署角落的電報房裏，報機正嘀嘀嗒嗒的響著，報務員戴著耳機接收電訊，手中鉛筆快速的記錄著。片刻，報機響聲停住，報務員放下鉛筆耳機，掏出鑰匙打開櫥櫃拿出密碼簿，凝神翻譯，他一邊翻閱密碼，一邊在紙上疾書。

少時譯好，放下筆，抓起電話搖：

「請接政治組。」他拿出煙，塞一支在嘴裏：「政治組，找唐樹標⋯老唐，南京急電⋯你親自來拿，好。」

唐樹標把電報拿給陸幫辦，陸幫辦點著煙猛吸一口，看電報，再看唐樹標：

「我判斷的不錯吧？」

「沒想到他眞是中國人。」唐樹標面無表情的說。

陸幫辦拿起電報念：

「渡邊一宏，華人，本名吳延昌，祖籍浙江紹興，出生日本，父吳來澎入贅母家，母渡邊志廂，是日本陸軍將領渡邊義隆之妹，渡邊一宏讀高中時被黑龍會吸收，曾受狙擊訓練，是黑龍會殺手，此人危險，望貴署相機誅殺……」

他念完再望唐樹標，把電報塞進袋內，站起，擰熄煙蒂：

「走，咱們去會會這個殺手。」

午後，律巴周家一片靜寂，只庭院樹木間歇的搖撼出婆娑聲，醒漢輕悄的開門出房，躡足下樓，他機警的穿越客廳，向庭院探望，然後快步走到吳延昌的臥房門口。

他推門，門鎖著，從衣袋掏出一串鑰匙，選一隻試開，開不開，再換一隻插進鎖孔，他緊張，轉頭張望，手有點抖，鑰匙轉出「格格」的聲音，他心焦著急的用力扭旋，「克」地微響門鎖打開。

他欣喜，拔出鑰匙推門閃進，再小心翼翼把門關上，回身掃望房內，看到桌上刀架，放著短刀，一具日本武士玩偶面目凶厲獰惡的放在刀架旁。他詫疑，伸手想抓起短刀看，手觸到刀柄，看到吞口旁鏤刻著「渡邊」兩個漢字。

「我的日本名字姓渡邊。」

背後響起吳延昌的聲音，醒漢驟驚跳起，短刀險險脫手掉在地上，他轉過身驚駭無措的望他，吳延昌走過去接過短刀拍拍他的肩膀：

「醒漢對刀有興趣？」

醒漢逐漸鎮定下來，清清喉嚨：

「說不上興趣，只是好奇。」

延昌拿起刀架旁玩偶給醒漢：

「這個玩偶你還沒見過吧？來，送給你。」

醒漢退避閃開：

「我不要，我討厭日本東西。」

「日本東西不錯，拿去玩吧，後邊有發條，上緊發條會耍刀的。」

「我不要！」

醒漢閃身走出房外，吳延昌嘴角溢滿微笑，眼中卻湧現兇狠殺機。他按凶獰玩偶背後機簧，嗤地微響一枝小箭強勁地釘在牆上。他獰笑自語：

「算你命大！」

醒漢奔過客廳衝奔上樓，阿猛站在樓梯口仰頭高喊：

「老爺，總督府的官員要見您。」

吳延昌出現在阿猛背後，怒聲低斥：

「嚷什麼？老爺在休息。」

「是總督府的官員，指定要見老爺。」阿猛橫眉抗拒說。

吳延昌放緩聲調，但態度仍驕橫睥睨：

「老爺沒空見他們，叫他們在門房等，耽會我出去⋯⋯」

「不，我們堅持要見周溥齋先生。」查理士華肯和約翰道爾帶著警員衝進門內：「我們代表政府找律巴橡膠機構的負責人，假如閣下能提出合法委託，夠資格替他處理法律事件，我們就可以找你。」

「法律事件？」

「是，我建議你最好請周溥齋先生親自來跟我們談話，並且有律師在場。」約翰道爾顯露出積憤壓抑的情緒。

「為什麼？」吳延昌態度強橫針鋒相對。

「因為律巴橡膠有部份橡園採割違反政府的農業法律，經過幾次通知改善都相應不理，所以，政府決定把違法採割的橡園勒令封閉，處理這種事，吳秘書恐怕沒有經過授權吧？」

樓梯上傳下溥齋的聲音：

「是的，他沒有經過授權。」

華肯見溥齋下樓，露出欣慰神色，他帶著笑容趨前致意：

「周先生，非常榮幸能見到你。」

「請坐，我很慚愧。」

溥齋和華肯、道爾握手，請他們坐下，回頭怒瞪延昌，延昌卻裝出謙和笑容，躬身在溥齋身後侍立。

女傭阿招捧茶端上，溥齋陰鬱的緺眉：

「我實在抱歉，這件事我現在才曉得。」

「周先生這話不夠誠懇…」約翰道爾插嘴。

華肯阻止他，道爾把沒說完的話吞下去，溥齋苦笑：「道爾先生認為我說謊嗎？」

「不是。」華肯解釋：「我們曾經專誠拜訪過周先生好幾次，不但留下話請吳秘書轉達，並且也有過書面的文件向周先生通知，周先生說不知道，實在讓人難以置信。」

「而且我們還透過廖本源先生，希望他向你提出警告，政府要採取行動的消息。」約翰道爾補充解釋，表露善意。

溥齋沉凝思索，問：

「現在情況嚴重到什麼程度？」

「我們要執行政府的命令。」華肯聳肩，笑容消失了。

「能不能暫緩？」溥齋再問。

「我很抱歉。」華肯說著向道爾示意，道爾打開皮包取出文件遞給溥齋說：

「周先生若是需要律師在場，我們可以等。」

溥齋看文件，臉色蒼白著：

「有沒有申訴抗辯的機會？」

華肯搖頭，把吊在胸前的單邊眼鏡嵌進眼窩：

「有利的時機已經耽誤，我想現在不可能再有這種機會了。」

溥齋低頭咬緊牙關沉思，延昌在背後插嘴：

「乾爹，這是迫害，這是殖民地的暴政，我們要向總督府抗告。」

溥齋不理他，強忍鬱怒轉向華肯：

「現在要我怎麼樣？」

「假如周先生不需要律師在場，就請你簽署這張文件，我們馬上封閉橡園。」

周溥齋手指抖慄著簽字，用力過猛，筆尖把紙張都刺穿了。

華肯、道爾監督著警員在每棵橡樹幹上塗漆，把割裂流汁的溝槽塗漆掩蓋，油漆在溝槽間凝固，採膠工人愣在一旁呆望著沉默。

塗完一個地區，華肯在樹林邊沿釘立木牌標示，轉往下一個地區，繼續漆封橡膠樹林。橡林樹腰被塗得一片慘白，採膠工人擠坐在林旁樹下呆望著漆封工作進行，樹林外道路上警車駛過，車上的陸幫辦看到塗漆封樹的情形錯愕不解，囑唐樹標停車，向華肯和道爾詢問。

陸幫辦和華肯站在路邊指手劃腳的談話，唐樹標仍坐在車內發動著引擎，片刻談話告一段落，陸幫辦滿臉疑惑的望著華肯：

「不可能吧，周溥齋怎麼可能做出這種糊塗事情？」

華肯聳聳肩，表示事情就是這樣，陸幫辦思索，難以置信的問：

「吳秘書在不在場？」

「在。」

「他持什麼態度？」

「我懷疑，這就是他希望的情況。」

「為什麼你會這樣想？」

因爲，他聳肩揚手：「我的感覺就是這樣。」

陸幫辦點頭，揮手走回警車，警車駛離，卷起一陣塵煙。

在周家客廳，溥齋怒瞪著延昌說不出話，延昌嘴角掛著輕淡笑意，坐在對面沙發上，兩人沉默對峙，驀地自鳴鍾敲出單調突兀的響聲。溥齋強抑激怒，沉聲詢問：

「你這樣作，目的何在？」

「目的很簡單，我們要馬來西亞的橡膠控制權。」

「你們？你們是誰？」

「我們，就是日本陸軍物資採購團。」

「你，你替日本軍閥做事？」

吳延昌失笑，神態輕慢懶散：

「乾爹，我是日本人，當然替日本做事呀。」

「什麼？你不是吳來澎的兒子嗎？」

「是啊。」吳延昌顯露不耐，神情陰寒：「乾爹，談這些都是在浪費唇舌，我看我們還是簡單明瞭的說吧，我代表軍方採購團出高價，你讓出所有律巴橡園的產權。」

溥齋怒極站起：

「你除非殺了我。」

吳延昌搖著腿，淡然說：

「我不會殺你，你自己會自殺，橡園被封了三分之一，月底出貨數量湊不足，你得負擔差額三倍的罰款，這一點你要想清楚！」

麥氏顫萎萎的從樓上下來，抖索著插嘴：

「沒關係，溥齋，罰就罰吧，反正存在日本銀行的貨款也拿不到，就當丟掉，不要了。」

吳延昌嘴角再露出笑容，說：

「日本銀行的貨款只能賠償罰款一部分，現在負責橡園採收的工頭都是我派的，只要我一聲令下，他們馬上就停工，到那個時候沒貨可出，三倍罰款，把全部橡園賣了賠償都不夠。」

「你——」麥氏怒恨得咬牙，腳步踉蹌衝前戟指他：「你為什麼要這樣害我們，我們沒有虧待你呀。」

「我對你們也知恩圖報啊，你看，我不能眼看你們爲了罰金破產，所以才代表軍方出高價錢。」

溥齋厲吼：

「你做夢。」溥齋憤怒得全身戰抖著抓起電話：

「我要跟你爸爸講，我要感謝他，把他兒子推薦給我⋯」

延昌神態桀驁的插話：

「你現在找不到我爸爸，除非你也死了。」

「吳延昌⋯」麥氏氣得衝過去打他，吳延昌撥開她的手，麥氏被他撥得摔開，溥齋張臂把她扶住，吳延昌站起，露出嘲弄神色說：

「我說得是實話，不是詛咒乾爹，我爸五年前去世，你找他，不是除非也得死了？」

「你胡說，我上個月還跟他通過電話。」

「乾爹，那不是我爸爸，是萬山學我爸爸的口音聲調，他是黑龍會的語言專家。」

「黑龍會？」

溥齋、麥氏失聲茫然，阿猛帶領陸幫辦、唐樹標走進，陸幫辦語氣尖銳的接口：

「黑龍會，是日本特務在海外惡名昭彰的組織，我沒說錯吧，渡邊一宏先生？」

吳延昌臉色驟變，顯出沉寒凶厲：

「是，又怎麼樣？」

「是的話，黑龍會份子就是危險份子，在新加坡不受歡迎。」陸幫辦目光炯炯，神態威棱。

吳延昌毫不示弱，滿臉挑釁：

「陸幫辦對不受歡迎的人，怎麼處置？」

「我的處置辦法有兩種，犯罪有證據的，逮捕嚴辦，拒捕格殺，沒犯罪證據但有犯罪危險的，押解、驅逐出境。」陸幫辦神情嚴冷，斬釘截鐵。

「我看你這兩種辦法都不適合我。」吳延昌回頭掃望溥齋夫婦，有恃無恐的揚眉說：「第一、你明知我犯罪沒證據，無法逮捕；第二、你雖然知道我危險，卻驅逐不了我，因爲我乾爹會保證我的居留，起碼現在，他絕對不敢讓我離開新加坡。」他說著轉問溥齋：「乾爹，你說是嗎？」

延昌昂然離去，走出客廳，唐樹標橫身欲攔，被陸幫辦阻止，溥齋和麥氏臉色灰敗的頹然坐倒，阿猛追望延昌背影，眼中迸射憤怒。

黃昏，周家恢復寂靜冷清，地下枯葉隨風旋舞，顫抖出窸窣的微聲。門房老夏赤腳蹲在凳上讀報，阿猛在桌旁喝酒，神情陰沉鬱怒：

「老蔡死了。聽說是被日本刀砍死的！」

阿猛喝乾杯中酒，含恨放下酒杯：

「他該死！出賣主子，替日本人做奸細。」

老夏驚疑駭異：

「你怎麼知道？」

阿猛再倒酒，猛灌喝乾後衝身站起：

「因為我跟他一樣，為錢我也賣了自己。」

傍晚，夕陽西下，醒華把繩上曬乾的衣服收了，抱著進屋，夕陽餘暉映進板壁縫隙，顯出條條金黃光華，她把衣物放在床上，逐件折疊撫平，愣神間，突地南捷的聲音響進耳內：

「不要摸這裏，我怕癢⋯」

接著是她自己的應聲：

「你不是背痛嗎？」

「背痛捏背，妳不要抓⋯」

話聲中她眼前閃現南捷盤膝坐在床上，她跪在背後替他捏背的情景，醒華按他的肩背，手指滑到肋旁，南捷怕癢，扭動身體躲避並忍笑發出叫聲：

「不要抓那裏⋯」

「那裏嘛？」醒華打他一下，故意質問。

「不要抓…肋骨那邊…」南捷忍笑指背，醒華眼珠微轉，露出捉狹的神情，她猛地把手指插進南捷腋下，南捷大叫一聲夾臂倒下，拖得醒華也摔倒，兩人纏摟著滾在床上，醒華順勢把南捷抱緊，兩人掙持扭纏笑鬧。鬧一會，喘息著停下，靜靜躺著不動，南捷轉過身面對醒華，四目交投糾結凝視，臉上同時顯出甜膩滿足的笑容。

醒華帶著甜膩滿足的笑容冥想，木屋的門被輕悄推開，吳延昌跨步進來。屋中昏暗，夕陽餘暉褪盡，吳延昌凝目掃望屋內，看到醒華神馳凝想的神色，他困惑猜想，旋即醒悟，眼中射出憤怒狠毒，醒華不覺，兀自沉溺在甜膩的回憶中。

吳延昌不自覺鼻中發出怒哼，醒華驚嚇得跳起來，看清是吳延昌，更驚得脊背發冷，她喊：

「你，你幹什麼？」

吳延昌搖擺著走到桌旁，漫聲：

「我看到妳在享受甜蜜的回憶，不想驚擾妳。」他不懷好意的斜眼望她，譏諷說：「妳日子過得很舒服嘛。」

醒華沒開口，冷冷望他，吳延昌打量四周，見木屋破壁透風，空蕩無物，冷嗤著在屋中踱步，踢踢桌凳床腿，再踢踢放在地上的煤油爐，突地他站住腳，陰寒的抬起頭：

「廖宛芬住在香港那裏？」

他轉過身，兇狠的鷹視醒華，醒華毫不退縮，怒目和他對瞪，片刻，吳延昌轉開頭，放緩聲音：

「你告訴我廖宛芬的地址，我馬上走。」

「我不知道她的住址，知道也不會告訴你…」她突地觸動靈機，衝口說：「奇怪，你要宛芬的住址幹什麼？難道他們躲避的是你？擄人殺人跟你有關係？」

吳延昌兇橫的叫：

「不要胡說，胡說會招禍。」

「招禍？難道要把我也殺了？」

延昌兇狠的瞪他，醒華和他對瞪，滿眼憤恨厭惡：

「小麗那麼純潔乖巧，你們忍心把她丟進海裏淹死，爲什麼？因爲她認得你，嗯？」

醒華憤極猛地衝前，延昌受驚，下意識退避，醒華戟指他，憤恨得聲音都嘶啞了：

「你知道鄭伯伯死了女兒有多傷心？他眼裏哭出血，兩天頭髮全白了。」醒華恨極撲前打他：

「你好狠…」

延昌一把抓住她的手臂，兩人拼力掙持、怨恨的互瞪著，延昌愛恨交織神情複雜，他手腕陡地用力，醒華負痛後退，但神情倔強，淚水在眼眶轉著。延昌妒恨陡增，眼中射出殺機，他一手扭拗醒華手腕，一手伸到她喉下掐住她咽喉。這時溫太太在屋外叫喊：

「鄭太太，收衣服囉。」

吳延昌聞得喊聲，鬆手把醒華推開，溫太太推門進屋，延昌和她擦身錯過走出。

警員推開門，讓醒華進內，陸幫辦站起，從桌後走出迎接，他親切的讓醒華坐下，並親自替她倒杯開水：

「我去看過妳一次，妳不在，我留話給房東。」

「我知道。」

「下午我也到府上去過。」

「我娘家。」

「嗯，妳娘家。」陸幫辦點頭露笑。

「我父母怎麼樣？」醒華焦灼關切。

「妳爸掉在吳延昌的陷阱裏，情況非常嚴重，現在中華商會正召開緊急會議，討論他的事。」

「到底怎麼個情形？」醒華焦急追問，陸幫辦走回桌後，拉開抽屜翻出電報給她。

「妳先看這個。」

醒華接過電報看，手簌簌抖起來：

「吳延昌？」

「是的，他是個日本特務，有計畫的潛伏在你們家，謀奪你們財產，替日本軍方搜括軍事物資。」

醒華眼中露出驚恐，額頭沁出汗珠，陸幫辦警告：

「這個人非常危險，以後跟他接觸千萬要小心。」

醒華腦中閃過吳延昌兇橫的嘴臉和狠毒的眼神，她驚悸的聲音慄抖：

「那麼，殺人擄人跟廖家那些事，都是他幹的了？」

「可以這麼說。」陸幫辦肯定的點頭。

「既然知道是他，爲什麼不抓他，你們警察……」

醒華憤怒指責，陸幫辦冷靜的望著她，片刻，歎氣轉開頭，在椅上坐下：

「我們沒有證據。」

「不能說沒有證據就任由他殺人行兇呀。」

陸幫辦再站起踱步，顯露焦燥：

「除了沒證據不能即時逮捕，令尊的處境也讓我們考慮。」

醒華驚駭，不覺站起，陸幫辦嚴肅凝色：

「你爸爸生命沒有危險，但是他現在處境險惡，稍有處置不當，不但你們周家傾家蕩產，還會影響整個馬來亞的經濟結構，所以……」

醒華緊張聆聽，陸幫辦走到她面前站住：

「我想，我們也設計一個陷阱。」陸幫辦停住嘴望她，醒華凝神等待著，陸幫辦突地問：「妳有個表姐叫黃夢玫？」

醒華錯愕，陸幫辦說：

「她是吳延昌的情婦。」

「什麼？」醒華驚駭得跳起了。

「她是吳延昌的情婦，吳延昌常常住在她家。」

醒華愣愣的望著陸幫辦，想從他臉上找出點戲謔造謠的痕跡，陸幫辦卻認眞嚴肅，神情堅決，醒華低下頭，陷進苦思。半晌，她瘖聲說：

「你們想……要她怎麼辦？」

「要她幫忙，我們也弄個陷阱圈套。」

醒華按照陸幫辦給她的地址，找到黃夢玫新搬的公寓，適巧夢玫不在家，大門緊鎖，醒華塞張字條在門縫裏，又怕吳延昌會看到，心情忐忑慌亂的離開，隱感慄懼不安，擔心夢玫會受拖累，替她惹禍招災。

其時夢玫正在俱樂部舞廳和吳延昌跳舞，柔靡的音樂、蒙矓的燈影，舞步翩翩相互擁抱。兩人雖擁抱緊密，而臉上神情卻不熱絡，吳延昌臉色陰沉眼光眨閃、心事重重，而夢玫，神情懶散白眼上翻，難掩滿臉的索然落寞。

一曲停歇，舞客們鼓掌，離開舞池，夢玫、延昌鬆開擁抱的手，延昌牽動嘴角，露出情意款款，夢玫也一掃索然懶散神情，嬌羞的低頭偎在他胸前，裝出一副小鳥依人的模樣。

音樂再起，演奏的是風靡流行的「夜來香」。

「夜來香」的歌聲在上海大華舞廳裏響著。

舞廳外車水馬龍，燈光閃耀，一部接一部耀眼漆亮的轎車停靠在街頭。

舞廳內歌女甜美的歌聲繚繞，舞池內雙雙對對相擁跳舞，有西裝革履的洋人，有長袍油頭的名士，也有馬靴軍衣佩著長刀的日本軍官。輕笑溫語響在音樂的柔靡中，珠光寶氣閃耀在蒙矓的燈光裏，南捷拘謹不安的坐在舞池邊觀看，看著朱玲和劉國興在舞池中輕盈的擁舞、迴旋。

突地，他眼光一亮，一個裝扮入時，笑靨如花的少女在他面前走過，蒙矓的燈光中南捷覺得她似曾相識，卻一時想不起在那裏看過這張青春燦爛的臉，他愣神間，少女飄然行過，隱進舞池人群中不見。

音樂聲停，舞客相攜回座，朱玲、劉國興回到桌旁，國興輕拍南捷的肩膀說：

「下支曲子換你。」

「對，南捷別掃興，到舞廳擺拆字攤。下支曲子你陪我跳，不准偷懶。」朱玲嬌慵的向南捷翻著白眼說。

「跳高我會，跳舞不會，抱歉。」南捷笑著聳聳肩。

「你少耍賴！」朱玲噘嘴：「我不管。」

劉國興正要插嘴說話，驀地凝住眼光望向舞廳門口，朱玲、南捷被他的神情驚懾跟隨他的眼光看，見舞廳門外走進一個驕橫傲慢的日本軍官，臂彎裏挽著個妖嬈豔麗的舞女，國興、朱玲對望，國興壓低聲音說：

「日本駐軍聯隊長荒木眞雄。」

荒木帶著舞女走向靠近舞臺的桌子，坐下，舞廳角落另一個日本軍官走向他，立正，鞠躬敬禮。國興脫口恨聲罵：

「日本憲兵特高科的科長花田，鼻子比狗都靈。」

南捷衝口問：

「花田？是不是花田鶴？」

劉國興、朱玲顯露愕異，南捷解釋：

「花田鶴做過臺北憲兵隊長，是有名的殺人不眨眼。」他說著也轉頭望花田，不覺一愣，剛才向他點頭微笑經過他身旁的少女蕭白，站在花田鶴身旁。

南捷腦中閃過街頭劇中躲在他身後的女孩，不禁脫口失聲喊出：「她？」

劉國興、朱玲驚疑對望，音樂再響，舞客紛紛攜伴下池，隨著音樂節拍，沉醉擁舞。朱玲笑著站起望南捷，南捷尷尬窘迫的連連搖手，朱玲不依，把手伸到他面前，南捷無法，勉強站起。

他站起的瞬間，舞池中突地傳出一聲女人慘厲的尖叫，接著舞客奔突碰撞一陣混亂，荒木貞雄倒臥在血泊。奔突的舞客中衝出手握尖刀的盧剛，就是和蕭白共演街頭劇的大漢，他狂奔向舞廳門口竄逃，花田鶴撞開混亂奔突的舞客在後追趕，並舉槍向盧剛瞄準射擊，在他身後撲出簫白，撩開旗袍從大腿上拔出匕首，猛刺花田鶴後腰，花田鶴踉蹌前仆，回身射擊，蕭白胸腹中彈。

花田鶴回頭再欲射擊盧剛，南捷突地熱血沸騰，抓起身旁座椅擲過去，花田被座椅擊中倒下，手槍摔落地上，蕭白強忍暈眩撲抓花田，搶奪手槍，花田彈跳躍起抽出腰間佩刀，他狂吼著舉刀劈砍蕭白，縮躲在旁的舞女眼見情狀駭極厲叫，南捷奮不顧身竄起撲擊花田，他猛拍花田腰上插著的匕首，匕首「哧」地直插進體內，花田慘哼，雙眼暴突的怒瞪南捷，南捷心寒跳退，花田撐持片刻終於倒在地上，舞廳裏鴉雀無聲，空氣窒息，儘都瞠目結舌愕望。

窒息瞬間，突地人群奔衝嚎叫，掀起一陣更大的混亂，南捷站著發呆，腦中一片空白的瞪望著花田鶴，劉國興衝前拉他和朱玲乘亂奔出舞廳，剛出舞廳門口，日本憲兵的機車已蜂擁馳到舞廳大門。

他們竄進停在路邊的汽車，驚魂甫定的向舞廳張望，舞廳內外已被日本憲兵封鎖，南捷驚心的叫：

「糟糕，那個女孩子！」

朱玲驚愕的回頭望他，南捷神馳恍惚的凝思，猝然抓住國興的肩膀：

「國興，我們進去救她。」

「不行。」國興斷然搖頭：「現在進去大家都會送命。」

劉國興冷靜思想，轉向朱玲：

「我們先送妳回家，南捷絕對不能再回日租界，暫時在攝影棚住幾天，記住，千萬不能對外講我們今天來過舞廳。」

汽車發動，開走。

牆角暗處閃出吳四寶，把汽車牌號寫進記事簿上。

空中掛著一盞電燈，一些飛蛾昆蟲繞著燈泡飛舞撲撞，南捷坐在燈下帆布椅上發愣，攝影棚中空曠靜寂，黑影幢幢，到處擺放著道具佈景。

夜，街道市囂隱約傳來，覺得無限遙遠，南捷處身空曠的攝影棚裡分外感到陰冷孤獨，陣陣寒氣從心底冷向背脊、冷向頭頂。良久，他逐漸回神，低頭看自己的手，像手掌上仍殘留著鮮血，下意識的在膝頭抹擦，想急於抹去腦中驚怖的情景。

他焦惶慄懼，不自覺的站起走到窗前，窗外月光飛灑，他仰頭發出呻吟聲。新加坡也有一樣冷冽的月亮，月光透進木屋壁縫，灑在地上，木屋裏昏暗燈影中醒華正顫抖著手默讀南捷的來信，她眼眶蓄聚淚水，不覺輕念出聲：

「醒華，好想妳，妳的影子時時刻刻都盤繞在腦中，前封信我曾提及結識臺灣鄉親劉國興，劉君熱情，有古豪俠心腸，他在暨南大學畢業後，於上海經營礦場，年輕、機敏、豪爽；胸襟、氣度、能力都讓我衷心折服…」

醒華嘴角溢出笑意，把流到腮邊的淚水抹掉，繼續輕讀：

「今日公司廠棚換景，拍戲休息，應劉君邀請赴舞廳見識，不想遇到一樁意外，我殺了人…」

醒華笑容凝止，露出驚怖駭異神情。

「我殺的是個叫花田鶴的日本軍官，在臺北做過憲兵隊長，殘暴冷酷，在他手底殘殺過很多人，當時有一女孩刺殺他沒死，他凶性發作，抽刀報復，緊急中我熱血沸騰，未慮生死危險，奮力撲出殺人，至今想起，心中猶有餘悸，不知因何有此殺機衝動，也許是在臺灣生長，長久遭受日本人欺凌壓榨，胸中積滿憤恨…」

翌日清晨，醒華在井邊洗衣，南捷信裏的字跡仍不時閃現在她眼簾，她雙手機械的在洗衣板上揉搓，肥皂泡沫飛濺在盆邊。

她手掌紅腫已消，手背卻斑剝脫皮，刺痛已被思念的痛苦淹沒，她眼前只有書信字跡和南捷的臉孔⋯

一輛黃包車被拉進院中，夢玫付錢下車，醒華看到她，有點驚愕怔忡。

「我看到妳留的字條。」夢玫說。

醒華驀地驚醒，擠出笑臉，她甩手站起，夢玫向前把她拉住：

「有急事？」

醒華點頭，望著黃包車離去問：

「吳延昌看到字條沒有？」

「吳延昌？」夢玫錯愕後笑著用指頭戳她：「妳眞是鬼，被妳一下戳穿了，不錯，他昨晚住在我家，不過他沒看到字條，我先回去，他後來才到。」

醒華點頭，引領夢玫走進木屋，回身把門關上，拉著夢玫在桌旁坐下，低聲把陸幫辦的計畫告訴她。

夢玫聽得很專注仔細，聽著不住點頭，神情顯得緊張，她掏出香煙點著，傾聽醒華把話說完，把煙蒂丟在地下踩熄，堅決的點頭：

「好，這件事交給我。」

「吳延昌很兇險，隨時會殺人，你要小心。」

「我不怕死。」夢玫索然落寞的再點煙，醒華按住她的手：

「表姐！」

夢玫仍然抽手點火，再抬眼望她，醒華問：

「妳喜歡他？」

夢玫嗤笑，甩熄火柴把唇上香煙取下，臉上蕭索落寞的神色更濃，她羞慚自嘲：

「做為一個情人，他很不錯…」她說著精神振作，把手中的煙蒂丟掉：「你放心，這事我一定辦到，你告訴陸幫辦，我直接跟他連絡。」

她說著站起，伸手搭在醒華肩頭：

「妳謹慎照顧自己。」

醒華點頭，張嘴想說話，夢玫已轉身走出，她站起想追，又猶豫，夢玫高跟鞋的聲音漸漸遠去。

周溥齋頹然掛上電話，半晌無言，麥氏在旁焦急的望著他，溥齋搖頭，顫抖著拿一支雪茄塞進嘴內，劃火點吸，點不著，又把雪前擠在煙灰缸裏，麥氏焦灼的催促：

「到底怎麼樣？你說話呀。」

「商會的理事都不肯幫忙，他們怪我當初一意孤行把橡膠賣給日本人，現在嘗到苦果，是咎由自取。」溥齋懊惱悔恨，以指節擊頭：「我相信那個畜牲，眞是鬼迷心竅。」

他思索，再抓起電話搖響話機。

陸幫辦桌上兩隻電話同時響，他抓起一隻對聽筒說：

「請等一下。」

再抓起另一隻電話接聽，滿臉湧起急切期盼的神情對聽筒說：

「噢，趙會長，是，關於周溥齋的事…請趙會長在理事會斡旋一下，是，大家都知道，周溥齋太剛愎…對，看在同胞血緣份上，攜手對外，是，警方一定竭盡全力幫忙…」

他掛斷電話換抓另一隻話筒：

「喂，樹標，怎麼樣？」他傾聽電話裏唐樹標的報告，眼珠轉著思索：「好，你等我，我馬上去。」

陸幫辦掛斷電話抓起外衣衝出辦公室，到警署門外親自開車，駛向郊區。

警車開向柔佛，沿途橡林淶封處處，都杳無人跡，他憂心皺著眉頭，放慢車速緩駛。突地看到一片橡林並無淶封痕跡，但也靜寂無人不見開採，橡樹下，空置無數裝橡膠的鐵桶。他驚疑的在路邊停車，下車到橡林察看，思索停採的原因，見橡林幽深，一望無際，他驀地醒悟，不覺脫口說出：

「噢，圖窮七見，要逼周家就範了。橡園歇工停止採膠，周家交不出貨，勢必得賠償破產，這時候他們再賤價收購，產權就到手了。」

他齒縫嘶出幾絲冷氣，走出橡林，開車離開。

太陽旗插在會議桌上，津村總領事嚴厲的聲音在會議室激蕩，淺田、吳延昌、鈴木等坐在桌邊低頭聆聽，津村不住的握拳擊桌，以發泄他的不滿和憤怒。

「計畫屢遭挫折，使軍品供應失調，軍需物資嚴重短缺，陸軍部、參謀本部一再來電指責，好像這個工作不力的後果，應該由我來負責。」

他擊桌之外又怒目指斥：

「事實上我這總領事從來沒干預過你們，你們工作進度，也從不向我彙報，老實說，軍方根本不尊重我這個總領事，尤其是你！」

津村再擊桌怒指淺田，淺田挺身站起：

「嗨。」

津村激怒未熄，繼續指斥：

「你來到新加坡，成立淺田小組，你的工作績效在那裡？」他再擊桌厲聲：「列舉事實，自行向參謀本部報告。」

「嗨。」

津村怒目望他，轉向吳延昌：

「渡邊，你呢？周家的事怎麼解決？」

「阿諾…」吳延昌支吾，側眼掃望淺田，淺田向津村鞠躬說：

「這件事已經向東京專案報備了。」

「要怎麼做？」津村追問。

「終極目標是掌握產權，直接輸送。」

「務必要成功。」津村嚴厲的再擊桌。

「嗨，不成功卑職切腹。」淺田斬釘截鐵的叫。

陸幫辦趕到周家，唐樹標和溥齋、麥氏、醒漢都坐在客廳裏焦急的等著，陸幫辦和溥齋略作寒喧，再聆聽唐樹標搜查吳延昌臥室的報告，全盤掌握情況後，轉頭向溥齋勸說：

「溥老，大概情況唐警官都跟你說明了，眼前是顧忌你跟貴府的安全，我勸你暫時去吉隆坡。」

「眼前的情勢我怎麼能撒手走？」

「請你暫時離開其實是故布疑陣，這是個圈套，吳延昌急著逼你交出橡園產權，你驟然失蹤避開，他必定會慌亂手腳，手腳一慌亂就會走極端，他走極端就容易進陷阱了。」

「可是，有很多事還要我親自處理。」

「處理緊急事，用電話電報。」

溥齋思索後勉強點頭，陸幫辦再囑咐：

「行動要機密，晚上就動身，別讓傭人看見。」

醒漢突地喊：

「媽！」

麥氏嚇一跳，臉色驚悸的問他：

「幹嘛？」眾人詫異的向醒漢看，醒漢挺身說：

「我姐…我姐…怎麼辦？爸媽不在，說不定她就會變成目標。」

醒華把衣物折疊好，放在床邊，她鬆口氣倒杯水坐在床沿喝，剛坐下，重重心事又翻湧而起，她緊縐眉尖，難掩眼中的沉鬱和哀愁。

有人敲門，她詫異的轉頭望，敲門聲持續響著，她放下茶杯站起去開門。出乎意料的是鄭可銘站在門外，醒華吃驚錯愕：

「鄭大哥？」

「醒華，好久不見了。」可銘的笑容慘澹落寞。

醒華愣著望他：

「你什麼時候回來？」

「昨天。」

「那你知道…」

可銘扯動嘴角，慘傷的神情更明顯了：

「小麗的事我知道，也到她墳上去過。」

醒華仍愣望著他，可銘閃身進門：

「你這麼吃驚幹嘛？是月桂阿姨打電報給我。」

「可是鄭伯伯說怕影響你的學業，暫時不想讓你知道…」

可銘在桌旁坐下，眼眶濡濕的扭開頭：

「我爸身體情況不好，我再不回來，恐怕就見不到了。」

醒華驚急，聲音顫抖：

「鄭伯伯，他怎麼樣？」

「他身體還能支持。」可銘沉痛的說：「只是求生意志已經崩潰，他不想活了，他只想回家，只想解脫…」

「回家？」

「回廣東老家，他說死要死在家鄉…小麗，就托給妳照顧了。」

醒華跟隨可銘到聖心診所，含著滿眶熱淚向鄭醫生說：

「鄭伯伯放心，我會把小麗當親妹妹一樣照顧。」

鄭醫生枯槁蒼老，滿頭白髮披散的覆蓋著額頭，他抓著醒華的手輕拍，嘴角蠕動說：

「別太勞累，當心胎兒…」

月桂對醒華眨眼示意，轉臉撫慰鄭醫生激動的情緒：

「醒華來看你，不會急著走，你剛吃過藥，情緒別激動，先睡一會，有話耽會再說。」

鄭醫生仍然抓著醒華的手不放，說：

「你別走。」

「我不走。」醒華含淚安慰說。

醒華和可銘退出房外，她抹去腮邊淚水輕聲問：

「你們什麼時候走？」

「後天。」

「宛芬家都去了香港，你去看她一趟吧。」

「她有電報給我，我暫時不想去。」

醒華詫疑的望他，可銘臉色沉鬱著：

「我不想再學醫了，我想投考黃埔軍校，短時間不可能有心情，也不可能有時間去看她了。」

「可是，你學醫學了一半…」

「學醫只能救人，從軍卻能救國，要不是我們國家這麼積弱，我們也不會這麼受人欺侮了。」他握拳切齒：「要搶就搶，要殺就殺，在自己國土上受欺凌，在外國，也被人宰割…」

夜晚，路燈昏黃，陋巷裏黑暗寂寥，一輛警車緩緩駛進巷內，車上擠著溥齋、麥氏、醒漢、陸幫辦和唐樹標。

巷窄路狹，警車無法開進木屋院中，不得已在巷內停下，醒漢急不及待的開門下車：

「我去叫她。」

「要快。」陸幫辦簡截的低聲追喊。

醒漢沿巷奔跑，跑到木屋門前推門，門鎖住，他著急拍門急喊：

「姐，姐…」

屋內靜寂，醒漢跳腳埋怨著：

「哎呀，這時候不在家，眞急死人了。」

他跳起奔回警車，焦急的向車內說：

「她不在家，怎麼辦？」

「我們等。」麥氏神態決然，陸幫辦截然說：

「不行，海峽安排了船在等，不能耽誤，而且這裏停車太久會引人注目，泄露行蹤。」

麥氏憤怒揚聲：

「你光說泄露行蹤，我女兒的生死都不管嗎？」

陸幫辦陪笑解釋：

「小姐的安全哪能不管呢？我是爲整體計畫著想，小姐機智聰明，勇敢果斷，保護自己卓然有餘，再說，對方認爲她跟溥老父女感情決裂，對溥老已經構不成感情威脅，應該不會再對她採取行動，萬一對方找她，我們也有措施保護，這點請周太太務必放心。」

麥氏急得拍打座椅：

「哎，這個孩子，眞能把人急死。」

「醒漢上車。」陸幫辦喊。

醒漢猶豫著望麥氏，麥氏割捨爲難，終於橫心揮手：

「唉！由她，由她去…」

醒漢不甘心上車，再回頭張望木屋，陸幫辦催促：

「醒漢，快。」

醒漢竄進車廂，唐樹標倒車，退出巷外。

電話驟響，床上睡著的人悚跳驚醒，黑暗中扭開電燈，黃夢玫撐起身抓過電話接聽：

「喂—」她惺忪的睡眼中陡地綻出光亮：「噢，你等一下。」

她轉身推醒身旁的吳延昌，把話筒遞給他：

「找你的。」

「我？」吳延昌滿臉詫訝的接過話筒：「咦，誰呀？」

他聽著話筒霍地坐起：

「啊！走了多久？去那裏？從柔佛渡海？好，我知道。」吳延昌丟掉話筒跳下床，急亂穿衣。

「誰呀？」夢玫追問著掛斷電話。

「阿猛。」

「什麼事？」

延昌不理她，提著褲子再抓起電話，他搖通電話，低聲向話筒吩咐，夢玫眼珠轉動裝著幫他整理衣衫，服侍穿著，乘機把袋中東西掏出塞進被中。

吳延昌講完電話掛上，慌亂的穿衣扣鈕，夢玫追著問他：

「到底什麼事？」

「周溥齋那個老頑固，跑了。」

「跑了？」

他套襪穿鞋踉蹌的向外跑，夢玫在後扯他。

「幹嘛？」吳延昌臉色驟變發出惡聲。

夢玫把槍套手槍塞進他手裏：「你忘了這個了。」

吳延昌驚疑的凝望她，想說話又吞回，抓了槍套轉身跑出。

阿猛掛上電話向陸幫辦點頭，陸幫辦拍拍他的肩膀，兩人走出周家客廳，竄進停在門外的警車。警車開走，沒進黑夜，老夏愣著追望，關上鐵門。汽車疾馳中阿猛問：

「老爺他們過海了？」

陸幫辦點頭，汽車疾馳駛過曠野。

夢玫急步走到木屋門外敲門，夜靜冷寂，木屋內沒有回應，她促聲喊：

「醒華。」

「表姐。」醒華從院外疲累的歸來，在夢玫身後答應，夢玫嚇得跳起，急轉身看，衝過去抓住她，邊埋怨邊拖她奔出院中：

「你到那去了？急死人。」

「幹嘛？」醒華心驚的掙扎。

「計畫實行了，怕吳延昌逃掉會來找妳。」

「我們現在去哪兒？」

「去警署。」

警車馳到海邊，熄燈放緩車速，海岸崖石背後奔出警員，陸幫辦下車，唐樹標把車開到隱蔽處停放，關掉引擎沉靜的坐在車內等待。

浮雲掩月，海濤拍岸，岸邊崖石嵯峨險突，浪花飛濺在崖石上。

崖壁縫隙中有艘機動汽船在飄浮，船上幾個人影呆坐，隨波起伏搖晃，船頭一個蒙朧身影蹲著，船尾幫浦扯著一根繩索，拉在躲藏於崖縫內的一個警員手上。

波濤洶湧，海風呼嘯，風聲濤聲中隱約有輪機馬達聲響，陸幫辦傾聽，馬達聲漸漸清晰，他拿起望遠鏡瞭望海上，遙見海面薄霧中駛來一艘小艇。

他向旁揮手，疾聲喊：

「放。」

躲藏在崖縫的警員猛拉手中繩索，汽船幫浦啓動，接著衝出如箭，馳向海中。海上小艇看到汽船忙彎轉船頭攔截，汽船去勢勁急，畢直向前，船艇瞬間接近，吳延昌、鈴木站在小艇船頭，眼見無法躲避，情急掏槍射擊，汽船船頭蹲著的人嘶聲呼叫，海上風聲濤聲把叫聲掩蓋，汽船疾馳而至「砰」地撞上小艇，艇船同時碎裂翻覆，吳延昌、鈴木和浪人等俱都翻落海中。

波濤翻卷，落海的人奮力泅泳上岸，吳延昌、鈴木攀附在崖上喘息，陡地數道強光亮起，照射他們。陸幫辦站在崖石上冷眼望著吳延昌，他身旁站著阿猛，阿猛說：

「吳秘書，你看看船上是誰？」

吳延昌眼射凶光的瞪望阿猛，回頭看汽船，見碎裂的汽船上捆著阪田哲一的屍體和三個打扮成周溥齋、麥氏和醒漢的稻草人，他獰厲憤恨的喊：

「卑鄙！」

「敢拒捕，格殺毋論。」陸幫辦指他，神情冷森。

吳延昌趕緊舉手，把手中鎗口朝上，崖後警員衝出，繳他的槍械把他銬住，陸幫辦跳下崖石走到他面前。

「今晚沒幹掉你，算你走狗運。」

回到辦公室，夢玫、醒華仍在枯坐等候，聽到吳延昌落網，俱都落下心中石頭，露出寬慰，夢玫把從吳延昌衣袋搜出的雜物交給陸幫辦，強笑，笑裏滿含落寞淒涼。

「他會死嗎？」

「很難說，算起來有三條人命跟他有關係，不過我不是法官，我只管緝捕調查，搜羅證據。」

夢玫歎息，站起，回頭問醒華：

「你跟我回去？」

醒華搖頭，陸幫辦審慎的叮嚀：

「回去務必門戶小心，暫時別在公眾場合露面。」

「不是一網打盡了嗎？」醒華小心的問。

「還有個頭子，日本領事館的武官，叫淺田。」

日本領事館武官室冷肅寂靜，桌上滾著一隻毛筆，毛筆下壓著一張留言紙，空中響起一聲悶哼，悶哼起自屋角的一塊草席，淺田盤膝坐在草席上，他臉部扭曲痙攣，嘴角血珠流溢，渾身抖顫著緊握刀柄，刀刃深刺進腹腔，一寸一寸的劃向腰肋，刀過處流出肚腸。血，浸濕他盤曲的大腿，流到草席上。

一陣腳鐐聲，偵訊室的門打開，唐樹標把吳延昌拖進來，陸幫辦坐在桌旁冷眼望他，吳延昌也毫不示弱的站在他對面，唐樹標按他坐下，陸幫辦嘴角擠出一絲譏嘲笑容：

「告訴你個壞消息，淺田…」他齒縫擠出怪聲，做個切腹的手勢：「切腹自殺了。」

吳延昌霍地站起，面目猙獰，唐樹標雙手按在他肩上，硬把他按得坐下，陸幫辦的譏嘲變譏諷：

「你劍道五段，他練少林硬功，比力氣你絕對不行。」

陸幫辦以手指唐樹標，吳延昌怒目獰瞪，一臉倔強不屈的神情，陸幫辦雙眼炯炯的觀察他，搖頭輕歎：

「煮豆燃鬥箕，豆在釜中泣，本是同根生，相煎何太急！唉，同種相煎比異族相殘更狠毒。」

吳延昌兩眼翻向屋頂，陸幫辦把手中鉛筆「拍」地拗斷，以顯心頭積憤。靜默，陸幫辦以拗斷的筆桿間歇擊桌，雙眼直瞪著逼視他，吳延昌眼珠翻白，神情藐視，陸幫辦猛地擊桌：

「三條人命，你還不招嗎？」

吳延昌毫不退縮，厲聲頂撞：

「有本事找證據。」

9

黃昏，木屋的門開著。

昏蒙的暮色中，醒華坐在桌旁寫信，她低垂著頭，筆桿在髮絲中搖出觸紙的聲響。讓靜謐的黃昏顯出幾絲活躍，她寫著：

「南捷：接到你的信我忍不住哭。感謝天，十多天的焦慮盼望，終於等到你平安的訊息……」

這封信寄到上海，南捷在攝影棚的角落渴切的展讀，信上說：

「沒有你的日子，我心頭煎熬度日如年，沒有你的扶持支撐，我空虛彷徨，整個人像在空中飄浮。我從沒想到對你這樣依賴依戀，你離開後，我嘗到痛苦的孤獨。」

攝影棚吵雜的聲音中響起韓培根的叫喊：

「鄭南捷。」

南捷急忙答應：

「來了！」

「趕快來試戲！」

南捷貪戀不捨的收起信紙，走進佈景，佈景是間裝飾得溫馨旖旎的臥房，鄭超凡正指導王姑在試戲，南捷剛要趨前報到，突地被兩個人攔住。

南捷衝勢驟急，險險和他們相撞，一個戴鴨舌帽的漢子粗暴地扭住南捷胸衣：

「你是鄭南捷？」

「幹嘛你…」

南捷掙動格擋，攔住他的人一邊一個強扭住他的手臂，南捷搖身掙扎，驚喊：「喂，你們…」

超凡看到也喝叫：

「喂，你們幹什麼？」

「捕房，傳他問話。」挾持南捷的人腳步不停奔跑著向棚外走，超凡追趕著詢問：

「那個捕房？那個捕房？」

「到望江樓就明白。」

黃埔江岸邊的「望江茶樓」是個讓人顫慄的名字，老上海都知道這是個閻羅殿，惡鬼堂。是租界包探問案逼供的地方，名是茶樓，實是刑場。

南捷被拖架著登上樓梯，盧連奎，吳四寶站在樓梯口負手觀望。

樓上桌凳稀落，三三兩兩坐滿了人，有的橫眉怒目，有的愁眉苦臉，有的桌上傳出咬牙忍痛的低聲呻吟，有的桌上拍桌捶凳怒聲低吼。形形色色，光怪陸離，讓人看得心驚膽戰。

南捷被拖到一張桌旁坐下，盧連奎，吳四寶坐到他對面和旁邊，盧連奎滿臉江湖氣的打量他，開口說：

「兄弟，報個名兒吧。」

南捷驚恐疑懼的掃望四周，說：

「我，我叫鄭南捷。」

「噢，我叫盧連奎，你那裏人？」

「臺灣。」

「好地方，到上海有何貴幹？」

「拍電影。」

突地鄰桌有人發出慘叫，南捷驚得跳起，扭過身看，見慘叫的人痛苦得混身顫抖，雙手伸在桌子下面，盧連奎斜眼瞄望鄰桌，淡然說：

「小毛賊，當扒手，屢戒不改給他點教訓。」他轉過眼光注定南捷：「你剛說拍電影？」

南捷點頭，臉色蒼白；「是，是的。」

「好啊！新鮮行業。」他說著霍地沈下臉：「拍電影，你演兇手是吧？」

「兇手？」

「是啊，大華舞廳，那場戲可眞演得逼眞動人，花田鶴挨你一刀，就進了殯儀館啦！」

樓梯上一陣腳步聲響，跟著響起朱玲的叫聲。

「南捷──」

朱玲，鄭超凡奔上樓梯，看到南捷衝到桌旁：

「南捷，你不要說話。」她轉臉面對連奎：「探長，你抓錯人了。」

盧連奎看到朱玲，無奈的翻翻眼珠站起，拉她走開一旁，悄聲說：

「小姐，我們這是辦案子，日本人追得緊──」

朱玲急切截斷他的話：

「對呀，你抓錯人了。」

盧連奎耐著性子解釋：

「沒有錯，就是他，有人親眼看見──」

「那說看見他的人，一定瞎了眼了。」

吳四寶偏過頭，裝做沒聽見，盧連奎低聲想再解釋，朱玲搶著說：

「日本人向你們追兇手不是嗎？」

「是啊，我們──」

朱玲伸出雙手，做出待銬的姿勢：

「那好，兇手是我，還有劉國興。」

「誰？」

「劉國興，上海警備司令楊虎的侄子。」

盧連奎連吞幾口唾沫沒講出話，朱玲再說：

「要抓，就抓劉國興跟我，我已經來了，隨你處置，劉國興在楊司令公館，公司辦公處在愛多亞路中彙大樓。」

盧連奎無法，苦著臉笑笑說：

「好吧，既然是妳朋友，你帶走吧。」

朱玲高興得跳起來，攀著盧連奎的肩膀在他臉上親一下，親熱的喊：

「謝謝盧叔叔。」

她轉身奔回桌邊拉起南捷，盧連奎拍拍南捷肩膀：

「老弟眞有兩下子，初到上海就攀上高枝兒，佩服；不過，常走夜路終會碰到鬼，希望我們下回見面，別在望江樓！」

朱玲開車載著超凡，南捷回到攝影棚後辭別離開，超凡積怒爆發對南捷怒斥：

「初到上海，你居然到舞廳殺人，你，唉！要不是朱玲，你那還有命回來？我帶你到上海，是要你刻苦奮鬥開創事業，不是要你來賭狠殺人『闖世界』。」

南捷慚愧負咎的低下頭，無言相對，超凡越說越氣手指著他的鼻尖：

「上海紅塵十丈，來以前我怎麼囑咐你？你年輕有才氣，做人要忍讓謙退，韜光養晦。切不可鋒芒太露，亂出鋒頭，這些話你都忘了？」他激怒得厲聲：「你忘了你是個流浪異鄉的孤兒？忘了你在新加坡還有個愛你的老婆，大著肚子？」

南捷愧悔，聲音顫抖：

「我沒忘！」

「我給你三個月時間，到時候你還不刻苦奮發，我就不再理你！」

超凡怒氣衝衝的走出攝影棚，南捷羞愧的垂著頭，但眉宇跳動，顯示胸中潛藏的倔強不屈。

夜闌人靜，窗外皓月當空。南捷在攝影棚窗下打地鋪躺著，他曲枕雙手，睜眼凝目仰望著夜空沈思，心頭焦燥難耐，像有把火燃燒在胸臆。

他思念醒華，無去安靜片刻。

攝影棚外街巷靜寂，遠處有敲梆賣餛飩的喊叫聲。突地，寂靜的街巷有奔跑的腳步響起，南捷驚詫，撐身傾耳凝聽，片刻奔跑的腳步掠過窗外，奔進巷底，南捷透過玻璃窗向外看，看到兩個漢子跑過又跑回，一個喘著說：

「見鬼了，我親眼看著她跑進來的。」

「他媽的，這個娘們好狠，咬得我皮開肉綻，抓到她，看我敲她牙齒。」
「這條弄堂是死巷，她跑不遠，一定還藏在附近。」
「走，回頭再找。」
腳步又跑走，南捷抑制不住心裏好奇，攀著窗戶向外看，窗外巷道狹窄，明月照耀，一片空寂。他回到地鋪坐下，舒口氣正想抛開雜亂思緒睡覺，突地窗上有「格格」微響，南捷受驚的坐起看窗外，窗外月光明亮寂靜，他疑惑自己聽錯，收回眼光再回到地鋪躺下，奔跑的腳步又響，咒罵著走出巷去：
「眞邪了，明明看著她跑進來的——」
「他媽的倒楣，白讓她咬一口。」
南捷躲在窗後追望兩個漢子走出巷外，轉過頭驀地驚跳，發現門後牆角，蜷縮的躲著一個人。南捷驚恐喝問。
「你，你怎麼進來的？」
「我受了傷，請救救我…」
人影說著癱軟的蹲到地下，南捷愣著望她，人影身體漸漸萎頓，片刻，傾身癱倒在地上。
一夜過去，曙色漸露，月黯星稀，雞鳴起落，攝影棚裏黑暗寂靜，南捷向躺臥在地鋪上的人影呆望，緊縐雙眉。地鋪上的人漸漸蘇醒、蠕動、猛地坐起身，南捷驟驚退縮，黑暗的微光中人影向南捷凝視，認出他，緊繃的身體逐漸鬆弛，瘖聲說：

「眞巧，我們第三次見面了，大哥還記得我──」

「記得。」

「我叫蕭白，我記得大哥姓鄭──」

「嗯，我叫鄭南捷。」

「我們眞有緣，你三次都救我。」

「天快亮了，我現在發愁，不知道該怎麼安置妳。」

蕭白默然，半響掙扎站起：

「不敢再連累大哥，我走好了。」

她說著強撐著站起，扯動傷口，臉上痛苦得一陣扭曲再頹然坐倒，她咬牙忍痛，喘息著說：

「該死的花田，那一槍打死我多好。」

南捷爲難的解釋：

「我發愁你傷得這麼重，不能走，這裏又不能多留，天一亮，這裏的人多，絕對藏不住──」

「我能走，你給我叫輛車──」

「你這樣，誰敢拉你？」

蕭白無言，南捷焦急的看窗外，滿臉誠懇關注：

「你有地方去嗎？有地方去我送你。」

蕭白搖頭，眼裏痛淚流出，南捷再問她：

「你們那些—演街頭劇的人呢？」

「都是臨時湊的，演完就散了，我們都是流亡上海的學生—」

南捷煩惱的抓頭，突地想起自己住的閣樓：

「我有個地方，在日租界，舞廳那件事以後，我自己都不敢回去。」

「我去。」蕭白決然說：

南捷又猶豫了。蕭白央求：「鄭大哥你救救我—」

南捷攙扶蕭白走到巷口叫車，見黃包車夫窩在車上睡覺，南捷強抑緊張情緒，啞聲喊叫：

「車—」

車夫驚醒，睜開眼瞄他們：

「去哪？」

「虹口，日租界。」

車夫盯著蕭白望，撐身坐起：

「她怎麼啦？」

「嗯，出痲疹。」

「不去。」車夫倒頭又睡了。

「給雙份！」蕭白搶著叫。

車夫又睜開眼，停一會，跳下車，南捷輕推蕭白，蕭白在他耳邊急說，

「我是病人，你抱著我，咱倆人一起坐車—」

南捷抱著蕭白上車，蕭白偎在他懷裏，車夫拉起車，跑上寂靜的街道。

南捷把蕭白送進閣樓，回到攝影棚，急忙提水洗淨牆壁和門窗沾染的血跡。

水，在井邊流淌，醒華頂著太陽坐在井邊，雙手用力的在洗衣板上搓揉，太陽燠熱，她汗流滿臉，舉袖抹汗，看到陸幫辦走進院裏。

「大小姐—」陸幫辦喊她。

醒華甩手站起，見陸幫辦並沒說話，擦擦手推開木屋的門說：

「請進來說吧。」

陸幫辦跟隨她走進木屋，醒華讓坐並倒水給他，陸幫辦簡截明瞭的告訴她：

「有兩件事跟妳說，第一件是你表姊，她走了。」

「走了？到那去了？」

「我不知道，她給妳留了些錢，還有張字條。」陸幫辦從衣袋掏出一個封袋給醒華，醒華疑遲的接過來打開，封袋裏除一卷鈔票外，字條寫著：

「煩交醒華表妹—」她念著詫異的抬起頭：「就這樣！就這幾個字？」

陸幫辦點頭，醒華著急的說：

「我不明白。」

「她托人把這個送給我，什麼也沒說，我到她住的公寓找她，才知道她已經退租走了，第二件—」

「等一下，」醒華攔住他的話，並把紙條鈔票再裝進封袋遞給他，「這個我不要。」

陸幫辦錯愕，醒華平靜的問說：

「你說第二件！」

陸幫辦愣愣著，答復說：

「第二件是關於令尊的債務。」醒華凝神傾聽，陸幫辦接著說：「當初吳延昌設下圈套，以重利引誘令尊把橡膠銷售日本曾簽有合約，合約的重點有三項，一、數量逐月增加。二、把貨款七成折算黃金，存在日本勸業銀行。三、是第一項的延伸，也是最嚴重的一項，違約，要罰兩倍貨款的違約罰金—」

「請您解釋清楚一點。」醒華凝重的插嘴：

「合約規定，出貨量逐月增加，也就是說這個月五千噸，下個月六千噸，再下個月七千噸，就這樣遞增下去。」

「有沒有極限？」

「有，出貨到壹萬噸為止。」

「橡園的產量，能達到嗎？」

「按正常的生產，能達到，假如不是吳延昌心懷叵測，圖謀計算，這個合約訂得並不離譜，而且單價高，比銷往英國或其他地區都好，問題是這是個陷阱，是日本軍閥有計劃謀奪你們橡園的一個圈套。」

醒華冷靜的傾聽，陸幫辦喝水潤喉：

「日俄戰爭獲勝以後，日本軍閥擴張野心變大，他們佔領朝鮮，佔領中國東北，因為軍隊多，軍備所需自然就增加，日本本土是些海島，沒有資源供應龐大軍需，就以軍力做後盾，向周邊資源豐富的國家或地區，進行巧取豪奪，他們要馬來亞的錫，就向廖家下手，結果妳是知道的，要馬來亞的橡膠，就找上你們周家了。」

醒華低下頭，臉色沈重，陸幫辦眉頭緊縐，憂色籠罩的接著說：「吳延昌只是日本軍閥的一個爪牙，他們圖謀你們橡膠分三個步驟，第一步試銷，取得妳父親的信任，第二步簽訂限量包銷合約，第三步控制生產人手──」

醒華不解的抬起頭，陸幫辦說：

「這是最毒辣的一招，吳延昌以超額生產爲名，換掉橡園裏所有的舊人，安插上他指派的人手，等事機成熟就施出殺手鐧停工、他一停工、貨出不去、你父親背負不了雙倍的違約罰款，就得破產！」

「我爸可以把橡園那些舊人找回來做呀！」

「很難，橡園已經被他們惡勢力盤據，再說、那些舊人被無故趕走，都認爲是妳父親寡情薄義，驟斷生路，心裏難免懷恨，誰肯回頭提水救火？」

「我爸爸破產，日本人能得到什麼？」

「得到產權。」陸幫辦聲音沈凝如鉛：「日本人第一步，凍結銀行存款抵償罰款，換句話簡單說，就是以前所出的貨，只付三成貨款就一筆勾銷，第二步，向新加坡總督提出控告，聲請查封橡園追討不足罰款，第三步逼妳父親走頭無路私下和解，用最低代價吞噬你們橡園的產權。」

醒華倒吸冷氣，說不出話，她愣著向陸幫辦凝望，像要在陸幫辦臉上找出解開困窘的辦法，但陸幫辦的神情讓她失望，他臉色灰暗的說：

「存在日本銀行的錢，絕對不可能拿回來，眼前只有亡羊補牢，用釜底抽薪的辦法——」

醒華冲口急問：

「什麼辦法？」

陸幫辦憂心的籌思瞬間，說：

「日本領事館已經向政府提出控告，請求查封律巴橡園，追討違約罰款，釜底抽薪的辦法是你們也委請律師提出反控，控告日本商社夥同吳延昌詐欺，並提供擔保，申請暫緩執行查封，先把橡園查封的局勢穩住，慢慢打官司。繼續經營橡園，賺錢彌補虧空，問題是——」

醒華蒼白的臉孔再變，她驚慄的向陸幫辦凝目望著，陸幫辦繼續說：

「提供擔保，你也知道，令尊脾氣倔強，個性剛愎，在新加坡商場人緣不好，在這種情況下，要提供擔保就成問題了。」

「您認爲該怎麼辦？」醒華冷凝的說：

「我想由妳出面向中華商會請求。趁令尊不在新加坡，妳以晚輩身份向商會理監事請求協助，成，橡園可渡過難關，不成，表現你個人孝心，妳父親的顏面也不會有損傷——」

醒華決然站起：

「好，我去！」她說著向陸幫辦鞠躬：「謝謝您，陸叔叔。」

醒華在梅遜法律事務所裏埋頭翻閱文件，事務所裏響著打字機鍵盤的敲擊聲，梅遜律師低聲和醒華交談解說；醒華專注的閱讀，聆聽並詢問疑點。律師面露難色的頻頻搖頭，醒華辯解並露出懇求，梅遜律師勉強點頭。

她離開律師事務所趕到商會，額際儘是汗濕，眼中滿含忐忑焦灼。問明會長室的所在，登樓穿廊找到地方，突起的腹部讓她不自覺的顯出腳步蹣跚。

她站在會長室門外深深呼吸，強抑忐忑緊張，待情緒略微平復，才推門走進。房內大桌背後坐著趙會長，醒華擠出笑臉向他鞠躬：

「趙伯伯。」

「妳是⋯」趙會長疑惑的帶起英式單邊眼鏡問。

「我是醒華，周溥齋的女兒。」

「啊！」趙會長驚喊一聲，單邊眼鏡掉下：「我想起來了，那個小ㄚ頭—」趙會長訝異的向她打量：「妳結婚了？溥齋兄怎麼沒請喜酒？」

「我在教堂結婚，我丈夫姓鄭。」

「噢！是是，我隱約聽說，好像是個臺灣來的年經人。」

趙會長說著站起，走到桌前指著沙發讓坐。

「坐吧，坐坐—」他提高聲音喊：「來，倒茶。」

醒華謙恭的在沙發坐下，側門進來工役倒茶，趙會長再帶起眼鏡打量她。

「溥齋兄好嗎？」

「我爸爸不在新加坡。」

「噢，是是，我聽說了。」趙會長臉露慨歎：「溥齋兄的處境眞是令人同情啊，可惜我們這些老朋友都幫不上忙，唉，這就叫愛莫能助。」

醒華張張嘴沒說出話，趙會長摸摸花白鬍子，嘴角露出飄忽的淡笑，醒華窘迫猶豫，決定鼓足勇氣開口，正要說話，卻見趙會長端起茶杯故意弄出輕響乾咳：

「耽會我還有個會要開…」

醒華急忙煞住話聲，趙會長虛勢攔阻：

「妳坐，坐妳的，這裏清靜，儘管坐著。」

醒華站起強笑。

「不坐了，專程來探望趙伯伯。」

趙會長欣然站起送客：

「不敢當，我最喜歡跟年輕人結交了，年輕人有朝氣嘛，朝氣蓬勃，哈哈…」

笑聲裏醒華轉身走出門外，走過走廊，走下樓梯，在樓梯轉角處，她再也忍捺不住心中的憤怒停住腳，眼淚奪眶流出。

背後響起腳步聲，有工役捧著宗卷下樓，醒華急忙擦乾眼淚攔住他：

「請問耽會理監事會在那裏開？」

「今天不開會，明天下午兩點才開。」

「謝謝。」

她昂然走下樓梯，悲憤的臉上露出堅毅。走過繁華街道，她心緒紛亂；悲哀、愴痛、憤懣、孤獨、紛擾紊亂的翻湧在心頭，她走著，頭垂得很低、車輛行人掠過身旁都視若無睹，驀地驚覺時已不自覺的走進紅燈碼頭。

碼頭的熙攘囂鬧使她遽然清醒，她站定四望，眼前正是南捷搬運貨物的倉庫。她癡然站立，愣著向倉庫呆望，倉庫門前有幾個工人，正汗流夾背的搬運貨物，恍惚間她看到南捷，不覺一股興奮狂喜湧起，定睛凝視，才知道是幻影，興奮狂喜的神情僵在臉上，回到痛苦的現實。

但眼前的景象仍給她安慰，使她眼光不忍遽離，她愣著凝望，緩步走到貨倉前臺階，在階上坐下。伸手撫摸階梯，臉上浮起溫馨寧貼。海浪撲擊，人群囂雜，絲毫都沒有灌進她的耳裏。

攙扶著鄭醫生，和護士月桂走進碼頭的鄭可銘看到醒華，他揚聲喊：

「呃！醒華──」

醒華呆坐，沒聽到他的叫喊，鄭醫生向可銘說：

「她沒聽見，你過去叫她。」

可銘走過去站到醒華面前，醒華驚醒，陌生的望他：

「鄭大哥。」

「我爸在那邊。」可銘回頭遙指，醒華看到鄭醫生，清醒了：「啊，你們今天走，我忘了。」

她起身迎住鄭醫生，緊抓住他的手一陣鼻酸心苦，眼眶湧聚淚光，鄭醫生顫抖著輕拍她，嘴唇蠕動想說話，月桂在旁勸他：

「有話慢慢說，別激動，你剛吃過藥……」

鄭醫生點頭，眼眶含淚說：

「孩子，要照顧自己呀！」

「我知道，鄭伯伯您要保重啊！」

碼頭邊的輪船拉響汽笛，在船橋扶梯邊驗票的船員吹響哨子，撤掉引路欄杆，月桂著急地說：「上船罷，船要開了。」

可銘，月桂扶持著鄭醫生走向船橋扶梯，鄭醫生的手握著醒華緊緊不放，醒華追隨到船梯口，鄭醫生才不捨的鬆手，醒華急忙抹去眼淚，裝出笑臉說：

「鄭伯伯，一路順風！」

「醒華，要堅強，堅強啊……」

醒華淚眼模糊的目送鄭醫生登梯上船，「堅強啊，堅強……」的囑咐，雷鳴似的在她耳邊重復的響。

翌日清晨，醒華在井邊洗衣，她的手緊抓著衣物機械的在搓揉，一些思緒在腦中翻騰紛擾，她時而振奮鼓舞的凝思，又時而愁容糾結的愣著。水花潑灑，她雙手搓揉不停，額際的汗珠，一顆顆的流下眉際、鼻梁、滴落…

下午兩點正，醒華再走進商會大樓。她徑自走到會長室旁的會議室門外，聽得裏邊有嗡嗡人聲傳出、嗡嗡人聲中突出一個熟息的聲音在說話，醒華傾耳聽，不覺陡地眉毛緊縐。

她推門衝進，馬理事正口沫飛濺的在報告：

「在座諸位都認識周溥齋，也知道他爲人剛愎，固執驕傲，當初，他把橡膠銷日，我們都勸阻過他，也對他提出過警告，他那裏把商會放進眼裏，認爲他橡膠大王可以爲所欲爲了，現在，他資敵賣國嘗到惡果，倒要讓商會來幫他處理善後，我堅決反對，商會是愛國團體，我們不能制裁漢奸，已經愧對僑社，那裏還能用商會資產對他提供擔保？」馬理事陡地看到因憤怒而滿臉脹紅的醒華，錯愕地停住口，圍桌環坐的理事等，也因醒華突然出現而肅靜了，馬理事斥責醒華：

「妳闖進來幹什麼？」

醒華激怒得淚溢滿眶，憤然說：

「我剛聽了馬叔叔的演講，心裏很憤慨，所以闖進來想當著各位叔叔伯伯的面，有幾句話請教。」

馬理事態度兇橫的拍桌：

「這裏是開理監事會，你沒資格說話。」

「這裏既是開理監事會，我父親周溥齋也是理事，現在家父不在，我代他說幾句總有資格！」她說著轉向趙會長：「趙伯伯，我可以代表我父親說話嗎？」

趙會長眼光向在座眾人掃望，圓滑的打個哈哈說：

「既然大家都不反對，你就說吧，不過，簡單扼要，哈哈⋯⋯」

「謝謝趙伯伯。」醒華環望眾人，鞠躬說：「各位叔叔伯伯，我叫周醒華——」

馬理事惱怒斥責：

「有話快說，少嚕蘇！」

醒華含淚望他，回過身說：

「剛才馬叔叔說我父親為人剛愎，固執驕傲，剛愎，是的，他個性如此、固執，也不錯，至於驕傲就不見得了，請問馬叔叔，你剛到新加坡的時候情況怎麼樣？」她憤聲怒目的指責：「你下船兩手空空投奔我父親，是我父親借給你資本，租給你房子，扶植你創業經營華洋百貨，假如他驕傲，他怎麼會看得起你，把你當兄弟照顧？」

馬理事面紅耳赤，滿臉窘怒，理監事等面面相覷、俱感錯愕，醒華衝前厲聲叫：

「是去年，你想擴充百貨公司，要求我父親借款，我父親因爲橡膠經營困難，資金短缺，沒錢借給你，你就銜恨翻臉了，說他是漢汗，通敵賣國—」

「你，你胡說…」馬理事激怒得敲桌。

「我那一點胡說？今年初，你到我家來，關於橡膠銷售日本的事，我父親還問過你的意見，我親耳聽到你說『好』，『是機會』，『這是大生意』，難道你忘了？」

馬理事氣急，羞窘無地，含憤拂袖離座，衝出會場，邊走邊叫：

「胡說、胡說，簡直胡說八道…」

馬理事積怒難泄，「砰」地摔上門，理監事們彼此搖頭，嗡嗡議論的談說，醒華走到會議桌旁，聲音哽咽的懇求說：「各位叔叔伯伯，我父親從來沒有過當漢奸的意圖，也根本不是故意資敵賣國，各位都認識我父親，也都瞭解他的做人，橡園的規模太龐大了，這幾年橡膠生意不好，我父親逼得沒法維持，剛巧來了那個日本特務吳延昌，我父親在走頭無路的情況下，才被利益引誘中了圈套…」

理監事的嗡嗡議論逐漸沈寂，傾聽醒華講話，醒華受到鼓舞，口齒更便捷清晰了：

「各位叔叔伯伯，我們都是唐山來的中國人，在海外創業艱難，我父親犯了錯，他應該得到懲罰，可是，各位不能眼看著他倒下去，他倒下去只便宜日本人，難道各位願意因爲個人對我父親的不滿，而讓日本人得到利益嗎？」

「你父親跨了，日本人能得到什麼利益？」趙會長插嘴詢問。

「橡膠是軍需物資，我父親跨了，周家的橡膠園將全部被日本陸軍部霸佔去。」

理監事等再響起嗡嗡議論，醒華深深吸口氣，鎮定激動的情緒，抹乾淚水，說出顫抖的聲音：

「我是個不懂事的女孩子，在各位叔叔伯伯面前是晚輩，我只懇求各位看在鄉親同胞份上，幫我父親渡過這次難關，我們全家都會感激⋯⋯」

醒華說完鞠躬，走出會議室，理監事等嗡嗡議論截然靜止，目送她離去的身影，醒華出門後跑著奔過走廊，奔下樓梯，在樓梯轉角處她脫力的靠在牆上，虛脫得要倒下去。

陸幫辦桌上電話驟響，他抓起接聽：

「喂⋯⋯」驀地驚喜的挺直身：「啊？通過了？噢，好，我馬上通知她？」

陸幫辦掛上電話從心底讚歎：

「這個小姑娘，居然把一幫老奸巨滑都說服了！」

南捷在閣樓門外敲門，門裏傳出蕭白虛弱的聲音：

「誰？」

「我，鄭南捷──」

門裏沈默片刻把門打開，南捷跨步走進，陡地刀光一閃，一把刀抵住脖子，南捷嚇得彈跳後退撞到門上，躲在門後的蕭白虛脫得搖搖欲倒，刀尖劃破南捷的油皮，他驚怒的伸手觸摸，摸到一手鮮血！

「妳，妳瘋了！」南捷怒叫。

蕭白萎頓的靠著牆壁蹲下，臉色煞白：

「對不起，我被抓怕了，怕警察冒充你…」

南捷滿臉驚悸的用手帕摀住傷口，把門關上，彎腰攙扶她躺到床上，蕭白愧疚的眼含淚水說：

「我沒想到你會來…」

「想起你，我不放心，來看看妳的傷勢。」

兩人相對沈默，南捷關懷的詢問她。

「吃過東西沒有，換藥了嗎？」

蕭白搖頭，溢眶眼淚流進發際，南捷望她，掃望房中，見閣樓裏鍋碗食具皆沒動，也不見有換下的血污穢物丟棄，他驚愕難信的問她：

「這幾天你都沒吃飯換藥？」

蕭白點頭，眼角淚水傾流滴到枕上，南捷愣著望她，沈默著說不出話，片刻他跳起轉身，奔出閣樓。

他奔到街上，衝進一間西藥店，指手劃腳的向老闆說明，老闆檢拾藥物綳帶給他，南捷要掏錢付帳，卻當場愣住，老闆輕視的咒罵著把藥物綳帶擲回貨架，南捷難堪的走出。

他在藥店門外不甘心的遍摸全身衣袋，沒找出錢，卻把醒華的金錶掏出，他愣著看金錶、焦慮、猶豫、翻騰掙扎，最後咬牙決定，走進街角一家當鋪。

南捷回到閣樓，叫開門，把食品藥物放在桌上，抹掉額際熱汗，催促蕭白：

「先吃東西吧，吃飽了換藥──」

蕭白撐身坐起，頭低著：

「我先換藥、傷口發炎了。」

「也好，要不我幫你。」

蕭白沒動、愣坐著，南捷不耐的催她。蕭白仍不動，半響才解扣褪衣露出傷口，南捷動手想幫她清洗敷藥，驀地發覺傷口在胸前他急忙縮手。

「咳！」他乾咳著後退：「還是你自己換吧，我有事先走了。」

回到攝影棚，還沒進門，突聽汽車喇叭鳴響，他轉頭循聲看見劉國興駕著汽車停在巷口。南捷走過去，彎腰看看車內，劉國興詫疑問說：

「幹嘛？」

「看看朱玲在不在。」

「你是希望她在，還是希望她不在？」

南捷難以招架，開門上車：

「去哪兒？」

「喝酒去。」

南捷想推拒，車已開動，轉眼間彙進街道車流，他把推拒的話吞進肚內。汽車在彙中飯店門前停下，劉國興把車鑰匙交給門童，和南捷下車，他們走進飯店，南捷的眉尖綰起來，劉國興逗他：

「幹嘛，綰眉苦臉的。」

「喝酒一定要到這裏來？」

「這裏熟，我有長期房間，清靜隱蔽。」

南捷腦中閃過蕭白，問劉國興：

「這裏房間平時沒人住？」

走到電梯門前，劉國興按鈕：

「有時候跟朋友來喝酒、喝醉了就住、幹嘛？你想搬來？」

南捷搖頭，想說話，電梯已降下，他們鬨鬧走進，按鈕竄升，數位燈閃換上樓，南捷驚奇的望著：

「幾樓？」

「頂樓。」

電梯到頂樓停住，僕役阿根迎在門口向國興招呼：

「劉少爺。」

南捷向國興擠臉：「少爺？」

國興擠眼低聲：

「聽著是舒服還是難過？」說著轉向阿根：「有沒有我的電話？」

「朱小姐來過電話，另外還有個姓高的，說從山東來，是您朋友…」

國興塞張鈔票到阿根手裏，阿根替他們打開房門，躬身退走了。南捷跟隨國興走進房內，在沙發坐下，劉國興脫下外衣、鎖上門，放鬆的開瓶倒酒：

「我剛在攝影棚外邊足足等了半個小時。」

「你們這些公子哥兒，沒事就喝酒跳舞，我哪兒陪得起。」

劉國興遞酒給他，臉上堆滿笑容：

「幹嘛呀，跟吃了火藥似的，我找你是想跟你談一件事。」

「什麼事？。」

「看樣子你心裏煩，先告訴我，你煩啥事兒。」

南捷縐眉斟酌，放下酒杯：

「在舞廳殺花田鶴的那個女孩，你還記得？」

「記得。」劉國興點頭，露出凝色，南捷說：

「她挨了花田鶴一槍，傷得很重，捕房在抓她、躲躲藏藏沒地方去，我讓她在日租界我那間小閣樓裏養傷，沒辦法換藥，又沒吃的。」

國興一邊聽著一邊撫摸酒杯籌思，南捷苦笑著搖頭，顯露自責。

「我泥菩薩過江，自身難保，實在沒有能力照顧。」

「交給我。」國興簡截的說：

南捷一愣，疑惑的望他，國興再展露輕鬆微笑：

「交給我好了。」

南捷跳起，猛拍一下劉國興的肩膀叫：

「好，有你照顧我就放心了，說吧，你找我啥事，出力沒問題，出錢免談了。」

劉國興笑著眼光銳利的盯望他衝口問說：

「『藍衣社』，你聽說過沒有？」

南捷茫然搖頭。劉國興想解釋，突又改變主意岔開話題：

「不知道就算了，來、喝酒。」

南捷端起酒杯啜飲，辛辣刺激得他喉嚨嗆咳，等慢慢適應順口。就開始大口喝。時間在酒杯晃動中流逝，南捷也開始放浪形骸，癱臥在沙發中了。他滿臉通紅，眼光朦朧的搖頭晃腦，劉國興躺靠在床頭，手裏玻璃杯中的洋酒微微搖晃著，正凝思出神，兩隻空酒瓶橫倒在地毯上。南捷眼光朦朧，聲音也朦朧含糊：

「我就是這樣結婚的…你眞心愛過一個女人嗎？」

劉國興晃著酒杯，無意識的搖頭，南捷一隻手軟軟的垂在沙發外，蕩著像一隻飛舞的翅膀說：

「愛一個女人其實很苦。」

國興轉過眼光望他，見他朦朧的眼中有迷蒙的淚霧，南捷繼續說：「愛她，你會時時刻刻都想著她，念著她、擔心她、記掛她、你會變得怯懦膽小，沒有雄心跟鬥志，你心裏想著念著的就是跟她長相廝守…」

國興舒口氣，舉杯喝乾杯中酒，他下床到櫥櫃再拿酒瓶，電話鈴響了，他放下酒杯接電話，南捷仍沈溺在濃稠的感懷中繼續喝著。話筒中傳來櫃檯的通報，說有個姓高的朋友到訪，國興掛上電話凝思瞬間，向南捷說：

「我到隔壁接待朋友，你慢慢喝。」

南捷點頭揮手，國興出房到電梯口等候，高士恩是個精練冷硬的山東漢子，國興見到他，兩人把臂相握，不及寒暄，國興把他帶到隔壁客房，剛要說話敲門聲起，國興翟然，高士恩眼中厲光迸射。

「誰？」國興喝問。

「阿根。」

「進來！」

阿根進房關上門，走到國興面前，茶謹的遞給他手中紙包，國興打開紙包看，是南捷典當的金錶、他點點頭問：「外套洗好了？」

「洗好了，在櫃檯。」

「好，把錶裝進外套裏袋，掛回去，他耽會喝醉，會睡，睡醒給他送吃的，耽會我有事跟朋友先走。」

國興把紙包遞還阿根，阿根退出。

南捷一覺睡到半夜，他睜開眼，窗外已是萬家燈火，他撫著疼痛的額頭坐直身，望著窗外燈火發愣，一陣痛苦的痙攣掠過臉上，喃然說：

「我到上海才幾天，就靡爛了…」

他站起，抓過外套穿上，突地摸到裏袋的東西，掏出看，見是紙包著他典當的金錶，他愣著向金錶凝望，眼眶蘊聚熱淚，顆顆滴落。

門外響起敲門聲，他抹淚裝起金錶應著：

「劉國興不在。」

門外再敲，南捷穿鞋應著：

「等一下。」

他走去開門，開門的霎那，杜根富，阿炳撞門衝進，南捷驟不及防被阿炳抓著領口推抵到牆上，一把白鐵利斧逼住他的咽喉。杜根富沖進房內抖被翻床開櫥拉櫃的搜索，南捷驚叫：

「你們幹什麼？」

杜根富搜索無所獲，回頭獰聲說：

「你的箱子呢？」

「箱子？我沒帶箱子。」南捷滿臉錯愕。

「姓高的，你也是山東道上響當當的人，怎麼，事到臨頭就想龜縮了？」

「你們說什麼我聽不懂！」

杜根富一拳搗在南捷肋骨上，南捷痛哼半聲彎下腰，杜根富抓住他的頭髮把他扯起，兇狠的叫：

「我沒時間跟你蘑菇，東西呢？」

「我不知道你講什麼⋯」

杜根富膝頭猛撞，撞擊南捷小腹，南捷慘哼嗆出口液，杜根富話聲從齒縫迸出：

「東西呢？」

南捷陡地竄起，左肘撞擊阿炳，撥開斧刃，右拳猛擊杜根富喉嚨脫開他們恢復自由。杜根富被他打得喉嚨窒息，踉蹌摔退，阿炳揮斧追砍南捷，南捷低頭躲閃，以頭狠撞阿炳小腹。

阿炳被撞倒，摔在床上，南捷爭得一線空隙，奪門衝出。

他狂奔衝向電梯，電梯樓燈跳動緩慢，他驚亂惶急，轉身飛奔下樓。

電梯降落到樓下大廳開門，杜根富、阿炳搶著奔出，他們眼光兇狠的在大廳搜索，大廳寧靜安祥，稀落的坐著幾個旅客，杜根富欲返身奔上樓梯攔截，劉國興，高士恩出現在大門口。

阿炳認得劉國興，拉住杜根富向他示意，兩人急閃躲到大廳柱後、劉國興、高士恩通過大廳走向電梯，杜根富，阿炳繞過廳柱從他們背後溜向門口。

南捷氣喘吁吁的奔下樓梯，劉國興看到他，吃驚的把他攔住，南捷抓住劉國興想說話，轉眼看到阿炳，杜根富出門的背影，跳著急叫：

「喏，那兩個傢夥——」

劉國興，高士恩轉頭望向大門，只見旋轉門晃動已無人影了。

「誰呀？」國興滿臉疑惑。

「那兩個傢夥闖進你的房間，拿著斧頭逼我，說我姓高、跟我要箱子……」

國興變色的和高士恩對望說：

「他們消息眞快，你剛到上海就被盯上了。」

回到客房，高士恩「嚓」地把一梭子彈推進鎗膛，然後扣上機頭保險，將駁殼鎗插在腰上：

「我決定硬闖。」

「硬闖？」國興堅決搖頭，「不行，太冒險了，我們想法子走別的路。」

「有路嗎？」

「用明修棧道，暗渡陳倉的辦法，請南捷幫忙──」

南捷聞聲錯愕，高士恩眼光銳利的向他瞪視：

「靠得住嗎？」

「我擔保。」

南捷愣著望他們，劉國興，高士恩對望僵持，最後高士恩退縮點頭：

「好，怎麼做，你說。」

國興拉著南捷坐到一旁誠懇的說：

「南捷，我們雖然認識不久，卻是血脈相通，肝膽相照，我信任你，把腦袋交在你手上，這件事我就掀底告訴你，能幫忙，就盡心盡力，不能幫忙，坦率說一聲，我決不會怪你，但要絕對守密不能泄漏，你答應？」
南捷愣著點頭，國興和高士恩交換一下眼色，繼續說：「我剛問你藍衣社，還記得吧。」
南捷再點頭：
「記得。」
「藍衣社，是中央軍統局的秘密行動組織。」國興神情冷肅，語句簡截的說：「它的工作目標是四個字：『鋤奸殺敵』、『鋤奸』，是剷除危害國家團結抗日的一切內奸。『殺敵』當然就是直接狙殺敵人，不過，鋤奸優先，這就是蔣委員長說的：『攘外必先安內』。
劉國興說著再指高士恩：
「高二哥，他就是藍衣社山東方面的人，他抓到了山東省主席韓複渠通敵叛國的證據，要儘快解交中央，怕路上遭到阻撓攔截，不敢搭津浦線火車直去南京，繞道海路，從青島搭船到上海，沒想到行蹤還是泄露遭到日本駐軍特務機構的攔截，拿斧頭逼你交東西的人，就是日租界的暗殺組織十二斧頭黨！」
「那我—」南捷倒吸一口冷氣。
「現在請你幫忙的是，他們既然找錯目標，誤認你是高二哥，你就冒充高二哥…」
南捷變色，露出恐懼驚慄，結結巴巴的說：
「讓我冒充高二哥變成目標…你再把他送走…」

「對，你肯幫忙嗎？」

劉國興，高士恩眼光都凝注著南捷，南捷呑口唾沫期期艾艾的說不出話來了，劉國興眼光冷靜凌厲，高士恩眼光緊張忐忑，南捷被他們瞪得侷促難耐，國興再盯著說：

「你想清楚再決定，這是性命交關的事，不敢做，就直接說。」

南捷躲避似的走到窗前，凝望窗外，窗外高樓聳立、街道縱橫，一望無際儘是閃爍燈火。沈默，空氣凝結著。過了一會，南捷緩慢轉過身，歉疚的說：

「抱歉，我心裏有牽掛，不敢做。」

國興舒口氣，高士恩鼻中冷哼，國興難掩失望的強笑：「沒關係，保守機密就好了。」氣氛窘迫，沈默得凝僵，南捷瘖聲說：

「國興，我先走一步。」

「回去？」

南捷點頭，向高士恩招呼後開門走出。

他搭電梯下樓，電梯到底，停下開門，他走進大廳、廳內冷清無人，一些燈光已被熄滅，他穿越大廳向外走，心中突地想起和醒華初識時的被戲謔：

「風乾鴨子！」

南捷腳步凝滯的站住，心頭湧起羞愧，耳邊又響起劉國興的話聲：

「我們都是臺灣人，最能體會臺灣人的痛苦，你殺花田鶴絕對不是一時衝動，是你心裏積壓的一股憤恨，一種被踐踏的民族自尊…」

他搖搖頭，心頭的羞愧擴大，舉步繼續走，眼前浮現他和醒華在樟宜海灘觀潮的情景，他問醒華：

「妳這樣爲我犧牲，怕將來會後悔！」

醒華回答得很平靜，卻堅決：

「不會後悔，我爭的是幸福歸宿和婚姻自主，奮鬥一定得品嘗痛苦艱辛。」

南捷縮回推門的手，國興的話聲又響進耳中：

「這是性命交關的事，不敢做，就直接說。」

後面國興快步追來：

「我送你回去。」

「幹嘛？」

「三更半夜不好叫車。」

「算了，那就不回去，幫高二哥提回箱子吧。」南捷的轉變讓國興難以置信，愣者望他，

南捷推著國興走回電梯，邊走邊解嘲：

「唉、誰讓我喝你這頓酒呢，沒辦法，就賠你啦。」

回到客房三人聚首商議，國興說：

「耽會我跟南捷從前門出發，直奔上海北站，二哥你五分鐘後從太平梯下樓，出後門，我在後門安排有車，走偏僻小路送你到昆山搭火車。」

「好。」高士恩爽快答應，國興拍拍南捷肩頭，把高士恩的箱子塞在他手中。

國興和南捷走出飯店，一股冷風撲面，南捷一陣顫慄從背脊迸散到頭頂，他抖索一下縮縮頭，國興以手掩嘴向他低聲說：

「我們的態度是不抵抗，不管遭遇到任何事，拖時間，絆住他們，讓高士恩順利離開上海。」

南捷點頭，臉露憂慮：

「性命危險的時候呢？」

「放心，他們要的東西沒到手，不會殺我們，等拖到天亮，警察會救我們。」

「警察？那乾脆找警察護送──」

國興掩飾的乾咳：

「這事不能招搖，現在沒時間解釋，以後你會曉得。」

國興走到街旁開車，南捷滿臉狐疑的竄進車內。汽車在街道疾馳，街道冷清，只有餛飩擔子的炭石燈在街頭明滅。

沈默，國興扭開車上收音機播放音樂，陡地車前街角竄出幾條人影，揚起畚箕把一些三角鐵釘撒在路上，國興緊急煞車，鐵釘仍刺破輪胎，汽車在刺耳煞車聲中夾雜著「啵」「啵」破胎聲響、顛簸、打横、傾斜、險險在街邊停住。

車剛停，幾個人用斧頭砸破車窗竄進車內、國興、南捷僵坐不動，杜根富走到車旁獰聲喝叫：「下車！」

國興、南捷被押出車外，杜根富搶過南捷的皮箱揮手：「押走，快！」

他們換上另部汽車，被蒙著眼睛押到一間空屋、屋內空曠、只一根繩子、一條長凳、一把水壺和一堆磚塊。

國興、南捷被扯下蒙眼布、驚悸的掃望屋內，見屋中除杜根富、阿炳和幾個兇狠的年輕人外，窗下矮凳上懶散的坐著個面貌白晰清瘦的人，拿根枯枝在地下劃圈圈。他身旁放著南捷剛被搶走的皮箱，劉國興看到他，故意顯出輕蔑態度：

「喝，老虎凳，捆仙索，辣椒水都準備齊了，而且綽號病石秀的喻榮慶還親自出馬，眞太抬舉了。」

喻榮慶抬起頭，衝劉國興笑笑說：

「劉國興，你做你的太少爺，我做我三刀六個眼的買賣，本來河水不犯井水，既然我接下這筆燙手生意，得罪你只有請你擔待。」

「沒關係，生意場上輸贏第一。」國興嘴角哂笑，眼光斜睨，喻榮慶臉色平和，敲敲地上：

「我有一點很奇怪…」

「說來聽聽。」

「你劉國興是廈門幫響當當的火爆浪子，後邊又有官家衙門勢力撐腰，幾個小兄弟恁麼容易就把你請來，而且你還乖乖聽從擺佈——」

「人要識時務，腦袋總硬不過斧頭。」

喻榮慶丟下枯枝搖手：

「不對，你不是任心麼容易服輸的人，既然舉動反常，我猜——」

他兩眼瞇笑著望劉國興，國興也滿臉笑意和他對視，喻榮慶指南捷：

「這位不是高先生，東西也不在這只箱子裏。」他一腳把箱子踢開，問南捷：

「你貴姓？」

「我，我姓鄭。」南捷訥訥回答，嘴唇泛白。

喻榮慶陡地斂去笑容，滿臉殺機的叫阿炳：

「你過來！」

阿炳聽到喊他，臉色驟然慘白，他不敢怠慢，快速跑到喻榮慶面前，喻榮慶站起來，指南捷說：

「他是姓高的嗎？」

「他在劉國興房裏，當時——」

「你有沒問過他，聽過他的口音？」

「有…」

「他是說山東話？」

「是…是杜根富問他…以爲他是故意假裝——」

話沒說完喻榮慶手臂「唰」地揮過，一柄利斧砍在阿炳胸上，阿炳驚怖張口欲叫，喻榮慶握拳猛擊斧背，斧刃「哧」地嵌進胸腔，鮮血噴湧。

阿炳被拳力沖得倒退摔倒，抖動顫跳，氣絕死去，南捷驚得瞠目結舌。

喻榮慶踢翻長凳水壺，向杜根富等厲聲說：

「像你們這種貨色，讓別人當猴子要，還配在上海接買賣？」

杜根富等噤若寒蟬，喻榮慶轉向劉國興冷笑：

「姓高的帶著東西，平安離開上海了吧？」

國興看看表淡然回答。

「差不多啦。」

喻榮慶怒極嘿嘿笑出：

「嘿嘿，佩服、佩服，我喻榮慶栽在你劉國興手裏，只怪道行不夠，沒話說。」他轉身指南捷，「這一位要了咱們兄弟，我不服氣，要掂掂他的斤兩，劉國興不會護著當奶媽吧？」

國興變色，跨步攔在南捷面前，南捷卻激動的說：

「我不是故意要他們，是他們認錯人——」

「你跪下說，我才相信。」喻榮慶說得冷森輕蔑。

南捷陡地激怒，挺身向前：

「你要怎麼樣？」

國興見南捷態度，驚心駭然的想伸手抓他，喻榮慶突地雙手扯衣，胸前鈕扣崩開，露出腰間一排四把利斧：

「姓喻的玩斧頭，你接住這四把斧頭，姓喻的不但恭送你們出門，從此以後十二斧頭黨接買賣，避開你們廈門幫堂口！」

南捷抗聲：

「我不是廈門幫。」

劉國興衝身向前說：

「我來接——」

南捷伸手攔住他，把他推開：

「他找我，我不怕他—」

南捷仰首挺胸，一掃懼怯畏縮，顯出威猛豪雄的氣概，喻榮慶看他神情轉變愣愣瞬間，驀地湧起被戲要的憤恨，一柄利斧撤在手中。

南捷拉開馬步和他相對，情勢緊繃一觸即發，眾人盡皆屏息凝神瞪望他們，突地寂靜凝結的空氣中響起幾聲槍枝板開機頭的脆響，眾人詫愕驚望，見幾枝烏黑的槍口由破窗縫隙伸進屋中。

眾人驚駭慌亂，喻榮慶乘眾人震駭疏神，暴身竄起撲砍南捷。南捷震驚呆滯，忘記躲避，利斧瞬間砍臨頭頂，適時槍響，喻榮慶中槍踉蹌，國興急拉南捷躲開。

杜根富等見喻榮慶中槍摔倒，欲奔前攙扶，窗口亂槍迸射，嚇得他們抱頭奪門出屋，國興急推南捷往牆邊死角躲避，卻聽窗外有聲音急叫：「國興，快走！」

國興猛拉南捷竄出屋外，南捷滿臉驚駭的和國興疾奔衝進暗巷中。

新加坡的天空清朗如洗，朝陽初出，醒華在井邊洗衣，朝陽照在積水處，閃灼出金黃璀燦的顏色。郵差跳下腳踏車在院外喊：

「周醒華，信。」

醒華聽得「信」字顫慄一下，停住手問：

「那裏來的？」

「香港—」

「宛芬？」醒華有些失望，但仍滿懷興奮欣喜：「好，來了。」

她甩著濕手奔過去接信，再問郵差：

「沒有上海的？」

郵差搖頭離開，醒華抹乾雙手把信拆開，她一邊看信一邊走進木屋，不知不覺念出聲音：

「醒華：昨天才安頓好，今日就寫信給妳，我們到香港一直住旅館，昨天才搬進半山的住宅區，住宅的露臺面對海峽，站在露臺上看海，心緒也像海浪一樣，翻騰洶湧無法自己。」

醒華坐到桌旁，凝目咀嚼信中情感，再繼續念下去：

「我們離開以後，新加坡發生的事，消息都陸續傳到香港，讓我最傷心震驚的是小麗的死，她是因我而死的，我的傷痛豈只痛哭流淚而已…」

醒華眼眶溢淚，她舉手抹去，翻到下頁，在模糊的淚眼中，彷彿看到宛芬臨風遠眺海灣，孤獨落寞的影子，漸漸影子隱去，信箋再顯出字跡：

「我父親對新加坡發生的事驚悸於心，堅持送我去倫敦讀書，我不願意，我想去上海，但很難有說服的理由，我只覺得在新加坡，在香港都腳步飄浮，只有到祖國大陸，才能腳踏實地…」

信箋最後醒華看到表姐黃夢玫的名字，宛芬寫著：

「我在香港街頭看到妳表姐黃夢玫，對面相遇她竟視若無睹，但我確定是她，她身邊有個男的……」

醒華凝目思索，臉露悲酸惆悵，門外微風灌進，桌上的信箋被吹鼓飛。

上海，燥熱的六月。

南捷拘謹的在鄭超凡家吃飯，鄭超凡揮舞著蕉扇，高興的笑著：

「到上海這幾個月，認眞拍戲、你表現得很好，麻煩，你也惹了很多，做個演員，你很有天賦，我想好好培植你，頭痛的是，你不專心，外務太多。」他以筷點菜、鼓勵南捷吃喝：「別愣著，喝酒吃菜，別等菜涼了。」

南捷忙拿筷夾菜，鄭超凡不解的說：

「你以前很老成隱重，怎麼到上海就變了？」

南捷低下頭咀嚼著，超凡催問：

「你說，我不怪你，到底爲什麼？」

南捷的頭仍低著：

「我很想家，忙的時候不覺得，閑下來很難過……」南捷眉頭緊縐：「擔心醒華懷孕，沒人照顧；遇事會衝動，心裏很焦燥。」

鄭超凡理解的點頭默然，喝乾一杯酒說：

「好吧，等戲殺青，我讓公司把工錢算給你，放你半個月假，讓你回去—」

當晚，南捷神采渙發的在攝影棚拍戲，強光照射著他濃妝的臉，他穿著戲服站在攝影機前和王姞試戲。

王姞扭捏作態，搔首弄姿，鄭超凡向他們解釋劇情，並推近南捷和王姞間的距離：

「你們倆是夫妻，兩地相思，乍然相見，喜極相擁而泣、想想看、你們跟最愛的人、相思苦等了那麼久，現在驟然相見，那種決堤奔湧的感情，笑裏帶淚，悲喜交集…」

南捷眼前閃現醒華挺著肚子，在井邊洗衣的身影，耳中響著鄭超凡喝叫的聲音：

「預備，掌握感情，開始！」

南捷，王姞演戲。南捷把對醒華思念的感情溶進戲中，他神情逼眞，感情流露濃郁，觀者屏息凝神，攝影棚中欷歔無聲，如癡如醉。戲到高潮，南捷撲前和王姞擁抱，王姞不覺發出呻吟的聲音。

觀者鼓掌喝彩，南捷熱淚盈眶，兀自抱得緊緊，王姞用力推開他，掩嘴笑著說出滬語：

「格赤佬，抱個交關緊…」他說著擰南捷手臂撒嬌，南捷痛叫跳開，逗得觀者哄笑不已。

超凡擊掌呼叫肅靜，吩咐開機，正式拍戲。

清早，醒華靠在床上撫著肚子忍痛，肚子裏孩子踢撞得利害，她縐著眉，做出握拳要打的神情，突地門外有人喊：

「電報—」

醒華愣一下，凝耳傾聽。

「周醒華，電報！」

醒華霍地坐起，應聲：

「那裏來的？」

「上海。」

醒華跳下床開門，郵差站在門外，把電報遞給她，並要她簽名，醒華顫抖著手簽收，郵差走了，她拿著電報不敢看，喃然說出梗澀的話聲。

「南捷發生了什麼事—」

她的手抖顫得更加利害，終於咬牙撕開電報紙，低頭一看，驀地發出喜極的叫聲：

「老天爺，他要回來了…」

她興奮了整天，到天黑仍躺在床上癡想，肚子裏的小傢夥也安靜不鬧了，她想著再從枕下翻出電報看：

「船六月廿日到埠。」她自語盤算，今天六月十三還有七天！」

她珍惜的收起電報，再躺下，縐眉思索：

「六月廿幾點呢，只有到碼頭再問，上海開來的船幾點靠岸……」

敲門聲起，門外溫太太說：

「這麼早就睡了？」

「沒睡，溫媽媽等一下，我來開門。」

醒華開門，溫太太眼睛尖銳的看她：

「喲，今天有喜事。」

「嗯！」醒華有點羞窘，「你猜對了。」

「我說呢，眼睛眉毛都在笑，一定是大喜事。」她故意悄聲：「妳先生要回來了？」

醒華咬著嘴唇點頭，臉紅了，溫太太撇嘴笑她：

「什麼時候到？」

「下個禮拜。」醒華說著突地縐眉，臉現痛苦，溫太太眼光隨她移到肚子，問：

「怎麼啦？」

「好像在踢我。」

「哎呀，七八個月了，要特別小心。」溫太太指她肚子露出笑容。醒華眉眼開朗，痛苦神色轉眼就不見了，溫太太趨前抓起她的手，把一卷鈔票塞給她：

「喏，這個月的工錢。」在醒華把鈔票握住時，她卻不放手了：「我實在想不明白，你們周家——」醒華斂去笑容，面露寒意，溫太太趕緊住嘴鬆手退開，再煞有介事的附在她耳邊悄聲說了一句話，醒華聽著羞窘的跺腳。溫太太笑著走了。

夜半，萬籟俱寂，只屋角草叢有小蟲唧唧鳴叫，木屋裏昏黑寂靜，卻不時響起吃吃輕笑聲。屋外微光透進，醒華熟睡在床上，她睡夢中輕笑連連，口中欣喜的喊著：

「南捷，我在這兒⋯」

她在夢境中走進碼頭，擁擠的人群，熱鬧喧囂，醒華抱著剛出生的嬰兒在人群中推擠，眼看南捷從輪船的扶梯上走下來，她歡喜的喊叫：

「南捷，我們在這兒——」

喧囂吵雜把她的喊聲掩蓋，南捷焦急的站在扶梯上搜索人群尋找，醒華再喊並抽出一隻手臂揮舞，南捷驚喜的看到她，粗暴的推開擋路的人，歡欣的向她奔跑。她也推擠著人群迎過去，滿臉歡欣，嘴中不停的發出輕笑。

好長的路，擁擠的人群越擠越多，南捷在人群裏忽隱忽現，他們用盡全力奔衝，距離卻總是拉近不了，南捷滿臉焦惶，跳著含淚望她，醒華的笑容也逐漸凝結。突地人群騷動推擠劇烈，南捷在人潮中消失，醒華驚恐嘶喊：

「南捷、南捷——」

她霍地驚醒坐起，驚怖的神色還在臉上殘留著，她微微喘息著凝想，屋外雞鳴起落，天色透亮了。

上午，醒華洗過衣服在繩上晾曬，陸幫辦滿臉笑容的來找她，告訴她說：

「吳延昌的案子昨天審判，他間接直接殺人，陪審團認為罪證明確，法官判他廿年監禁，不過，這不是終審，日本領事館會委託律師幫他向倫敦上訴──」

醒華習慣性的綯起眉頭，陸幫辦安慰說：

「別擔心，他很難再翻身了。」

醒華點頭，勉強露出笑容，陸幫辦接著說：

「至於你們的橡園，結果圓滿，梅遜律師已經替你們辦妥了擔保，政府農業部門也給你們最大的同情和寬容，暫緩處罰追究，你父親已經回來處理了，想來總有一段時間的艱苦，再說到妳…」陸幫辦嚴肅審慎的警告：「日本人心胸狹窄，最會記恨報復，他們在新加坡的陰謀遭到破壞打擊，絕不會就此罷手，碼頭上妳少去，他們在碼頭還有個浪人組織『協同組。』」

「好！」醒華點頭應著，陸幫辦揮手走了。

醒華愣著望他走遠，憂急恐懼的神色讓她眉頭綯得更緊了：

「南捷就要回來，我那裏能不去碼頭…」

陸幫辦離去以後，醒華焦惶不安，也離開家，信步走上街頭，她頭腦有些混噩空洞，經過繁華街道，對鬧市視若無睹，但看到嬰兒用品商店，腳步不自覺的停住。

她走進一家賣絨線的店鋪，貨架上彩色繽紛，眩目耀眼，醒華觀看、選擇，向店員問價，最後購買一卷淡紫色的絨線、店員嘮叨的向她解說：

「這是天津產的駱駝牌毛線、保證不褪色，品質跟英國毛線一樣好，價錢卻便宜很多。」

醒華拿著毛線走出店外，猶豫停步，掏出錢包數錢，只剩幾枚銅板了。

她回家自己動手劈竹，削尖刮圓，製成兩支勾針，試試運用，倒也順手。她用自製的勾針勾織，手指僵硬，動作艱澀，常常紮痛手指，但不氣餒，堅持繼續勾織。勾著她想起以前的趣事，她和宛芬向小麗學習勾織，宛芬譏笑她手指僵硬，誇說自己手指靈活，結果搶過勾針還沒勾織就把手指戳破。小麗數落她們，宛芬氣得丟掉勾針不學了。

想著，小麗的音容笑貌又浮現眼前，醒華悲傷歎息：

「小麗有雙巧手，她編織得又快又好…」

當夜，司機阿猛被協同組的浪人追殺，死在木屋外的巷道上，醒華聽說，驚慄得混身顫抖，陸幫辦再來勸她離開，她還是拒絕，陸幫辦急了：

「妳怎麼不聽勸？這事不能逞強…」

「我沒逞強，我心裏也害怕，想起來手腳都會抖，可是，這幾天我丈夫隨時會回來，我不能離開我們的家，讓他找不到我。」

陸幫辦無法，只有加派警察在本屋附近巡邏。

在上海彙中飯店餐廳，南捷和劉國興正坐在玻璃窗前喝酒，玻璃窗外陽光耀眼，餐桌旁另一張空椅上放著女用的披肩和皮包。

南捷向劉國興伸出手：

「船票呢？」

「急什麼！早呢。」

「我回去還要收拾行李，明早七點就得上船了。」

「怕什麼？法國郵輪代理行我熟，開船前五分鐘趕到都來得及。」

「我幹嘛？早點趕到不好？」他伸著手指勾抖著催促，劉國興掏出船票拍在他手上說：

「一說到回去，就像屁股著火了。」

南捷翻看船票，瞪著眼睛叫：

「頭等艙？」他搖著手把船票塞回去，「我沒這個命，我全部家當買船票還不夠，拿去換，拜託⋯⋯」

「你緊張什麼，又不要你出錢。」

「廢話，我坐船我不出錢誰出錢？」

「我出錢。」朱玲插嘴說。她拿開披肩皮包在椅上坐下：「怎麼，這點人情，都不給面子？」

南捷把船票放在桌上，推給劉國興：

「抱歉，別的人情好受，這個，我沒這個肚量吃飯，用不著這款大碗公了。」

「你什麼意思？」朱玲嬌嗔。

「小姐，你想想。」南捷耐心解釋：「你送給我頭等艙船票我要有坐頭等艙的條件，不說別的，光艙裏茶房的小費我就付不起了，你讓我坐頭等艙不是讓我痛苦嗎？」

朱玲啞然，但仍辯駁。

「那還不簡單，我——」

「再送我錢付小費？」南捷搖著手把船票塞進劉國興手裏：「國興，拜託，三等艙，拿去換！」

「急什麼？法國郵輪——」

「別別，船票拿在手裏我心裏才踏實。」

劉國興無奈，收起船票：

「眞是有福不會享——」

朱玲伸手把船票搶過去：

「好啦，給我！」

劉國興向南捷擠眼，南捷裝做不見，朱玲拿起皮包披肩站起說：

「你們倆去醫院看蕭白，我回家，明早碼頭見了。」

她揮手飄然離去，窗外的陽光突然變得黯淡了。

踏進醫院，南捷神態有點拘謹，他落後幾步走著，劉國興回頭望他，南捷乾咳找話說：

「她沒問題吧？」

「這是法租界，只要有錢，捕房關係好，幹什麼都沒問題，倒是你，把她窩在日租界那間閣樓，幾天不換藥，又熱又髒，裏外傷口都發炎，再遲一兩天就沒命了。」

他們走到房門外，劉國興搶先進門說：

「蕭白，你看誰來了——」

「鄭大哥。」

蕭白臉色青灰的躺在病床上，看到南捷，湧起一臉赤紅，顫聲叫：

南捷走到病床前，蕭白眼淚奪眶湧出，南捷窘困，手足無措，適時護士捧著消毒藥盤進來，南捷乘機退開，蕭白哽咽著喊：「鄭大哥…」

南捷在門外遙應：

「你安心養傷，我走了。」

他逃跑似的急步衝出醫院，劉國興追上他叫：

「喂，太矯情了吧。」

「你懂什麼。我有老婆⋯⋯」南捷暴燥的向他瞪眼，劉國興被他衝撞得愣住了。

南捷提著大包小包物品回到攝影棚，卻見棚內暗淡的光影裏有煙火明滅，他瞇著眼向煙火察視，問：

「小韓，你一個人在這幹嘛？」

「等你呀—少爺，你眞能磨蹭，我等了五個小時了。」

「等我！幹嘛？」

「新戲提前開鏡，新加坡你暫時不能回去了。」

南捷手中的物品跌落地上，小韓彈掉煙蒂走了。

南捷氣急敗壞的趕到鄭超凡家詢問，鄭超凡卻歡欣的告訴他：

「千載難逢的機會，你跟白虹配戲，馬上開拍一部新片，白虹是有票房的大明星，身價不同，她答應跟你配戲是異數，這機會絕對難得，你要把握。」

「可是，我船票都買好了，電報也打回去—」

「船票退掉，寫封信回去解釋。公司對這部戲投資很大，用最新從美國進口的有聲機器拍攝。」

「有聲機器？」

「對。」鄭超凡滿臉興奮：「這是電影革命，了不得的創舉，以後電影角色都能對話了，觀眾更容易進入故事。」

南捷縐眉沈吟，鄭超凡對他拍肩鼓勵：

「這部戲你的工錢也提高一倍，你很快就能打下基礎，把家眷接到上海來團聚了。」

南捷露出喜色：

「眞能這樣？」

「阿叔敢會騙你噢？」鄭超凡欣悅的用台語說：

10

在新加坡紅燈碼頭，醒華滿臉興奮的走進海關大樓，她向關員詢問：

「請問上海開的法國郵輪什麼時候到港？」

「不知道。」關員搖頭漠然說：

醒華厭惡他的神情，不願再問，轉身張望，見大樓裏人群進出，都匆促冷漠。她走出海關大樓，走到熙攘吵雜的海港碼頭，天陰烏雲籠罩，海岸湧激著波濤。她無意識的在人叢中移動，耳邊的吵雜囂亂讓她湧起興奮，覺得有股熱血在胸臆間沸騰著。

走到裝卸碼頭停住腳，看貨倉門前碼頭工人汗流夾背的在搬運貨物，眼前不自覺又幻出南捷奮力搬運的身影，鼻端也似乎聞到他的汗臭，她貪戀的望著眼前情景不忍走開，移步走到貨倉前石階坐下，耳中聽到輪船進港的汽笛聲。

她陡地驚醒，站起向海港遙望，見港外海上一艘輪船正駛進港灣碼頭，一個港警揮舞著警棍在她面前走過，醒華攔住他、緊張的問：

「請問進港的這艘船，是不是法國郵輪？」

10

港警遙望海上，抬手指點：

「你瞧，船身漆有太陽旗，是日本船，『進海丸。』

港警要走，醒華又攔住他：

「等一下，請問法國郵輪什麼時候進港？」

「很難說，氣象廣播說，昨天中國南海有颱風，風勢大的話，船就可能偏離航道避風，那到港的時間就不准了。」

「噢！」醒華興奮的紅雲褪去，臉色蒼白了。

「不過你別著急。」港警露出笑容：「法國郵輪船大，決不會有危險，這你放心了。」

港警說著搖著警棍離去，醒華再退到貨倉前石階上坐下，難掩焦惶怔忡。時間緩慢的過去，她蒼白的臉上滲出冷汗，興奮熾熱的眼光漸變黯淡，疲憊的眨閃著癡望海天遠處⋯

暮色逐漸蒼茫，海上氤氳起薄霧，眼光已無法望出港外，碼頭邊的電燈也點亮起來。熙攘的人潮不知何時散盡，貨倉也關門上鎖，醒華扶腰站起身，腳步虛軟的離開，影子被路燈映在地上，拖得瘦長扭曲，像承受不住痛苦煎熬而變形的。

回到家，已夜色迷蒙，木屋外水井旁有兩個黑影站著，醒華晃惚的掃望一眼掏出鑰匙開門，一個黑影顫聲喊：

「醒華⋯」

醒華聞聲混身一抖，手中鑰匙脫手墜地。
「姐，媽來了。」是醒漢的話聲。
「醒華！」麥氏的聲音哽咽著。
醒華霍地轉過頭，喉頭乾澀瘖啞：
「媽？」
麥氏伸出雙手，醒華跌撞著撲過去抱住她，裂嘴痛哭失聲，麥氏混身顫抖，嘴裏叨念著說一些聽不清的話，醒漢忍淚轉開頭，走到木屋門前，撿起地上鑰匙開鎖走進屋內，點亮油燈，醒華也摟著母親跟進，滿臉淚水卻綻放著歡欣笑容：
「媽，我好想妳—」醒華把母親抱緊。
麥氏也抹淚露笑，滿臉酸苦悲喜的對著醒華責備：
「妳眞狠心吶，丟下爸媽不理⋯」
麥氏說著又哽咽喉塞，醒華扶她在桌旁坐下，她掃望木屋簡陋殘破，眼淚不覺奪眶湧出：
「妳瞧瞧，這住得是什麼地方？能遮風擋雨嗎？妳太執拗，太嬌縱任性了，從小連塊手帕都不洗，現在過這種日子，給別人洗衣服⋯」
她說著抓過醒華的手，痛苦的摩搓著：
「看看這雙手，都起繭了。」

醒華忍淚強笑著奪手，麥氏驀地發現她隆起的腹部，神情複雜的問說：

「幾個月？」

快八個月了。」醒華扭身閃避著。

麥氏陡地憤怒起來：

「那個該死的東西，就這樣丟下妳抹抹屁股走了？真是沒良心，無情無義—」

「媽—」醒漢插嘴阻止。

「你別插嘴。」麥氏喝斥醒漢，轉身質問醒華：「他人在上海？」

醒華點頭又搖頭，麥氏更加憤怒，握拳敲桌：

「音訊斷了？」她恨得咬牙：「該死，真是該死的東西，妳爸說得不錯，這種浪蕩沒根的就是靠不住…」

「媽！」醒漢煩燥的喊她。

「幹嘛？」麥氏把怒氣發泄在醒漢身上，伸手戳指他：「你姐姐落得這般景況，你還瞞我、幫他說話。」

「媽，姐夫沒丟下姐姐，他到上海做事去了。」醒漢想解釋，卻觸發麥氏更大怒火：

「做事？做什麼事？還是拍電影演戲？演戲能置產養家嗎？再說，上海離新加坡隔得這麼遠，他音訊斷了到哪去找他？戲子無義你沒聽過嗎？」

醒漢氣結，賭氣扭開頭，不願再說，麥氏回頭望醒華，見她憔悴疲累，沈鬱憂傷仍強裝笑臉，心痛如絞的霍然站起抓住她：

「走，跟我回家—」

「媽—」醒華溫柔的掙開她。

「我叫妳跟我回家！」麥氏怒聲叫。

醒華按著她讓她重新坐下，向醒漢遞眼色：

「醒漢，給媽倒杯水—」

「我不喝水，我要帶妳回家！」麥氏固執得眼含痛淚，醒華擁抱著她的肩膀，柔聲堅定的在她耳邊說話：

「媽，我已經出嫁了，好，壞，我都是鄭家的媳婦了。」

「妳這哪算出嫁？」麥氏再哽咽氣噎的說不出話。

「媽，妳女婿對我很好，他沒有丟下我不管，是我逼他去上海開創事業，您放心了，現在一時日子過得苦點，妳當初跟爸爸從廣東老家來新加坡，不也撐過苦日子嗎？」

麥氏啞口無言，醒漢拿杯水放在桌上，醒華輕搖她：

「媽，人是我要的，我甘願嫁給他，這輩子不足，下輩子我還要嫁他。」

麥氏眼淚再奪眶湧出，醒華俯身替她擦拭淚水，麥氏握拳在自己腿上敲打：

「我不甘心，我不能眼看我女兒受這種苦…」

「媽，日子苦甜是自己品嘗的，夫妻和樂苦就是甜了，我只悔恨當初在家時什麼都沒學，什麼都不會，現在自己持家，才知道困難罷了。」

她說著轉身找出編織的絨線：

「你看，我想給孩子編項帽子，編了頂不會收邊，現在都變成椅墊了。」

麥氏被逗得破涕笑出，醒華乘機再摟住她：

「媽，兒孫自有兒孫福，好壞都是自己要的，您不能照顧我一輩子呀？」

麥氏無可奈何，淚眼婆娑，醒華偎著她，輕聲問說：

「媽，爸爸好嗎？」

「唉，他瘦了很多，也老了很多。」麥氏沈痛的抹淚：「他很後悔當初逼妳，嘴裏雖沒說，心裡想的我都知道…」她紅著眼眶望醒華：「妳回去看看他—」

「等妳女婿回來，我再帶他一起回去。」

「他會回來嗎？」

「電報說今天搭船到港。」醒華眉目湧現陰霾：「我等一天沒等到船，也許明天…」

醒漢插嘴：

「明天我去碼頭等他好了。」

翌晨，醒華正把洗好的衣物逐件在繩索上披曬，聽得腳踏車鈴響，郵差推車走進院中。

「周醒華，掛號信。」

醒華錯愕的停住手，郵差再喊：

「周醒華—」

「是我。」醒華急忙應聲。

「拿圖章來，掛號信。」

醒華甩手轉身奔進木屋，片刻拿著圖章和一封信出來，郵差接過圖章蓋著：

「信昨天到，送來沒人收。」

「對不起，讓您多跑。」醒華抱歉的接過掛號信和圖章，把手裏的信封遞給他說：「這封信寄到香港，郵票貼了，麻煩您順便帶走。」

郵差抬眼望她：

「看不出妳和香港，上海都有連絡。」

醒華笑笑，陡地笑容凝住，脫口說：

「上海？」

郵差騎車離去，醒華急忙拆信看，見是南捷的字跡，著筆潦草：

「醒華：：很對不起，上船的前一夜被公司強留，公司說我前部戲表現突出，下部戲提前開拍，工錢加倍提高，並和大明星白虹搭配，叔叔說這機會難得，定要切實把握，實在不得已，只有等這部戲拍畢才能回去了，寄上國幣捌拾元給妳家用，本想打電報告訴妳我的行程改變，但考慮到電報費貴，就忍下了⋯」

醒華把信中匯票收起，讀著信走進木屋，嘴角逐漸浮起溫柔沈醉的微笑。南捷的信續寫著：

「醒華，好想妳，眞的好想，想聽妳的聲音，想觸摸妳的皮膚，更想緊緊擁抱妳，孩子，算算近八個月快臨盆了，想到這我就心急如焚，恨不能肋生翅膀馬上飛回去⋯」

醒華鼻翼翕動，微笑中湧出眼淚，繼續讀信：

「孩子生產我不能在妳身邊，是我最痛心難過的，每一思及我都心痛如焚惶恐焦慮，孩子生下就叫康康吧。妳們母子健康才是我最大的安慰⋯」

醒華換過一張繼續讀信，門外響起醒漢的叫聲：

「姐！」

醒華答應著把信紙收起，醒漢推門進屋說：

「姐，法國郵輪進港了，沒有姐夫。」

「我知道，他的信剛到。」醒華指著信紙說：「他工作忙，暫時不能回來了。」

在上海，大中華公司的攝影棚裏正舉行新片開鏡酒會，一時笑語聲喧，衣香鬢影，熱鬧非凡，鄭超凡帶領著白虹；南捷穿梭在賓客間寒喧應酬，賓客間也相互舉杯歡談，嗡嗡人聲突起一陣騷動，紛紛湧到門口圍聚，見是朱嘯峰、朱玲父女挽臂出現。

超凡滿臉驚喜的拉著白虹、南捷擠過去迎接，和朱嘯峰握手時興奮的喊：

「嘯公賞臉，天大榮幸。」

朱嘯峰宏亮的聲音朗笑著，鄭超凡招來侍者敬酒，並把白虹，南捷拉到面前：

「這兩位嘯公都認識，我不必再介紹。」

白虹扭著腰攀住朱嘯峰手臂說：

「這是我契爺，誰都知道。」

朱玲轉開頭白眼上翻，圍聚賓客湊趣起哄，朱嘯峰笑得有點尷尬。賓客等轉鬧白虹，朱玲乘亂暗拉南捷走開一旁，在他耳邊輕聲說：

「蕭白失蹤了。」

「啊？」南捷脫口失聲，驚得賓客都轉頭向他張望，南捷歉疚窘迫，朱玲掩飾的從侍役的託盤中拿杯酒，南捷掩嘴促聲：

「妳剛說蕭白失蹤？」

「劉國興說的，喏，他在那邊。」

南捷隨著朱玲的眼光望，看到劉國興，他想走過去，卻見鄭超凡攔著他們，向朱玲露笑說：

「你們神秘兮兮，有啥機密呀？」超凡故意戳刺，朱玲3撒嬌跺腳：

「什麼機密嘛，只想跟南捷介紹新聞界朋友。」

「噢，誰呀？」

「申報的小關，那不是嗎？」

朱玲遙指人群裏一個留平頭，臉色黑黃的瘦矮個，他正轉著眼珠向四周觀望搜尋，超凡想向南捷說話，望望朱玲，張嘴又忍住，朱玲拉著南捷走向小關，超凡追望，緊縐眉頭，不想朱玲走到小關面前突地轉身走向劉國興，南捷急不及待的向劉國興說：

「蕭白怎麼了？」

劉國興顯出錯愕：

「誰是蕭白？」

不遠處有個高個子聞聲回頭張望，朱玲暗扯南捷，向他示警。

汽車馳過街道，劉國興駕車，南捷，朱玲坐在車中，南捷焦急的質問說：

「你說誰是蕭白，什麼意思？」

「你反應遲鈍，在我旁邊站著的瘦高個，叫李士群，他背景複雜，得防著他點。」

汽車停在英租界聖約瑟醫院門口，三人下車搶步進門登樓，在病房走廊護士長看到劉國興、急忙迎住他，才想解釋，劉國興臉色難看、神情惱怒：

「簡單扼要說明經過。」

「經過就像電話裏跟您說的，我接班查床想給她換藥，見床是空的，被褥還熱、人卻不見了。」

「病床整理過沒有？」

「剛整理過。」

國興轉向南捷和朱玲說：

「這事交給我辦，我會查清楚，酒會還沒結束，朱玲開我的車送南捷回去，免得引起猜疑，增加困擾。」

朱玲點頭拉著南捷退出，在樓梯口正碰著小關在張望尋找，小關看到他們嬉皮笑臉的說：

「你們溜出酒會，到醫院來幹嘛。」

朱玲沒理他，拉著南捷快步衝下樓梯走了。

第二天清早，南捷被鄭超凡叫到家裏痛斥，他把一份申報摔到南捷面前說：

「酒會中途退席，已經給人極壞印象，現在報紙又登出這種新聞，你到底想幹什麼？」

南捷垂頭啞然，鄭超凡怒目嚴厲的指斥：

「你怎麼不知道利害？上海五洋雜處，是多兇險的地方？尤其現在，中日戰情緊急，雙方特務明爭暗鬥，綁架暗殺隨時都有，你攪進這種漩渦，難道不要命了？」

南捷想說話，鄭超凡怒氣不息的擺手說：

「你自己多想想，用不著多說。」他說著停頓片刻，還是把隱忍的話迸出來了：「以後離朱玲遠點！」

南捷顯出驚詫愕異，鄭超凡把衝到嘴邊的話忍住，他轉變話意說：「你守正安份，不要多招惹。」

當晚，南捷在攝影棚地鋪上輾轉難眠，月光從窗上灑進，灑在冰冷的水泥地上，他想醒華，想醒華清澈堅毅的眼睛，想她渾圓隆起的腹部，想她在碼頭離別的淚眼，想著想著；另一雙淚眼閃現到眼前，是蕭白，是蕭白那雙帶著懇求的淚眼，那使人心悸肉顫的淚眼，南捷想著霍地坐起身，他仰頭吸氣，再緩慢傾吐，抒減胸臆間的燥煩和抑鬱。

月光射進蘇州河邊日租界另一扇狹窄的木窗，光影中蕭白瑟縮著靠坐在牆邊，一縷清冷的月華斜照在她憔悴的臉上，她默坐不動，只胸部輕微起伏著呼吸，眼角淚濕，在月光中閃灼著銀白。

門外有腳步聲響起，接著開鎖推門，走進李士群和杜根富兩條人影，杜根富伸手扭亮懸蕩在空中的燈泡，照亮屋中各人，蕭白望著裂嘴微笑的李士群問：

「你是誰？」

「我姓李。」
李士群皮笑肉不笑的回答，蕭白再問：
「爲什麼把我綁到這裏來？」
「沒綁你呀，只告訴你鄭南捷被人殺傷了，要見你，是你自己搶著來的。」
蕭白雙眼怒瞪的盯著李士群：
「你們到底是誰，爲什麼設這種卑鄙圈套？」
「圈套雖卑鄙，卻最容易讓有情人相信。」
「你們騙我來這裏，有什麼目的？」
「很簡單，用同樣的辦法，騙鄭南捷來這裏。」
蕭白臉色慘變，在月光下顯出一片青灰，李士群發出輕微笑聲，杜根富從門外拿進一具牽著長線的電話機，蕭白看到電話露出冷笑，說：
「算盤打得不錯，可是有一點你們弄錯了。」
「噢、那一點？」
「有情人是我，不是他。」
李士群齜牙露笑：
「這點我們知道，鄭南捷對你的感情雖沒到捨死忘生，不過，他有個不服輸強出頭的脾氣，再加一點刺激，他就不顧性命了。」他說著轉身向杜根富吩咐：「搖電話。」

杜根富搖電話，蕭白眼中迸射恨極的火赤。

電話鈴聲驟響，驚得南捷挺身跳起，他扭亮電燈，奔到佈景後辦公室抓起雷話接聽：

「喂—」

話筒中傳來粗濁的男聲：

「蕭白在這裏。」

南捷陡地清醒，他沒有馬上回答，屏息靜聽，話筒裏的男聲簡截的說：

「她現在蘇州河邊一間小閣樓裏，天亮前會被移走，要來就快…」

粗濁的聲音說著要掛電話，南捷急忙出聲：

「等一下。」南捷搶著說：「我怎麼知道蕭白確實在那裏？」

話筒中片刻沒聲息，旋即響起蕭白咬牙忍痛的慘哼聲，南捷急聲怒喝：「好了，我怎麼找你們？」

「你過外白渡橋，有人會接你，要是孬種害怕，就找劉國興。」

「你是誰？」南捷怒聲問。

對方「卡」地把電話掛斷，南捷握著聽筒發愣，時間在寂靜的黑夜中過去，夜風鼓搖著玻璃窗格格發響，暗淡月色在屋角造成陰影，南捷心頭沈重壅塞，呼吸滯礙發出沈濁喘息。

良久，他掛上話筒回到地鋪，坐著發呆，無數個聲音影像在腦中翻騰，鄭超凡激怒的訓斥，事業成就的光采榮寵，蕭白無助哀懇的淚眼，還有醒華，醒華腹部隆起的身材。各種影像在腦中激蕩交織，纏繞得他發出痛苦呻吟：

「唉！蕭白實在可憐……」

蕭白的淚眼在他腦中遂漸擴大模糊，最後凝聚成一團疑問。

「他們擄蕭白，好像目標就是對付我，這次我不管，下回還會換別的花招，他們幹嘛對付我，他們是誰？斧頭黨？唉，當初眞不該淌劉國興這灘混水……」

他想到這裏又橫生新的疑問：

「斧頭黨要對付也該找劉國興，找我，不對……」他想著不自覺搖頭，突地精神一震，瞿然警覺：

「對，日本特務，殺花田鶴的事，在法租界他們沒法動我，就擄劫蕭白，逼我進日租界──」

想到這裏他聳身跳起，卷起地上鋪蓋卷，深深挺胸吸口氣，牙齒咬出「格」地聲音。

冷月西斜，外白渡橋上飛灑著慘白的光輝。橋下蘇州河流水潺潺，銀光點點，橋頭月光陰影裏一點星火明滅，閃灼著險惡神秘，杜根富焦燥的蹲在暗影裏抽煙，他佈滿血絲的眼睛，目不轉瞬的向橋上監視。

橋頭有日本兵崗哨，他哈欠連連，疲態畢露的站著，蚊蚋叮咬使他不住的拍臉抓耳搔癢，黃浦江裏輪機碼達聲斷續傳來，靜謐得像催眠歌曲。

靠外灘的橋頭突地響起腳步聲，杜根富精神一震挺直腰脊，日本兵聞聲也精神抖擻睜圓眼睛，橋上路燈燈光照現南捷修長挺拔的身影，他施施然。態度懶散鎮靜，像剛睡醒散步的樣子，杜根富急忙用香煙火星在空中劃個圈，街角屋檐下也有個星火圓圈相應，星火圓圈節節傳遞到李士群，他嘴角微掀露出冷森笑容。

他以手勢指揮沿街埋伏的暗樁，等南捷過橋進入包圍，再收網圍聚，狙擊抓人。手勢傳遞出去，李士群轉身走進身後的店鋪，店鋪中一團漆黑，他熟門熟路的直趨後進。

他登上狹窄的樓梯，走到閣樓外，推開門，蕭白被綁著手腳塞著嘴坐在地上，李士群越過她，直趨窗前躲在窗旁凝目向外注視。月色朦朧中見外白渡橋橫跨在河上，一片冰冷，橋上崗亭冷清孤立，而鄭南捷仍施然漫步，已走到崗哨邊，李士群搖劃星火，示意橋頭的杜根富別輕舉妄動，轉身奔出閣樓，把門關上。

在河對岸，月光陰影的暗處，停泊一艘碼達小艇，艇上劉國興用望遠鏡監視對岸動靜，看到李士群在樓窗內搖火，不覺哼出一聲。

南捷走到崗哨前突地停步，他轉向日本兵鞠躬搭訕：

「空拔恩瓦！」

日本兵一愣，神情錯愕，南捷掏出香煙，雙手捧著：

「他拔穀瓦，稻烏兌斯卡？」日本兵伸手推拒滿臉疑惑：「瓦他庫西、他拔庫瓦、斯也馬先。」

「阿那他瓦、多那大兌斯卡？」

「瓦他庫西瓦⋯⋯」

南捷和日本兵在崗哨前攀談起來，杜根富惶惑驚疑，瞠目無措，回頭遙望，等候李士群指示，南捷邊和日本兵攀談，邊側眼暗瞄蘇州河岸。河邊雜草叢中小艇悄悄划靠對岸，艇上跳下劉國興和兩個彪形壯漢，他們輕稍靈敏的攀上岸邊閣樓，竄進窗內，轉眼間拉出簫白，背到艇上。

小艇碼達暴響，箭一樣的竄向河心，破水飛飆馳去，南捷趁小艇引起混亂瞬間，揮拳猛擊日本兵，然後跋腿狂奔，奔回橋的另一邊，英租界的外灘。

南捷用盡吃奶的力氣奔下橋，癱軟的靠在牆邊喘息，他滿頭冷汗沿鬢流下，不覺沖口喃然：

「下次再不幹這種事了，好危險⋯⋯」

同日黎明，醒華生產，一舉得男。

嬰兒哭聲堅實宏亮，手臂揮舞極是強壯，醒華疲累滿足的擁抱著他，輕聲喊他「康康」

醒漢奔回家中向母親報訊，麥氏趕到木屋，捧寶貝似的抱起孩子，左看右看湊在臉上親，笑得合不攏嘴，淚珠卻在眼眶打轉，嘴裏呢喃著禱念：

「祖宗庇佑，福慧強健⋯」

麥氏淚眼婆娑的強要醒華跟她回家，說她產後身虛沒人照顧調養，溫太太在旁錯會了麥氏的意思，拍胸擔承，說她會盡心負責照顧醒華母子，定會讓她補固培元，奶水充足，母子康健。麥氏心頭火發，臉色難看，溫太太猶自不辨顏色的喋喋蠻纏。

麥氏積怒爆發的憤然說：

「好，妳能，妳照顧，我走！」

她說著怒衝衝的離去，倒把溫太太嚇得一臉愕然。

麥氏回到家，餘怒未息，和溥齋、醒漢一家人沈默對坐，醒漢從沒見過母親有此激怒態度，一直對她愕望著，溥齋沈鬱的歎氣，說：

「她不願意回家，就別勉強她了。」

麥氏激憤的說：

「她帶個孩子，住在那種又破又髒的地方，吃沒吃的，用沒用的，給她錢又不要，我眞不明白她到底怎麼想，口口聲聲說等女婿回來，上海隔得千萬里，又是個花花世界，誰能保定他准會回來？」

「媽——」醒漢不以爲然。

「你閉嘴？」麥氏怒目瞪他。

「姐夫會回來。」

「你怎麼知道？」

醒漢搔搔頭，很難解釋的望她：

「姐姐相信他，他們感情眞的很好啊。」

「他眞要對你姐姐好，會丟下她大著肚子一個人走嗎？」

「都跟您說了，是姐姐逼他去的，他去上海是創事業。」

「在上海創事業，新加坡就沒事業能創？非要跑去上海？」

「在新加坡要能創業，姐夫就不會到碼頭做苦工啦。」

麥氏啞口無言，溥齋臉色蒼白露出愧色，醒漢激憤的站起說：

「他們是被逼得走頭無路才分開的。」

醒漢說罷轉身上樓，麥氏和溥齋對望，說不出話來。

「預備，開麥拉——」

鄭超凡舉手指揮攝影機，攝影機沙沙轉動，強烈燈光在南捷和白虹身上凝聚，燈光照得他們纖毫畢現，南捷的黑眼圈，白虹的假睫毛都格外清晰突出，南捷身穿長袍馬掛，正襟危坐在油燈下看書，因緊張臉腴肌肉有點痙攣牽動，白虹穿高領鳳仙裝，鬢插碎花，十指纖纖，塗豔紅蔻丹，她掐手躡腳的走到南捷背後，輕悄伸出手想捣他的眼。

南捷因強光燠熱加上情緒緊繃額頭滲出汗珠，汗珠凝聚流下眉際，流滴眼眶，使他眼瞼癢澀，禁不住眉挑眼動。白虹的豔紅十指由他腦後慢慢伸向臉前，超凡急喊：

「卡、卡—」

他喊著從帆布椅跳起：

「這那裏像調情逗趣，簡直是『活捉三郎』嘛。」

靜肅的攝影棚響起哄堂大笑，白虹、南捷窘得面紅耳赤，尷尬非常。超凡放緩聲調說：

「剛才說戲講得很清楚，是少年夫妻在書房調情逗趣，動作要輕鬆自然，活潑、不能正經八百，舉動僵硬。」他說著回頭喊：「燈光歇燈。」

強烈燈光應聲熄滅，超凡再向南捷說戲：

「你在書房看書，聽得背後有腳步聲，你明知是新婚妻子，卻詐作不覺，所以你聽到背後有動靜，眼珠要轉動想一下，眼睛嘴角都要有捉狹調皮的神情。」他說著綯眉露出厭煩：「你是結過婚的人，難道沒跟老婆玩過這種遊戲嗎？」

南捷脹紅著臉，點頭不做聲，超凡意猶未盡，繼續數落：「不要擠眉弄眼，臉上肌肉還在跳，倒像演恐怖戲，遭逢甚麼大變。」

他說完轉向白虹，白虹嬌媚的笑臉相迎：

「導演。」

「妳演得不錯，只是動作略微僵硬，他在書房看書，妳只想撒嬌逗他一下，由背後偷偷走近他，想搗住他的眼睛，不是掐他脖子，千萬別弄擰了。」

攝影棚再起哄笑，超凡回頭瞪眼，笑聲暫時寂靜，超凡再向白虹解釋：

「你動作要細膩溫柔，眉稍眼角要充滿柔情，嗯？」

白虹點頭領會說：

「知道了。」

超凡滿意，揚聲喊：

「好，重來，燈光—」

強烈燈光再亮，攝影棚中肅靜，鴉雀無聲。

突地、一聲喊叫，把眾人嚇了一跳：

「電報，鄭南捷電報。」

眾人錯愕、循聲探望，南捷臉色大變，站起身：

「是我！」

劇務小韓從郵務士手中接過電報傳給南捷簽收，南捷拿著電報的手腕慄抖，超凡滿臉關懷的催促他說：

「快拆開看吶，看什麼事。」

南捷拆開電報看完，興奮狂喜的跳起來：

「是個男的，我太太生了…」

房東溫太太捧著燉雞的瓷罐，笑嘻嘻的推開門，醒華站在床前替孩子換尿布，小康康正睡得香甜，溫太太緊張的放下瓷罐想推開她：

「哎呀，坐月子的人要躺足月，你去躺著，我來換—」

「躺了十多天，實在耐不住了。」醒華倒底被她推開，站到旁邊，溫太太瞇眼裂嘴輕手屏氣的把康康尿布換好，她捧著抱起他，眼中有股狂熱的愛憐，她邊親康康、邊向醒華說：「坐褥要坐足，否則妳會腰痛骨頭酸。」她呶嘴逗弄康康：「乖康康，唷，眼睛睜開了，睜開眼，看看天，長得壯，福壽綿…」

溫太太用潮州家鄉話唱著頌辭，臉上散發著愛憐。

麥氏把一卷鈔票塞給醒漢說：

「去給你姐—買幾罐奶粉，兩支高麗蔘。」

「噢！」

「給你姐夫打電報沒有？」

「打了。」

「好，快去吧，別再耽擱了。」

醒漢到街上買蔘，蔘藥行的店員正站在櫃檯裏和顧客興奮的說話，醒漢一旁聽得愣住。

「我表叔在南洋商報電報房做事，他親耳聽到，這是國際大事，哪能假了。」店員口沫橫飛的說：「不信你明天看報紙、標題一定是中國忍無可忍，抗日戰爭爆發了。」

店員轉頭望見醒漢、臉露詫愕：

「你買什麼？」

「買高麗蔘；你剛說抗戰爆發了？」

「是啊，你買高麗蔘，要多少。」

「要好的，買兩條。」

「人蔘不論條，論重量。」

「好，你稱兩條就是了。」

店員開櫃拿蔘，醒漢想追問詳情，又膽怯猶豫，最後忍不住，問：

「你剛說。是眞的假的？」

店員理直氣壯，截然說：

「當然是眞的，這高麗蔘如假包換。」

「不是，我是說你剛說國內抗戰爆發—」

店員堅決的轉回身：

「千眞萬確，這種事還能亂造謠？」他稱好人蔘撥著算盤算錢：「兩條三兩三錢，共廿五塊半。」

醒漢付錢，抓了人蔘就走，店員追喊，醒漢已跑得縱身不見，店員點數鈔票，愕異說：

「這是誰家孩子，給廿六塊不要找錢？」

國家圖書館出版品預行編目資料

愛情咒語/董升著. --初版.--臺中市：白象文化事業有限公司，2022.2
冊； 公分
ISBN 978-626-7105-23-8(全套：平裝)

863.57 111000303

愛情咒語

作　　者　董升
校　　對　董升
發 行 人　張輝潭
出版發行　白象文化事業有限公司
412台中市大里區科技路1號8樓之2（台中軟體園區）
出版專線：（04）2496-5995　傳真：（04）2496-9901
401台中市東區和平街228巷44號（經銷部）
購書專線：（04）2220-8589　傳真：（04）2220-8505
專案主編　水邊
出版編印　林榮威、陳逸儒、黃麗穎、水邊、陳媁婷、李婕
設計創意　張禮南、何佳諠
經銷推廣　李莉吟、莊博亞、劉育姍、李佩諭
經紀企劃　張輝潭、徐錦淳、廖書湘
行銷宣傳　黃姿虹、沈若瑜
營運管理　林金郎、曾千熏
印　　刷　基盛印刷工場
初版一刷　2022年2月
定　　價　780元